MINGUO TONGSU XIAOSHUO
DIANCANG WENKU

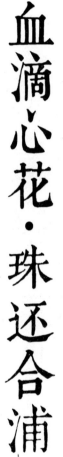

民国通俗小说典藏文库·冯玉奇卷

血滴心花·珠还合浦

冯玉奇◎著

中国文史出版社

目　录

血滴心花

血滴心花

第一回

嫉俗愤时老儒谋献曝
偷天换日孝女易奇书

　　诸君要晓得《埋稿计》一书的由来，一定先要明了《野叟曝言》全稿的历史。《野叟曝言》一书，为清初禁书之一，有的谓清主性好忌刻，当时像南山诗，及咏黑牡丹诗等，皆身罹锋镝，大兴文字之狱，金圣叹之不能保其首领，就是一个例子。那么《野叟曝言》的著作者，到底是哪一个呢？原来他是一个江阴人，姓缪，他的名号因年代过久，已不能查考。他是一个很聪敏的神童，从小就进过学，因为连不得志于有司，虽然是文心如锦，可惜到老来只博得双鬓如银，所以他自中年以后，便种着几亩薄田，半耕半读，绝对不再作场屋思想。他自己曾有两句感叹诗"午夜名心清若洗，一身傲骨峭于冰"，从这两句诗来看，就可想见他的抱负是已无意于仕进了。

　　既经不求闻达，他便浸淫于诸子百家、六韬三略的古籍，举凡天文地理、兵农礼乐、历算音律，旁及杂史说部、壬禽占验、奇门遁甲无不一一研究。他一心想著述一部书，而一心又痛恶当世的假道学，好唱高调，妄自标榜，而其实则不外谄媚权贵，谀颂朝廷，一个都不要礼耻的，现在我要吐我的抱负，舒我的胸襟，发我的牢骚，把一班魑魅魍魉的丑态，个个笔诛口伐而讨之，只有假托小说家言，乃得尽情痛快一一吐而出之。于是本其放浪不羁之才信笔所写，积十余年，始成数十万言，分订百余册，命名《野叟曝言》。书中的主角文素臣，其一生事迹，不但是悲壮激昂，而且也是个哀感顽艳，可歌可泣，确为缪先生呕尽心血的大著作。可惜其中所述，到处痛诋僧道，大概他自有一番用意，一片苦心在里头。

有清初叶，皇太后下嫁摄政王，顺治出家五台山，迨后雍正即位，在京中置雍和宫，供欢喜佛，又崇奉喇嘛为国师，厚养血滴子，谋杀皇弟，种种淫恶，都借着僧道横行。所以当时俗谚，有"在京和尚出京官"，也可以想见当时僧人实有无上的权威，同恶共济，确为一般人民敢怒而不敢言的一个铁证。这位缪先生，是一个愤时嫉俗的志士，所以他书中写僧道无恶不作，即是写帝皇专制的淫虐暴行。这《野叟曝言》一书，又怎不要受清初的禁止呢？不但禁止，倘有人告发，那身醢族诛的惨祸，恐怕便要临到缪先生的身上来了。

缪先生的膝下只有一个女儿，名叫蘅娘。蘅娘自幼丧母，美而多才，能以眉听以目语，缪爱若掌珠。蘅娘见其爸爸怀才不遇，居恒郁郁不乐，而爱其著作，又好像第二个生命。那时高宗正第二次南巡，车驾所经过的地方，每令大吏采访诗词，旁及各种著述，粉饰歌舞升平，以示鼓励士子。缪先生不欲一生之心血，终于埋没，心怦怦动，欲将《野叟曝言》全稿献诸朝廷。蘅娘知此稿一献，必触怒当道，罹灭门祸，但若阻之不献，又恐伤及父心，乃思一两全之策，既不献稿，又不伤父心，一时终不能得。

蘅娘所住的地方，系在江右一个小小的村落，门前有一湾流水，种着几株松竹，泉石幽秀，小庭如画舫，窗明几净，案上堆积着经史，乱如山叠。村中父老，时相过从，携杯酒，话桑麻，不啻一世外桃源，处境乃至为快乐。

一日有一个富贵逼人的高邻名金兰甫者过访，兰甫是一个阴险的小人，平日与缪先生虽执弟子礼，但亦不甚往来。乡人以兰甫于高宗第一次南巡时，夤缘邑绅，及地方大吏，得蒙荐剡，献所著述，高宗命随班面试，侥幸得邀宸赏，立授举人，且赐金帛甚富。乡里眼浅，无不引为至荣，以为皇恩浩荡，迥非寻常乡荐所能及，因群呼为钦赐举人。兰甫亦因是常夸耀于缪先生，且笑缪先生为迂拙。缪先生微闻其言，羞愤之余，也常拍案叫道："此何足奇！老夫薄科第而不为，若言献书，则拙著百余册，高可隐身，哪有不邀上赏之理？"兰甫知其有著作，遂不惜卑辞造访，以拜读大稿为请。缪先生欲折服其心，一面答应，一面命蘅娘持稿出。

蘅娘衣履素洁，秀色可餐，手捧锦袱而出，展袱出书，标题为"野叟曝言全稿"。兰甫目视蘅娘，辗然而笑，又极口称赞道："好题目！若不呈献，真埋没得可惜。"缪先生觉得正搔着痒处，随也正色答道："老夫怀此意已久，正苦未得机缘。"兰甫一听，更作鹭鹚笑道："既有此意，何患无缘？吾闻圣驾不日南巡，世丈若径往常州或苏垣献之，一经御览，必大加欣赏，将来稽古之荣，龙头怕不属老成吗？"缪先生见他竭力怂恿，心为之大动，遂决计待车驾到日，亲自上献。

兰甫既去，缪先生遂笑对蘅娘道："吾将此稿献于今上，必得赏金万两。将来即赠汝作嫁资，汝意云何？"蘅娘愀然不乐，徐徐答道："爸爸献书，当得大官，何止黄金万两。但爸爸隐居田野，不乐仕进，觞酒豆肉，早韭晚菘，聚骨肉于一庐，置功名于度外，安贫乐道，自得怡然。假使一旦富贵，势必纡青拖紫，竭府登朝，则此身反不得自由。儿意不如不献之为佳，异日多收十斛麦，易资刊版，出而问世，垂诸不朽，这样的千秋事业，不是胜于现在的浮云富贵吗？"缪先生闻言而后，不觉呵呵大笑，谓可儿胸襟正复不俗。蘅娘不待言毕，又向父进言谓："兰甫眸子不正，举止佻达，绝非端人。儿见其挤眉弄眼，欺爸爸不察，时时偷窥于儿，其人既无行若此，爸爸自不得不防。且爸爸夙以清节自励，不欲有求于当世，今奈何为细人所动，甘自投于罗网。儿想忌讳之朝，最喜以文字罗织入罪，今爸所著，中多假书中人物，笑骂昏淫之暴君，不幸被上指摘，逞其淫毅，彼时不特悔之已晚，恐投身刀俎，亦将含冤不白。"缪先生聆言而后，踌躇不决者又数日。

5

蘅娘自从她的妈殁后，算来已有十年，她有一个姨母，适金氏，生一子名冠玉，与兰甫为同族兄弟，冠玉有一个族弟，名叫殿玉，两人却是很要好，亲爱过于手足。殿玉、冠玉年相若，志相同，学问品行，俱称卓绝，性情的温柔，做事的坚决，又为蘅娘心中所嘉许，因两人均向缪先生执弟子礼，平日固为蘅娘所习见。唯冠玉因格于中表不婚例，故虽心爱蘅娘，而终不得缔结丝萝。殿玉则才貌品学，早为缪先生蘅娘所心许，奈因殿玉父藕舫，与兰甫平时狼狈为奸，鱼肉乡里，颇不齿于人，因此殿玉虽有意求婚，而缪先生则因其父故，辄未之许。冠玉见殿玉与蘅娘，情好日笃，不欲夺两人之爱，反欲力促其成，以故两人之交情日见密切。

一日，殿玉以兰甫欲以《野叟曝言》稿贻害事告冠玉，令冠玉设法救蘅娘。冠玉闻而凄然道："蘅娘多智，必能谋。虽然，我必以子意并兰甫谋详告之，俾早为之备而免祸。"殿玉称谢而去。

冠玉遂乘间过缪氏，则缪先生为献稿事已赴毗陵。蘅娘闻冠玉言，顿足而泣，愤愤说道："事急矣，可奈何？"冠玉因索稿阅之，约略一过，不觉惊绝而叹道："奇书也！但无论阴刺权贵，多所犯忌，即所述淫秽恶虐之处，也明明是为清政府的写照，那戴道学假面具的官吏必将斥为淫书当焚。即此一语，已足借题发挥而有余，金圣叹之无辜受戮，前车可鉴。妹不如匿此书不出，或假说为盗所劫，妹第择其一以阻之。"蘅娘道："火焚必有余烬，且只焚一书，父必不信。若谓盗劫，书非金珠可比，父亦必不信。父年老矣，爱此书若生命，一旦有变，若以身殉书，儿将何以为人？"冠玉闻言而怅叹，一时亦束手无策，乃相约明日再议。

明日冠玉来，复问计将安出，蘅娘泪痕满面，辗转寻思，终鲜善策。那时冠玉既恨兰甫之非人，又怜蘅娘之不测，因又急急对蘅娘道："妹盍竟焚其稿，姨父凤信天命，或归之造物所忌，则无形的大祸，不是无形地消灭吗？"蘅娘筹思再三，恍然若有所悟，因附耳告冠玉，如是如是，并嘱相助。冠玉拍手称善，并愿意同殿玉秘密进行，又劝蘅娘万勿苦闷，蘅娘唯唯。

又过了几天，缪先生自常州返，谓往献之期已定，促蘅娘速理饰袂签目，须于三日内备齐，语次，酌酒自筹，意颇自得。

蘅娘卧室，与缪先生小斋仅隔一壁，蘅娘有所举动，其声无不相闻，《野叟曝言》稿，藏在木箱，即置于卧室的案上。一夕，有怪声自木箱中出，缪先生大声呼蘅娘，以为有穿窬的乞儿，蘅娘不应，缪先生遂披衣至蘅娘卧室，见蘅娘闭目而睡，口呓呓自语，两手撩在被外，好像与人做抢夺状。缪先生知系梦魇，正待唤醒，突见蘅娘觉然而兴，跣足向缪先生抱住，口中又大声呼道："是书乃爸爸一生心血，汝何人？何得强攫之去？"缪先生见状，力撼之醒，且安慰道："儿勿如此，儿果何所梦者？爸在此，儿快告我。"蘅娘一听，慌忙以手揉目，又嘤嘤啜泣告道："爸胡为在此？儿真瞆瞆，儿适梦见一金甲神，欲强毁父稿，儿以是稿为爸爸第二生命，因奋力向之争夺，不料稿固无恙，倒反累爸爸饱受虚惊。"言次，仍跳向床上睡下，又劝爸亦安置去。

缪先生听蘅娘说，同时也安慰着道："儿，文字之妙，固有'惊天地，泣鬼神'为造物所忌者，汝梦虽无凭信，但有声出自箱中，我亦曾耳闻之。"因遂开箱而视，则百余册之装订依然完好，随手抽数册阅之，不觉大惊失色叫道："真怪事！装订犹是，标签犹是，而册内则尽变白楮。我的文字哪里去了？"缪先生说时面色灰白。蘅娘闻言，亦故作惊慌不信道："爸诳儿！"且语且起，又向箱中验视他册，果然并无一字，每页都成素纸，蘅娘缪先生相对默然。良久，始嗒焉若丧，沉吟而说道："吾知罪，吾罪殆不可赎，吾稿殆果犯天怒。儿第秘之，勿以语人，或有问者，但言为乞儿所窃。"蘅娘见其父无他懊丧，私心窃慰。

其实原稿，蘅娘恐触怒当道，早已埋诸地下，暗嘱冠玉殿玉，另订与原稿相同纸册百十余本潜置箱内，蘅娘又故托梦中神话。谁知缪先生竟果信以为真，把献书之祸消弭于无形，明哲保身。蘅娘真不愧为保家的孝女了。

车驾既抵常州，兰甫随大吏迎驾，见缪先生并不献稿，欲以检举功邀上赏，因遂密禀大吏，谓缪先生家藏著述，毁谤朝廷。大吏因遣人搜其家，翻箱倒箧，一无所获。缪先生至此始悟兰甫奸，深嘉蘅娘有先见明。其实兰甫之构陷，意在缪先生之获罪后，孥发官卖，彼得见好蘅娘，预备买妇，作为篷室，其用心至险而用意实至深。孰知多智之蘅娘，早已洞窥其隐，原非彼癞蛤蟆所得而妄想。

缪先生见家中无故被抄，深觉世途奇险，心恒郁郁不乐，久之遂抱病逝世。蘅娘痛父病亡，实由兰甫，哀毁之余，恨入骨髓，时思报之。戚党以其孤苦无依，议即嫁殿玉以安其身，蘅娘艴然不悦道："吾大事未了，奈何便议婚嫁？况父丧未久，是安得谓有人心？"由是蘅娘遂成为茕茕孑立之孤女。

又过了数月，蘅娘拼挡一切，转道入都，临走之前一夕，并贻书殿玉及冠玉，谓此行必得仇人始返，不然，更无颜见江东父老。又谓殿玉之情，妹非不感，然以生死未卜之身，何敢误人伉俪？请速择贤媛自了，勿以妹故，误尽一生幸福。殿玉得书，泪涔涔下，泣告冠玉，谓吾苟尚安居于此者，讵得谓是昂藏七尺？一夕亦逃去，不知所之。

事隔期年，有客自都下来，详述兰甫近况，谓已被中都某御史奏参，金某居乡不法事六款，大约为抗良庇盗、奸占族妹，风波忽起，今已瘦死狱中，妻子发新疆戍所，不复得归故里。昔日荣华，昙花一现，真古人所谓"论功名草头着露，说富贵镜里看花"，兰甫有知，当亦深悔，陷人反自陷。兰甫死而殿玉蘅娘始返其故里，兰甫死于某御史之奏参，其实即死于蘅娘殿玉之告发。携手来归，家山无恙，有情人终成眷属，水晶帘下一对喁喁小儿女，出其《野叟曝言》全稿，相与挑灯研读。殿玉色喜，蘅娘则双眉紧蹙，时时废然而叹，谓："爸爸一生心血，今幸得付枣梨，手自校雠，或者可慰在天之灵。虽然，儿又安敢妄加增删，但避祸畏讥，其势有不得不

8

然。"殿玉道："卿言诚然，但鄙意以为李又全及春娘等事，尚需大加删节。"蘅娘道："妹意亦然。"遂把全稿关于涉及宫闱者，约删去十余回，然后付梓，殿玉蘅娘乃相与大笑，谓若此可高枕无忧。

以上各节所述，为《野叟曝言》全稿之始末，当时蘅娘既把全稿逐回地瞧去，瞧到阴刺朝廷的地方，遂把它从事节删，本书的第二回即是被删的第一回。

第二回

纤手释绑计笼英雄术
闭目绝粒难逃美人关

　　文素臣一路行来，看到已到德州地界，前面有两条道路，一条通抱犊谷，一条通清风寨。那时正是三月天气，四面崇山绵亘，那山峦凹凸之处，都开着红花绿叶，悬崖削壁，又垂着紫藤翠竹。素臣一面赏着山景，一面欲赶过山冈，找个宿店，因那时阴云沉沉，斜阳已挂在树梢，天色已渐渐地晚下来。素臣虽是负着一身武艺，但因自己心里有事，倘遇剪径强徒，不免又要耽搁时光，为此低头急行，无暇游览风景。

　　这时素臣心中，一会儿想着未公回到江西，他和大妹鸾吹，途中身体不晓得都还好否，一会儿又想起璇姑和他的哥嫂，不晓得搬家到哪里去，以致此番我到杭州，不能够接她到家，想璇姑的心中，一定要怨我迟迟到来，以致有这样不凑巧的事儿。其实我又何尝不心急哩？倘然她抱怨我是个有意地负她，那真是冤枉极了！但璇姑到底是个胸中雪亮的人，我还记得前时我在她家，并头而睡，她的睡态好像带雨的梨花，她恐我半途上再有变卦，因此坚问来接她的日期，我见她怀疑的状态，遂对灯立誓，说到家禀明母亲，立刻就来接你。谁知母亲责我，不应施恩于嫂，求报于妹，那时我被责得没声口开，虽有一番苦心在里头，一时又哪里分辨得明白。幸而我妻田氏再三代我表明，母亲方才许我到杭，前去相接，这我多么感激着我妻啊。谁知一到杭州，好事多磨，虎臣、璇姑竟又避祸移家，前途茫茫，思想起来，真教人儿女情长，怎不要英雄气短呢。

素臣正在挥泪而想，不料已走到一带松林，说时迟那时快，树林中已有三支响箭，嗖嗖地飞到素臣面前。素臣眼快，慌忙避过，随着响箭，便有一个眼如铜铃，声若洪钟，一脸的紫堂颜色，雄赳赳一个大汉跃马而出，大喝住步。素臣见他是个头戴铜箍头陀打扮的强徒，倒也不慌不忙叫道："贼徒不得无礼！清平世界，拦住去路，意欲何为？"那头陀一听，便即咆哮如雷地叫道："好一个不识相的孩子，还不留下包裹，敢待老子自己动手吗？"素臣听了也冷笑道："哪儿话，人家的包裹，怎好强夺，别多说，不给你些苦头吃，哪知文爷的手段。"说罢就向掌中发出一弩，打在马腹，那马负痛，便把前脚直跳起来，却把头陀跌翻马下。

素臣正待上前扼住头陀颈项，不料那头陀一个翻身，早已像猛虎跳涧地扑了过来，素臣见来势凶猛，便也施一个大鹏展翼，向头陀一拳掠过去。两人在松林中各展本领，一来一往，约斗有数十回合，那头陀便卖了破绽，向林中如飞逃去。素臣紧紧赶上几步，大喊"贼子往哪里走"，不料一声响亮，那素臣的身子早已跌入陷坑，坑的左右早伏着五六名喽啰，拿了绳索，却把素臣两手反缚，牢牢捆扎。头陀一见又哈哈大笑，吩咐喽啰押上山去。

这时天色已黑，一弯眉月，掩映在白云堆里，在闪烁的星光下，依稀还认得出山路的险恶。一会儿已押到大寨，但见寨门竖着一杆木柱，柱上飘着杏黄色的一面长旗，旗上左右，画着两条穿龙，中央写着三个大字，写的是"清风寨"。

素臣见它虽是个小小的盗窟，那气象倒也非常伟大，寨门内站着的，个个都是彪形大汉，一见头陀，都以手加额，好像是在行礼一般。一声梆子，那山寨的大厅上，早坐着一个番妇模样的盗婆，瞧她的年纪，也不过二十五六岁左右，虽是戎装打扮，但两颊红若玫瑰，一张樱桃似的小口，衬着又细又长的两弯眉毛，流动着一双俊眼，娇滴滴地喝道："哪里来的蛮子，见了咱家，还不跪下！"素臣见她这样如花如玉的一个美人，竟然到此来落草为寇，心中已不胜奇怪，今又叫自己跪下，一时激动了义愤，便侃侃向她责道："好一个不安分的女子，不好好儿在闺中守着礼教，却大胆地干此山寨营生，一旦撞着官兵前来相剿，恐怕你这生命就要身首异处。为今之计，最好极早回头，放火烧了山寨，遣散众人，做一个谨守法度的良民，那时才要感激着我文爷的话哩！"

女子见素臣不屈不挠的神气，见了自己不但毫无畏惧，且又用言相劝，这样器宇轩昂、一表人才的美男子，在自己眼中，实在也不曾多见。因此耳听素臣侃侃而谈，一面则用凤目一瞟一瞟地瞧在素臣身上。起初原欲把素臣推出寨门枭首，后来瞧到素臣的脸蛋儿白净温文，眉目间又英气勃勃，口中又自称文爷，她便心中暗想：那厮莫非就是京里要捉的文素臣吗？果然是他，今日天网恢恢，自投山寨，我们山寨的功劳，可就真不小了。因此她又呖呖莺声地问道："蛮子，听你的声音，不是北方人。我今问你，姓什么？叫什么？你须直说来。"素臣道："俺名文白号素臣，大江南北，哪个不知？哪个不晓？你既然自称寨主，难道还不晓得？"那女子一听，果然是文素臣，心中便暗暗欢喜，慌忙跳下虎皮交椅，满面堆着笑容，伸着纤纤的玉手，亲自替素臣解缚，一面纳诸上座，一面又口称文爷，谓："文爷果然是当今的杰豪，敝寨有眼不识，多多冒犯，还请文爷海涵。"

那时素臣见她立时改容释缚，竟然这样地以礼相待，一时亦只好抱拳道谢，并问女子姓名，因何落草。女子一面吩咐摆酒替文爷压惊，一面又笑盈盈地回道："先夫金大兴，本辽东人，与夫弟金二兴贩马入关，为官府勒索殴打，先夫受伤身亡，奴家胡天娘与叔二兴，抚着竖子福哥，因此就占住山头，创立本寨，专行打击贪官污吏，并不抢夺单身客人。现在本寨外事，由奴家二叔主之，寨中内事由奴家主持。频年以来，一不枉法，二不好财，专行结交南北好汉，预备放逐昏君。久仰文爷是个文武全才的奇男子，因此奉屈归寨，共图大事。一切还请文爷一诺，敝寨实为万幸。"

素臣见她说话时，频频用目瞧他，言词虽然正大，行动颇属淫贱，心知天娘定是个满口谎话，因此又拱手答道："多承嘉奖，颇觉汗颜。鄙人因入京有事，一时错过宿店，以致误闯山寨，心中很觉抱歉。既蒙释放，自当即刻就道，万不敢逗留片刻。"说罢便要告辞。天娘笑着说道："文爷你还不信咱的话吗？你但看寨门外的旗杆写着'清风寨'三个大字，你就可知我们的行动并不是龌龊，实在是同清风一样清白。入伙一层，文爷既尚需考虑，但此刻夜已昏黑，无论行路不便，况前面一带，亦并无宿头，咱想文爷且在敝寨荒宿一宵，且待明日，咱们再重行计议，那你终可以答应了。"天娘说着，又把水盈盈的两眼不时向素臣瞟来，好像要竭力地留住他。素臣听她这样说法，料想一夜工夫，谅她亦绝无意外，因遂谢过不提。天娘方才含了笑，命人把文爷陪往南书房暂息。

原来这个南书房是造在半山之上，三面都是峭壁，靠窗有一个深壑，下临无地，窗口对面约二十步光景，也造着一间很幽雅的书室，名为北书房。天娘把过路的俊俏男子掳到寨里，拣自己看得中意的，便把他软禁在这里，一面又给他人参鹿茸许多补品，以及种种春药，和在食物之中，使人服后，春心荡漾，她便用种种勾引方法，诱那男子死心贴地地服侍她，她从中就可达到采阳补阴的目的。

这时南书房里，有一个二十岁左右的丫鬟，一见喽啰们陪着素臣到来，一面把素臣迎入，一面却不住地用目瞧着素臣。素臣那时也正在注意那个使女，一会儿两人都不禁失声叫道："你你你不是个昭庆寺里碰到过的文素爷吗？"素臣道："不错。你是哪个？我也好像很面熟。"那丫鬟道："我叫柳小翠，前被昭庆寺恶僧关在地窖，蒙爷救我出来。爷的大恩时时记在胸怀，不想今日又在这里遇到了文爷。"说到这里，便把素臣的衣角一扯，素臣会意，两人便一同站到窗口，装作观看溪壑流泉的样子，一面便向素臣附耳，轻轻地告诉道："爷你什么会到这里来呀？这里的寨主，是比昭庆寺的恶僧还要淫狠万倍，爷你真好危险。昭庆寺是专门害女人，这里是专门害男人的。爷现在还是怎样好呢？"素臣道："俺曾走遍南北，任他怎样厉害的人，俺都碰到过，谅她小小一个女子，有什么害怕。你放心，我自理会得。"小翠道："爷哪里晓得，她害人都是先用……"说到这里，那房门响处，天娘早已满面春风笑嘻嘻地走进房来。小翠一见慌忙走开，向天娘行一个半跪大礼。

天娘见小翠面色慌张，一阵红似一阵，还道小翠也在调戏素臣，因便含嗔地说道："婢子不去倒茶，见了贵客，鬼鬼祟祟成什么样儿！"素臣见天娘含怒，慌忙代为辩白道："方才我听到潺潺的水声，是我叫她伴在这儿问话的。"那时门外又有一个婆子，手里捧着一盘热腾腾的鱼肉，盘中还放着一壶美酒。天娘便叫她摆在桌上，一面又让素臣上座，自己却陪在对面，又叫小翠拿出白地蓝花的两只纹银酒杯，小翠便满满地筛了一杯。小翠筛酒时，又用目注视素臣，意思是叫他少饮。素臣会意，便再三推让，谓路上略受风寒，实在不能饮酒。天娘道："文爷一路劳乏，略饮数杯，正可祛除寒气。况且文爷乃是难得降临的贵客，焉有不饮之理？"天娘说着，便要亲自替他斟上。

那时素臣见天娘已把戎装卸去，头上戴着珍珠翠翘，身上穿着水红衬衫，前后绣着凤穿牡丹，内里系着湖绿大口缎裤，却是不曾系裙，裙下并不是三寸金莲，却是粉底高跟的花鞋。这样冶媚的装束，果然是国色无双。窥她的意思，虽然淫荡，却也并没有十分的恶意。眼瞧她纤手擎着银杯，竭力劝他饮酒，素臣遂也举杯向口中略尝一口，觉得那酒非常醇厚，并没怎样异味，因此也就坦然不疑，但小翠既然关照于我，到底是宁可信其有不可信其无，所以对天娘的频频相劝，素臣便刻刻地苦辞。

一会儿酒饭已毕，天娘又正色叫道："文爷你路途辛苦，请早自安置，我因有事不奉陪了。"素臣见临去秋波，真有无限的娇媚，因随送至门首，忽听她拉住房门，细碎的步履，仿佛是携着小翠同去。

素臣于困乏之余，也遂倒头便睡。不料他睡在床上，只闻到一阵阵的幽香从被中冉冉发出，触到他的脑门，受着一种刺激，那所有的睡魔便都给他赶去，此时要想睡去，便再也睡不去了。一会儿桌上一支红烛，突然被风吹灭，素臣倒吃了一惊，慌忙把身坐起，原来不曾关着纱窗。这时房中漆黑，窗外星月微明，正待前去关闭窗户，却有一线灯光，远远从窗外射了进来。素臣随着这灯光瞧去，却是对面北书房里射出，素臣从南书房的暗头里，望到对面的亮处，自然是格外显明。但见北窗的门大开，当窗坐着一个中年男子，两足盘在膝上，双目紧闭，好像老僧入定的模样，那时窗内便映着人影幢幢。

素臣瞧在眼里，好生犹疑，正在脑间盘旋思索，突闻耳中有极干脆的声调随风吹来，好像是方才天娘的口音劝着那闭眼的男子，不由得心中一奇，便细细地凝神一听。果然，不出我之所料，那天娘的芳影真的蹀躞在男子之前。此时天娘的装束，较方才劝酒的时候，不但体态大不相同，就是淫声浪语，种种诱人的手段，也不像前时在厅上那样庄严尊重，好像窑子里的窑姐，对着来嫖她的嫖客，也没有这样的轻狂媚态。你道是哪样的轻狂，待在下慢慢地把她写来，真教人羞愧欲死哩。

天娘上身穿的是一件杨妃色的罗衣，短短的两袖，直到臂弯以上，胸前本来没纽扣，只使着两条飘带，并不把它打结，衫子既然袒在两面，那胸前雪白粉嫩的肌肉，并两个馒头般的乳峰，便高高地耸在外面，只要天娘的娇躯一颤动，那粉团似的乳头也随着颤动一下。那时天娘的手中又捧着一玉杯的香茗，一会儿又听她嘤嘤地叫道："陆郎，你是南中一个奇男子，奴是万分地爱着你，奴明白你的心思，读书人是断断不肯屈节，娶奴山寨里的女子。但奴既已一心爱着你，郎就是连日地水浆不入，情愿饿死，做一个清白之鬼，但奴家既已委身事郎，则奴家的心事，生为陆门之人，死亦陆门之鬼。现在奴家也不想我郎回心转意，和奴家白头到老，共享富贵，奴家只要我郎把双目一开，一瞧奴家究竟是个何等样人，将来奴死之后，和陆郎地下相见，亦不辜负奴家待郎的一片真心。郎呀！你难道真的忍心闭着双目，终不肯瞧我一瞧吗？则我之爱郎，真是痴心极了！奴唯有先死在郎的面前，以表明我的心迹了。"天娘说着，那两眼的泪水早就扑簌簌地掉下来。素臣见她好像海棠着雨的冶媚，又瞧那男子，真个是铁石心肠，任她说得天花乱坠，委婉动听，而胸中的把持，始终闭着双目，绝不动摇。这样不欺暗室，力拒奔女，真也是世间上见所未见，因此一心既骂天娘的丢尽礼耻，一心又佩服那她叫陆郎的，真是个顶天立地的奇男子。所以站在暗里，愈加要瞧着他们的行动到底怎样了。

一会儿，天娘见终说不动他的心，她便把身子再移近一步，又把桃花似的脸儿偎贴到男子的脸上，一面又含羞带羞地劝道："陆郎，你是终不肯爱我了，但我既已将心许郎，我便情愿随着我的郎同死。现在你既不肯开眼瞧我，做我最后的安慰，但我手中所捧的香茗，你就喝了一口，难道也为累着你的名节吗？"天娘说罢，便捧茶到男子口旁，男子依然不肯开口，也不肯开目。天娘又对他苦劝道："陆郎，奴家已不能再待，郎如再不喝茶开眼，一认奴家的面目，奴也只好把香茗喂你一口，以做奴最后的安慰了。"天娘说着，早把香茗衔在口内，嘴对嘴地喂到那男子口里去，这时那男子也不由他不开口相接。谁知那男子把茶咽下之后，顿觉精神焕发，香留舌本，本来是瞑目求死，所以不饮水浆已有五日，此刻第觉精神倍增，因此他就开目瞧她一瞧。佛经上说，一个人要"无眼耳鼻舌身意"，那才能得到色即是空、空即是色的观念。

这个陆郎，名叫洪范，原是朝廷数一数二的人物，前时朝廷因清风寨猖獗，掠夺财帛，强占民房，因此便命这个陆总兵带兵前来剿灭。不料行至半途，早被山寨得知，山寨里头目便把山脚下一夜工夫，掘了好几个陷阱，真是鬼不知神不觉，只等大兵到来，他们却埋伏喽啰一千余人在树林里，预备好锁链绳索。陆总兵出其不防，赉夜进兵，行近山寨，果然连人带马，以及八百名兵士，个个跌入坑里，都被山寨生擒活捉，押上山去。陆总兵大叫一声，要把头向山石撞去，早被金二兴挟住，不能动弹。金二兴几次三番劝他投降，他执意不肯，二兴没法，只好把他软禁在北书房。

第三回

祖裼裸呈鸡头新剥肉
倒抽口气英物化天阉

陆总兵软禁在北书房，二兴便不时送酒饭给他吃，无奈陆总兵是朝廷一个久受皇恩的大忠臣，而且也是一个文武双全的人物，因此二兴要借他力量，愈加爱他，不忍杀他。陆总兵一心为国，他已抱定宗旨，绝食死节。

后来过了三天，二兴见他终不肯吃饭，又不肯开口，到第四天里，连眼睛也不开一开了，因此二兴便向小兵中竭力探听，陆总兵到底有无嗜好。后来一个兵士，和陆总兵是个同乡，他便对二兴说道："总兵样样都不欢喜，所欢喜的就是女色。"二兴闻听之下，便重赏兵士，一面早已拍手呵呵大笑道："这样便就容易了！"既而仔细一想，他是一个做官有智识的人，我若给他几个寻常女子，他哪里瞧得上眼，若要美貌的女子，山寨里面，一时又哪里办得到，这样若要他投降，不是明明一个难题吗？后来竟给他想出一个人来，就是他的嫂子胡天娘。天娘花信年华，真不愧是个国色天香，但她自从哥哥亡后，早已和我情同伉俪，我现在若叫她去荐枕席，恐怕她未必答应，即使肯答应的话，那我的心里又哪里割舍得下？若不叫嫂子当这个差遣，山寨里又找不出来第二个绝色的女子。

正在委决不下，天娘早已盈盈含笑而至，二兴一见，便向她附耳，把自己的意思说了一遍。天娘一听，用手指点着二兴的额上嗔道："好不害羞，你要劝他投降，想不出法儿，倒竟用这美人计来，亏你倒说得出口，这样羞人答答的事儿，奴如果肯依你，你难道心里便舍得我吗？"二兴道："那人有经天纬地之才，得了那人，便是得了天下的一般，只要嫂嫂心里不忘记我，就是暂时陪他几夜，那有什么要紧？将来大事告成，嫂子与我便可长享富贵。这些小节，请嫂子千万不要害羞。"天娘道："我也并不是见一个爱一个无耻的女子。我之为此，一则是你完全喜我这样做的，二则也是我完全为了你平日待我的一片深情，我才肯答应你这样的。"二兴道："你的心，我都明白了。我绝不会抱怨你是个寡廉鲜耻的女子，我终当你是个明大体识大义的好人。"两人商量停留，第二天的夜里，就是文素臣被劫上山的那一天，天娘因要劝诱陆总兵投降，所以对于文素臣，没有格外用心地劝他投入山寨，就是这个意思。

现在回头又要说到陆总兵喝了香茗之后的一番情形了。原来天娘给他喝的，并不是真的香茗，却是真正的吉林老山上好人参煎成的一杯参汤。所以洪范自给天娘喂了一口，顿时觉得津液满口，精神焕发，同时鼻中又闻到女子身上一阵阵的香气，耳中又听到女子娇滴滴的声音，心中又领略那天娘一片真心的说辞，心想世上哪有这样痴心的女子，她真如有心和我同死，那我不是真要辜负她的一番苦心吗？因此他便开眼瞧她一瞧。

谁知这一瞧不打紧，只见天娘窈窕的身材、雪白的肉体，统统呈现到洪范的眼里。洪范本是个好色的人，就是孔圣复生、柳下再世，见了这样如花如玉、袒裼裸裎的少女坐在自己的怀里，也没有不心怦怦动，油然而生怜香惜玉的念了。

洪范虽然是有气节的人，到底不是孔圣柳下惠，因此便有一瞧再瞧，大有瞧不厌的情状。天娘见他既喝了参汤，又开眼呆呆地瞧她，此事料已有十分把握，遂重新又把参汤满满地喝了一口，向洪范的嘴里，先吐着舌头，一口一口地哺过去，一面又将两手把洪范的脖子抱着，轻怜蜜爱，装出无限恩情的样子。洪范先给她玩弄得心情志忑，意志早已飘飘不定，一会儿仍旧把双目紧闭，一声不响，任她摆布。

天娘既把他的脖子牢牢弯着，一面又把他脸儿紧紧贴着，口里还不住地喊着陆郎，她的意态是很亲密，她的声调又是很温柔。天娘一手勾着洪范的脖子，一手又握着洪范的右手，慢慢地把它放到自己的胸怀里去。这时洪范虽然闭着双目，但心里的思想和前时早又两样。前时是只等死神到临，成就他为臣必忠的念头，此刻他心里所慕念的，便是眼前一片深情的天娘。他想天娘果然是一个国色，国色是不易多得的，难得她这样多情地爱着我，我若不给她一些儿安慰，那我这人真要变成木石还不如了。

洪范正在无限旖旎地想着，那一只右手，早已随着天娘的柔软，抚摸到天娘滑如凝脂的乳峰上去了，只觉触到手里，便有一种很香很甜的味儿，从自己的指上直传到自己的心房里，同时心中便起了一阵欲罢不能的欲念，周身的肌肉也得到了无上的快感。这时他的心中，早又想入非非，以为女人的肌肉真是无上的宝贵，她的价值，直超过忠臣的魂、烈士的魂、英雄的肝胆、菩萨的心肠，任何什么都不及来她。这无怪明皇赞贵妃的乳，要赞她为温柔新剥鸡头肉，当时禄山在侧，亦称为滑腻犹如塞上酥。明皇听禄山的称赞，不特毫无妒忌，反笑禄山是个胡儿，只知道塞上的酪酥，哪知美人的嫩乳，真要比粟发的一粒还要勾人销魂哩。洪范想到这里，一手按着酥胸，便又偷眼瞧着天娘的双乳到底红润不红润，像不像新剥鸡头肉的一粒。天娘是个多少乖觉的女子，便索性把双乳拨动，引诱得洪范口沫直流，再也忍耐不住，便轻轻地叹了一口气叫道："你真是我五百年的风流孽冤了。"这时洪范便把天娘的脸蛋儿捧过去，很亲密地偎了许久，口中又喊："我的肉儿小心肝，你是我的灵魂，我样样都依着你，可是你也得样样地依着我。"

天娘星眼微饧，早又哑然一笑，站起身来，到几上重新倒了一杯热气腾腾的参汤，亲手捧到洪范面前。洪范不待天娘劝他，早就接了过去，一饮而尽，从此而后，洪范便死心贴地地拜倒天娘的石

20

榴裙下。

　　不说两人知心着意地去效交颈鸳鸯，再说素臣站在窗口，远远地瞧到洪范果然被天娘迷惑，失去了把持，一时心头火起，几乎大骂不要脸的狗男女，既而仔细一想，自己也身陷盗窟。一会儿又想起小翠方才的话来，说她怎样淫狠，看过去真是一些儿都不错，但小翠方才实在还有许多言语要告诉我，可惜都被她走来，以致不能尽情诉说，实在是个憾事，明天小翠到来，我还得把今晚所见的那个男子详细问个明白。一会儿又想起天娘这样的狐狸似的手段、蛇蝎似的心肠，迷惑着过路的男子，实在是一个脂粉的魔窟，我若不把她除去，将来贻害青年子弟，其流毒比洪水猛兽还要厉害。但是究竟用怎样的方法可以把她除去，倒也需要斟酌而行，我本待明天赶路，现在也只好随机应变，说不定在此耽搁几天。素臣想罢，便把窗子掩弄，跳到床上便沉沉地睡去。

　　等到一觉醒来，房中早已有人走动。素臣开眼一瞧，早已红日满窗，在床头蹀躞奔走的正是小翠，因便用手一招，低低向小翠问道："此刻天娘有没有起来？"小翠道："早得很，还没有起来。"素臣乘间又问昨夜里所见的那个男子到底是谁。小翠听，便向他轻轻地告诉道："文爷你问的是不是在后山的一个男子？还是在北书房里的一个男子？"素臣道："就是在这里对面房间里住的那一个。"小翠听了惊道："啊！你问他吗？他是前次带兵来的陆洪范总兵呀！"小翠说时，好像非常地可惜他。

　　素臣道："他他他就是北关的陆总兵吗？他是一个忠臣，而且也是一个孝子，为什么幽禁在这里呢？"小翠因把他怎样带兵来剿，怎样地被擒上山，又怎样地劝他投降，怎样地绝食待死，直到昨晚文爷到此来，他已整整地饿了四天。"昨晚我听到格格说，给寨主说了许多言语，他已居然听从，并且还答应代山寨划策。当时我还浓浓地熬了好多参汁给他调理，恐怕此刻还陪着寨主娘娘，正在寻他的好梦呢！"素臣道："你说的格格，又是哪一个？"小翠道："说起格

21

格的相貌，正是怕人。他的眼睛好像铜铃般地大，他的声音又好像撞钟般地响，他的力气又好像虎狼般地凶猛。昨夜文爷到来，我在厅后偷窥，好像押着文爷的就是那厮。当时我不知道押着的就是文爷，还只道是个过路的客商。现在文爷既已到此，第一不要喝她的酒，因为她的酒，不是暗下春药，就是投放毒汁，我见有好多男子喝了酒后，不是迷却本性，便是丧了性命。"素臣道："原来如此，怪不得洪范的失节，一定也是喝了她的春酒，才把本来的面目改变。可见得酒色两字，真是害人匪浅。"那时素臣又问小翠道："从山上通外面的途径，是哪一面来的最近？"小翠道："我听格格说，本寨三面靠山，只有南面一条道路可以出入，文爷如要下山，非领寨上的对牌，万万不可出去。"素臣听了，把头一点。

两人正在说话，突闻门外有人敲门。小翠把门开入一看，见是天娘房里的那个邱大嫂，因遂向她叫道："大嫂，娘娘有起来了吗？"大嫂道："还没有呢。娘娘关照你，请你和文爷说一声，请文爷好好地耽搁几天，你须要好好地服侍他。文爷的吃食，都叫你小心侍候。娘娘因今天有事，改天当替文爷饯行。"小翠点头答应，大嫂也便自去。

这时小翠便对素臣叫道："文爷，如今你可安心住下了。"一会儿又问，"此刻饿不饿，我给你做点心去。"素臣道："并不饿，你可知她今天怎么不出来？"小翠听了笑道："她还有什么哩，她无非要迷住陆总兵，收服他的心罢了。文爷你若没有陆总兵的事，恐怕你就要给她缠不清楚了，现在你真是个幸运儿。"那时素臣又问小翠道："你什么会到此间？"小翠道："我自在杭蒙爷救出之后，哥嫂又因水为灾，不知下落。当时有个邻人尤二，劝我跟他到山东做工，我因他的人很是老实，因此又上了他的圈套。原来他是这里的眼线，把我骗上山来，幸而服侍的却不是男人。娘娘见我人还伶俐，便叫我专管南书房，将来不晓得怎样结果，想起来也真伤心。"素臣道："那么你的家里，一个亲人都没有了吗？"小翠道："还有哪个

22

是我的亲人呢？只有你文爷，就是我的重生父母了。"素臣听她的身世这样可怜，心中也老大不忍，因便安慰她道："我此番进京，系奉着太夫人之命，且待我进京回来之日，我必设法救你出去，此刻我尚有要事，若孤男寡女带在身边，路上难免惹人议论。"小翠一面感激道谢，一面已止不住泪如泉涌。素臣道："你切不要悲伤，哭了恐反要使他们疑心。"小翠连忙收住泪痕，匆匆到外面搬午餐去了。

素臣待她进来，又令她同桌而食。小翠道："这个使不得，我不如装作大家不认识的好。"素臣遂饱餐一顿，意欲便即下山。小翠道："我瞧你还不如和她说明，一路上便无阻碍，否则四面都有机关，文爷虽然英勇，恐怕万一有失，不是要使太夫人担心吗？"素臣因此遂又耽搁了一天，和小翠说说谈谈，问问山中一切情形，方才知道胡天娘和二兴叔嫂二人早已如夫若妇，并且与京中相国寺方丈了空互通声气。

那晚小翠又服侍他晚餐后，小翠退到外面，各自睡下。到了二更天气，素臣正自好睡，突觉身旁有一个裸女，用手来脱自己的衣服。素臣早已防备，便偷眼一瞧，见那个裸女正是天娘。天娘昨晚引诱洪范，种种丑态，素臣早已瞧在眼里，此刻又用狐媚淫浪的手段来勾引自己，他便突然计上心来，装作睡熟模样，任她脱去衣服，自己却终朝里而睡。天娘听他鼻息鼾鼾，不欲惊醒于他，一面又将素臣的小衣褪下，但见周身白肉，果然是个伟男子。天娘这时的心中已是十分高兴，欲火炎炎，一面伸手到素臣的裤间，只觉一片平坦，如无一物。天娘大吃一惊，心疑素臣是个女子，正待唤醒，问个明白，但见他早已两手一伸，打一个呵欠醒来了。天娘因大声喝道："你是哪里来的女子假冒文素臣，快快说来！不然便把你结果性命！"素臣一听，便哈哈笑道："我与你男女授受不亲，你为什么不顾礼耻，竟敢裸体地睡到床上，这是什么意思？"天娘道："你还要说这些话，你和我是一样的身体，你还想假充男子吗？"素臣道："我虽然是个石男，和你们的石女是一样的，但到底是个男身，你现在强说我是个女身，你真所见不广。"

这时天娘一团的高兴，早已像冰块一样地冷下去，一面自己穿好衣服，一面早把素臣的衣裤掷还与他，并向他冷冷地斥道："看你的外表，倒像是一个魁梧奇伟的丈夫，原来却是个雌而不雄的天阉，你自己不羞，倒还说人家所见不广。"素臣那时自己也暗暗好笑，原来素臣运动内功，故意把阳缩入腹内，绝了淫妇的一种妄想，不料文娘果然当他是个天阉，当面嘲笑素臣不能人道，冒充文爷。一面又愤愤骂道："没中用的东西，真死了人。"天娘一面说着，遂即回身进去。

一会儿天已大明，小翠手携对牌，笑盈盈地开门进来，又低低地叫道："文爷，恭喜你，娘娘说你留此无用，发下对牌，放你下山。"素臣心中暗想：我今虽平安出去，但终究是便宜了这个淫妇。本待放火烧山，把淫妇杀死，但彼众我寡，万一不测，倒反误了我事。况且我的母亲嘱我早去早回，我不如回来之日，和她再算总账便了。因此便告诉小翠，说是此去，多则一月，少则半月，汝但安心静待，我必把你救了出去。小翠听素臣这样说法，心中欢喜万分。

那时蘅娘既把以上两回删去，又把全稿掩弄，细细地想了一会儿，觉得这两回所述的陆总兵洪范，明明是来讽刺明末的经略洪承畴。承畴投降清廷已经绝粒多日，预备一死报国，后被清廷侦知，他生平别无嗜好，只好女色一项，因此用博尔济吉特氏盛装而至，以极旖旎之手腕，极动人之媚态，竭力劝诱。承畴被其美色所惑，当时曾口就博尔济吉特氏之手，饮茶一口止渴，不料她所捧的玉杯并不是茶，乃是一煎参汁，承畴虽绝粒已多天，得此参汁，不但饿而不死，而且精神倍增。随后又以百计狐媚蛊惑，承畴遂降清，代清廷筹划一切，清廷多所依赖。不料入关以后，大肆淫戮，如扬州十日，嘉定三屠，至今又印在人人的脑中。不但此也，而且承畴死后，朝廷又宣国史馆，把他列在《贰臣传》中第一名。《贰臣传》

24

者，即当时明朝降清之各大臣。蘅娘恐书中写胡天娘，即是骂太后博尔济吉特氏，写金二兴，即是骂摄政王多尔衮，写清风寨的杏黄旗，又明明是骂清朝的黄龙旗。这样显而易见，虽然假仁假义，卑鄙龌龊，仿佛等于禽兽强盗的行为，骂虽骂得痛快，可是灭门之祸也是更觉可怕，因此不得不把它删去。

第四回

相国寺中同参欢喜佛
清风寨上大闹合卺杯

　　素臣接过对牌，别了小翠，当即匆匆下山。伏路小卒见有对牌，一个都不敢阻挡。素臣此番进京，原为访他的父执史经略，谁知一到京城，史经略业已奉命到川往剿闯贼。素臣扑了一个空，心中快快不乐，后来细细探听，有的谓闯贼已平，史经略不日班师，素臣因耽搁客邸相候，现在也已有一月。

　　这日天气晴朗，素臣独坐无赖，便移步往相国寺一游。相国寺为京中一大规模的丛林，住持是一个喇嘛，法名慧海。素臣走到山门，但听鼓钹齐天，寺中正在大做佛事，禅堂大殿，且有许多善男信女，跟着众僧膜拜。素臣眼前但觉香烟缭绕，耳中又听到梵音摩诃。

　　正殿左首，是一个巍巍的钟楼，右首是一个和钟楼一般高大的鼓楼，那时鼓楼上有击鼓其镗的鼓声，和着响过云霄的八百纪钟声，虽然是个悠扬动听，但一到霸人的耳中，却又引起无限的烦恼。素臣那时一会儿想起水夫人和田氏在家，一定是很记挂着我，璇姑和哥嫂，又不晓得何日得能会面。

　　素臣一面想着，那两脚便不知不觉随着众人穿过钟楼，但见大殿旁边，又建着挺高挺大的宝藏，四围都用朱漆栏杆围着，栏杆中间，有小门一扇，可以容人出入。那时其中已有不少的游人，用肩推动宝藏挑出来的横柱，宝藏的两端装有轮轴，一经推动，那藏便就不停地旋转。宝藏又雕刻着西天佛国，种种诸大菩萨，素臣抬头一瞧，见轮轴直到大殿屋顶，真是洋洋大观，又好像是个能够行动的宝塔。

素臣瞧了一会儿，却又移步向西，经过罗汉殿，又过大悲阁，见有房门一扇，门外豁然开朗，却是一个绝大的天井，素臣心中暗叹："好一个幽净的院落！"依着甬道过去，便见两旁种着碧绿的芭蕉，芭蕉的叶子临风翻动，又好像一扇扇的佛幡。芭蕉之下却豢着许多白鹤孔雀，一见有人，孔雀便把两翼张开，雀尾直竖，做一个开屏孔雀，白鹤又振翮翱翔，飞上一枝绝大古松，一阵风过，松树上又发出波浪似的松涛。这时无论怎样烦恼的胸襟，也把所有的俗虑顿时消释。

甬道尽处，早又现着一座高可插云的殿宇，殿上有横额一方，写着"皆大欢喜"四个大字。素臣信步行去，早见有男女游客从殿中出来，个个面红耳赤，好像含了无限的羞赧，非常神秘。素臣正在惊异，遂亦跨步进去，却见殿中所塑神佛，都用黄缎帏幔遮盖佛身，揭盖而视，那佛的面目个个面目狰狞。有的男身，有的女身，身上并无衣衫，且有男身之佛拥抱裸体女佛，女佛之身拥抱非人非兽的怪物，做种种交合形状，最奇者有裸女身缠绝大蟒蛇，与蛇首接吻，丑态毕露，不一而足。这样淫秽不堪，供奉在大殿之上，而且个个是丈八金身，真是令人百思不得其解。塑像的意思，难道教世人个个都要学着那佛的样子？如果是这样，那么奸夫淫妇，不顾礼耻，果然白昼宣淫的，又何必定要送到官府，惩治他是个犯罪的行为呢？那犯罪的人不是也好对官府说是我们并不是犯奸，我们乃是学欢喜佛，要修成正果，身超西方佛国的？这样世上便没有犯奸淫的罪犯，刑律上也可以删去男女犯奸的种种罪名。素臣想到这里，便长长地叹了一声骂道："现在世界本来是个是非颠倒、黑白不分的禽兽世界，我还要和他理论，我的人也真是要变痴人了！"一会儿，又想起方才从殿中出来的男女游客，怪不得个个面带羞惭，好像非常赧然，原来他们是尚有人心，见着了这样的欢喜佛，认为瞧着了秘戏图一样。

素臣正怀着一肚皮的牢骚，方欲走出佛殿，突见那面有一个身材高大的男子，握着铁锤般的拳头，也正在对佛狂嚷大骂："混账的欢喜佛，我要打倒你，我老子是要打倒你！"素臣听了这个声音，好生怪熟的，因连忙直奔过去，向那人细细打量，不觉大吃一惊，失声叫道："咦！你不是刘贤弟吗？为什么会在这里？"那人一见素臣，也觉顿时一呆，一会儿他又大声嚷道："巧极了，巧极了！文爷果然给我寻到了！"原来那人不是别个，正是素臣刻刻记挂的刘虎臣。

两人见面之下，大家都有说不出的快乐。素臣见虎臣的面目，重重地罩着泥沙，遂又急急地问道："贤弟你是从哪里来？你的夫人、你的妹子统好吗？"虎臣道："她们我都寄顿在友人家，都好的。我找文爷是何处不找到，不料今天却居然给我找着了，正是谢天谢地。"因问素臣，史经略既已出征，你现在到底是住在哪里？素臣道："这里不是讲话之所，我们且回到寓里再说吧。"虎臣一听，遂不再问。

两人出了相国寺，虎臣还是一个人愤愤地骂着欢喜佛。素臣道："骂他则甚？你骂他，他又没有听见，就是听见，他也不会听了你的话，就把这个荒谬绝伦的佛像捣毁，重新塑着庄严的如来佛。我劝你还是少发些儿憨蛮性吧。"虎臣一想，这话真是不错，我既没有权力可以干涉他，又没有仁德使他感化，我在此虽然很气地骂着，他却依然地塑着，真是个没有益处。

行行重行行，不觉已到东城素臣所住的旅邸，素臣便让他走进房间。店小二忙去泡茶绞手巾，并问："二位大爷，有没用饭？"素臣道："还没有呢，过会儿你去打十斤酒，切一盘牛肉、一盘羊肉、一盘鸡肉、一盘大葱，都要嫩的。"店小二答应自去。

这时两人相对而坐，便把各人别后的事情都详详细细地说了一遍。等到素臣说到路过清风寨，遇到柳小翠，自己答应把她救出，现在耽搁京里，不能前去的话，虎臣忽然拍着桌子，大声答道："小翠吗？我已把她救出来了。"素臣一听，小翠已给他救出来，心中不胜欢喜，正要问他怎样救出来，那店小二把十斤黄酒、一盘盘的牛肉等，统统拿进房来。虎臣一见酒壶，连忙抢了过去，又叫店小二拿了两只大碗，先向素臣面前筛了一碗，再向自己面前，也筛了一碗。素臣道："小翠是怎样地给你救来？她的人现在哪里？"虎臣道："我的口实在渴得了不得，且先把这个酒润一润喉咙。文爷你不要心急，这个话说起来正好长哩。"

那时两人都把面前的酒喝了下去。虎臣一面筛酒，一面便开始他的说话，素臣静静地听着。他还没有说话，先把台子猛力一拍，素臣倒给他吓了一跳，他又没头没脑地骂道："好个混账不要脸的东西，一个死了丈夫的寡嫂，竟大开宴会地嫁给叔叔了，听说他们没有嫁的前头，早就是偷偷摸摸通奸的。"素臣听他气愤愤地说着，心中虽然不十分明白，但料想过去，他一定是在说清风寨里的胡天娘嫁给金二兴的一桩新闻了，因此也不去问他，由他直说下去，恐问了，他反要说不明白。

那时虎臣又连忙喝了两碗酒，方才滔滔不绝地说道："我所骂的狗头，就是清风寨的胡天娘和金二兴。"素臣把头一点。虎臣又开口骂道："天娘自从把陆总兵，用美人计骗他投降之后，二兴见天娘终日陪伴着他，一时妒火并欲火齐发，便叫小翠去喊天娘出来，说我叫你去哄他投降，你怎么真的和他要好，倒把我丢在外边，你若今晚再和他睡在一起，我可就不答应，我现在没有法子，只好把小翠叫她睡在我这里去。天娘听二兴这样地责罚她，她便也柳眉倒竖、杏眼圆睁地叱道：'呸！你倒想得好，你要把小翠收房，万万不能！况且这个事情，又不是我自己情愿，你当初是怎样对我说，又怎样地央求我，难道你统统都忘记了吗？现在倒反怪我的不好，你倒自己问问良心，你到底是好算一个人吗？'天娘说到这里，便就放声大哭，说：'你的哥哥死了没有几时，你就百般地引诱我，要我伴着你一道睡，我是多么地依顺你，你心里一些也不知好歹。我们创立这个山寨，也是很不容易的事，我原是希望和你白头到老，做一个久长正式的夫妻，谁知你自己没有能耐，见了那个陆总兵，又叫我去用这个美人计。你想陌生生的男人，叫我丢了脸皮，想尽方法去调戏他，我依了你，这是我何等爱着你啊！你现在又说我不来陪你同睡，这样叫我怎么好呢？难道叫我一夜之中，先和你睡，再和他去睡吗？我到底也是一个知书达礼的女子，又不是当窑姐儿的，你也不是开窑子的龟奴，叫我怎样我就得怎样地依你。现在我统统不管，你既然爱着我，你须得正式地和我结婚。至于陆总兵，我如果高兴的话，叫他陪着我睡一夜，你也不能干涉我。你要晓得，这个事原是你自己叫我做的。'二兴一听天娘说出这样一大套的话，一时又不好驳她一句，于是遂答应天娘，准定照此办理。那晚天娘仍旧睡在陆总兵那里。到了第二天，二兴便吩咐部下杀猪宰羊，祝告天地，和天娘交拜祖先，洞房花烛。全寨大小头目，个个欢呼寨主万岁，全寨又挂灯结彩，庆贺三天。所苦的就是那天娘的一个儿子，名叫福哥，那时年纪虽小，倒也已有知识。"

素臣听到这里，见他说了半天，都是天娘嫁二兴的一番话头，至于小翠被他怎样救出，却依然没有说明，故此便再也忍耐不住，早又向虎臣催着问道："贤弟，小翠到底是怎样给你救出的？你怎么说了半天，仍旧没有说明白呀！"虎臣道："我这些话，都是小翠说给我听的。不然我哪里知道这般详细呢？"素臣道："不错，小翠和你是这样说的，但小翠身在山里，她的说话，你难道是个顺风耳，句句都听得到吗？"虎臣听了，早又哈哈笑道："哪里哪里，那天晚上，我刚巧从德州地界走过，远远地瞧见一座山岭，山上灯火齐明，照耀得如同白日。我正在心中诧异，不料松林之中，就有很凄绝的一阵女子哭声，我以为一定是被强人抢夺了财物，一时好奇心动，便跟着声音寻了个过去。在月光暗淡之下，果然有一个黑影，我便大声喝道：'你是谁？夜半三更，为什么在此啼哭？'那女子一听我

30

的喝声，早又颤巍巍地泣道：'我……我是个落难的女子。'我听她的声音不像山东人，因又问道：'你是哪里人氏，因何落难？快快说来，我是杭州来的刘虎臣，专门喜欢救落难的人。'那女子一听'刘虎臣'三字，她便还问我道：'这位大哥，可是在湖滨开糕团铺子的刘大哥吗？'我一听她说出我的住址并姓名来，因走上一步，仔细一认，因此也失声叫道：'你好像是个柳小翠，为什么打扮这样齐整，却在这里哀哀地哭泣？'小翠见四面无人，便低低告诉道：'我便在这个山上，被寨主放我下来。'我听她的说话，心中很觉奇怪，因又问道：'他放你下来，这是再好也没有了，你什么还要哭呢？'她道：'我是因为走不动路，且又不知道路途，故而啼哭。'这时她又问我为何不在杭州，却又到此地来，并又问我妻子妹子都好吗。我便把我所经过的一一告诉她。她到此不觉很高兴地叫道：'刘大哥，你要找文爷？那文爷在一个月前也曾到过山寨，他说要到北京，现在我们不是可一同赶路吗？'那时我又问她怎样能够把你放出来，今晚山上又为什么这样灯火齐明。她便从头说道：'天娘嫁给二兴，因二兴要收我做妾，天娘是个淫妒不过的人，她唯恐二兴娶了她，再要纠缠于我，所以她对我说，怜我是个清白女子，叫我带了盘川，偷偷放我下山。我实在是很感激着她的好意，但路途遥遥，托身无所，走了一程，两腿又很觉酸痛，因此坐在路旁，不觉啼哭，谁知倒惊动了大哥。在此相会，这也真是凑巧极了。'"

素臣道："照你说，小翠是也在北京城里了？"虎臣道："没有，她现在已给她的哥哥柳老五领去了。"素臣道："她的哥哥你又怎样地碰到呢？"虎臣道："我和她在路上走了半个月。那天正在赶路，忽然刮起一阵大风，天上乌云四合，那天便下了一阵大雨。正在找一个地方躲避雨点，后面恰有一辆驴车赶到，小翠和我便招呼车夫，谁知跳下来的正是小翠的哥哥柳老五，他们兄妹相见之下，大家抱头痛哭，把打在身上的雨点都不觉忘了。当时我便叫他们大家快快跳上车去。后来彼此问明，方知老五自遭了水灾，家中房屋尽毁，妻子不知下落，自己跟着友人，到这里过着赶驴车的生活。因此我便把小翠叫他带去，自己却到城里，再向各处找寻文爷。"

素臣听他说完，心中很觉高兴，又很是感激，因又满满地给虎臣筛了一碗酒叫道："贤弟，这是为兄的敬你一碗，你快快喝了！"虎臣道："既然是自家的亲戚，什么倒说起敬字来，这样我不是也没有敬你吗？"

两人很得意地说着，那十斤酒儿早已点滴不留了。虎臣还想添酒，素臣便劝着他道："贤弟，我们明天好好儿地再喝吧。喝醉了，你我的酒性都不很好，而京城里面，又不比寻常的地方，万一闯下大祸，小则身陷囹圄，大则更加一言难尽。"虎臣道："文爷前儿在杭州怎么这样高兴，现在却又怎么这样地小心？小弟此刻酒性勃发，意欲与文爷再喝十斤酒儿，不知你可赞成吗？"素臣见他馋涎欲滴的神气，不好意思再劝他不饮，遂叫店小二再添酒五斤，一面叫他把饽饽做来。

两人又对喝一会儿，真所谓酒逢知己千杯少，那时虎臣对素臣的心理，况又是"踏破铁鞋无觅处，得来全不费工夫"，因此所以格外来得兴奋。

素臣见烛花黯摇，已结着一个绝大灯花，所以光亮不能透明，因站起身来，把烛花剔去。正在用手剪摘，不料从窗外突然飞进一镖，不偏不倚地恰恰打落烛花，那镖从素臣手上飞过，直中到床上帐钩，只听叮当一声，那帐钩早已打作两截。素臣和虎臣一时都大惊失色，虎臣慌忙把镖拾起，但见镖上锥有一只燕子飞在云里，真个是很锋利的快器。两人正在诧异，耳中又忽然听到隔壁房里一阵哭声，大喊："救命！救命！"

蘅娘把本回删去，又喟然叹曰："相国寺中的欢喜佛明明是指雍和宫里欢喜佛故事。胡天娘再醮金二兴，又明明是骂皇太后下嫁摄政王。"

蘅娘忆起当时曾有多尔衮阴使范文程言于朝，谓："摄政王功高望重，而谦抑自持，德莫与京，我皇上虽欲报之，将何以报之哉？虽然，王固皇上之叔父也，今日之事，犹父传位其子，王既以子视上，则上亦当以父视王。"奴才群下皆议曰可。文程乃复言曰："今闻王新悼亡，而皇太后又寡居无俪。愚意上既视王若父，今不可使父母异居，宜请王与皇太后同宫。"奴才又皆议曰可。于是满朝史官，乃大书特书于其册曰："皇太后下嫁于摄政王，群臣上贺表。"凡十四字，皆即是文字。同时明张苍水作宫词亦有句云："上寿称为合卺尊，慈宁宫里烂盈门。春官昨进新仪注，大礼恭逢太后婚。"后来纪晓岚修清史，把此时涂去灭迹，人遂罕有知者。

这样禽兽不若的行为，我父骂之曝之，固足以愧其心，夺其魂，但终究畏罪，不敢不删。

第五回

吹气如兰泪流香妃恨
销魂出浴心醉杏花楼

当下素臣便立刻卸下直襟，向窗外飞身上屋，只见东南角上一个黑影，好像燕子一般，倏忽之间早已不知去向。素臣欲待追去，又恐来者非止一人，一面尚恐虎臣有失，因此又跳下屋檐，回到房间，那虎臣果然已不见了。素臣心中一急，便大呼："贤弟在哪里？"

这时店中各人都已齐集隔壁房间，你一句我一句地纷纷议论。素臣一听嘈杂的人声，便也赶了过去，但见室中床上堆着乱七八糟的被儿，床边坐着一个老媪，一把眼泪一把鼻涕地向众人告诉。虎臣也立在老媪身旁，静静地听着。老媪道："我儿子死了还不到一个月，我的媳妇已有三个月身孕，现在不幸被这强人抢了去，叫我还怎样做人好呢？"

虎臣一听之后，早又怪声地叫道："反了反了！什么京城里面，也有这等抢人的强徒，那还了得！"素臣见他暴跳的神气，便向人丛中把他的衣袖一扯。虎臣抬头一瞧，见是素臣，便又大声叫道："文爷你瞧，这还算是什么世界呢？"素臣一面用目示意，一面又向老媪问道："你姓什么？你儿子叫什么？是哪里人？抢你媳妇的，又是个怎样的面目？你可都说给我听。"

老媪见素臣虎臣都是气概轩昂的正人，因便跪下求道："爷可替我做主，快快替我把媳妇儿救回来吧！"那时众人也齐声问道："这位大爷问你姓什么，你快说呀。"素臣见她跪在地下，又连忙把她扶起。那老媪又垂泪诉说道："小妇人姓葛，儿子叫葛珍儿，媳妇叫香囡，原是西羌人氏，现在移居京师。承都老爷的情，把我儿荐到贺相爷府中，服侍公子坤哥。因公子性好骑马，儿子便陪他终日在外游逛。上月里因路过我家，公子曾进内稍息，老身见是我儿的小主，遂命媳妇香囡倒茶。不料公子一见香囡，便恋恋不肯回家，后来天色晚了，我儿催他回去，谁知一到府中，公子便对我儿说，欲出聘金三十两，强要我媳做妾。可怜我儿和我媳，结婚还不到半年，我儿哪里就肯答应。公子见我儿不允，心便含怒。有一天公子又骑马出去，命我儿跟在后面，直到北门外西山地方，那时天正炎热，不晓得怎样，我儿竟中暑倒地，公子便出红丸三粒，叫我儿吞下，说可救活，我儿不该将那丸吞下肚去。"说到这里，那老媪便又大哭起来，众人见她不肯即说，又催着问她道："后来你的儿子怎样了？"老媪又抽抽咽咽地说道："天呀真可怜，我儿自吞了红丸之后，不到一刻，便就腹痛如绞地死去了。"

虎臣听到这里，早就忍不住叫道："那么你的儿子是给他谋杀了？"素臣一听，便又连忙止住道："贤弟，你别瞎猜，快给她说下去。"老媪道："从此我就没有了儿子，后来不到半月，公子又着人前来，要把媳妇娶去做妾的话，向老身商量。怎奈媳妇香囡立志不从。老身想公子势力浩大，我等乃孤苦无告的人，安能和他违拗？因此老身把粗笨的家具卖去，一面收拾细软，意欲回到原籍暂避，一面又恐公子知道，所以当夜偷偷地住到这里。谁知媳妇竟又被强人劫去了。"老媪说毕，早又泪如雨下。

素臣便不住地摇头，一面却冷冷地对老媪说道："这个事情，不是我说一句不中听的话，恐怕你的媳妇平日之间原有个情人，此刻见你要回到老家去，她却暗中约着情人相偕逃去，只瞒着你一双眼睛，你却还道是被强人劫去。"老媪听了，把眼瞪瞪地向素臣瞧了一回，又极口含冤道："我的媳妇儿，是个三贞九烈的人，哪里是有情人相约！爷别冤枉好人了。"虎臣听素臣这样说法，也欲与老媪分辩几句，素臣连忙止住，一面又对老媪道："无论京师地方，军警严密，就是乡僻小村，也没有劫人抢女的事情发生的，诸位你想对吗？"

素臣一面说着，一面早又拉着虎臣，回到自己房里，说："我们喝酒去，别多管闲事了。"虎臣一听，便也跟着素臣回到房里，素臣便向他的耳边说了好久，虎臣便拍手叫绝道："文爷你真好细心！我明白了。"一会儿店小二把碗碟收拾出去，素臣等遂灭烛安寝。

那时老媪见众人散去，自己便再也睡不着，早又抽抽咽咽地哭了半夜。素臣听了不忍，便暗自下床，偷偷地敲门进去。老媪于夜漏寂静之间，骤闻有人敲门，连忙止住哀啼，开门一瞧，见是素臣，正待动问，便见素臣向她低低叫着："姥姥，你切莫悲啼，方才人众，京师又耳目众多，你媳妇的事，我准定此刻代你前去探听。得能把她救出，你切莫欢喜，万一一时不能救出，你更不要伤心，总之这事我自当竭力代你想法，非要救出你的爱媳，决不甘休。你若再要啼哭，万一被强人知道，再发生意外的事来，那时你虽要懊悔，恐怕也来不及了。"老媪见素臣很恳切地对她说，便又忍泪向素臣叩头谢道："爷真天人，我固知爷能救我也。"素臣一面把她扶起，一面又嘱她静候消息，说时迟那时快，素臣早已开窗，嗖的一声，把身子飞上屋顶，一霎时已不知去向。老媪见素臣飞出窗外，知素臣果非常人，一时也大为惊异，把窗子轻轻掩上，又把灯儿剔亮，一心很感激地背灯静坐，只等素臣的回话。

再说素臣纵身上屋，不消瞬刻，早已身入相府。那时三更向尽，四更不到，府中更漏寂寂，灯火全熄，只有西南角上高入云汉的楼窗，有一线灯光从窗幔中暗暗透出。素臣一跃而上，做一个蜘蛛倒悬之势，由楼檐倒身下窥，见楼中正面铺着一床，床中有女子声音问道："什么响？"一会儿又有一个男子说道："香囡你已把她交给春娘了吗？"那女子道："爷叫我交给她，我早已交她领去了。"男子道："此刻你到去瞧瞧，不知可有回心。"女子答应一声，早由帐中跳出。素臣见跳出来的，是个雪白粉嫩的裸女，一会儿见她穿好衣服，轻移莲步，开门出去，素臣便也翻身上屋，在屋脊上侧身下听，仿佛听到女子出了房门，走到东边楼房，素臣在屋面上，也跟到东楼。

这时楼下又有两个女子说话声音，并有女子哭泣声。素臣知老媪的媳妇香囡一定幽禁在这东楼，遂又隐身窗口潜窥，但见方才这个女子对楼中的少女叫道："春娘，爷叫你劝着香囡，叫她早早回心，现在她可答应？"春娘道："秋妹，我已说了许多闲话，无奈香囡只是哭泣，不肯听从，不信你瞧她，还不是尚在垂泣吗？"春娘说着，一面又向香囡叫道："香囡，公子的性情，是多么温柔，公子的待人，是多么和气。你如顺从了他，插得金银，穿得绫罗，吃得珍馐，享得荣华，将来还有说不尽的好处，都要到你的身上来了。"春娘说着，一面还对着她哧哧地笑着。

素臣瞧在眼里，暗想香囡果然是个奇女子，我若不救她出去，更有何人前来相救？因此便冷不防地蹿进去，把香囡负在背上，重新上屋，向原路奔回。春娘见香囡被劫，一面口中吁溜溜长啸一声，一面便也跟着跳上屋顶，向素臣紧紧追来。素臣见有人来追，一连越过几重屋脊，正待奔到僻静所在，先把香囡安顿，不料春娘一声长啸之后，院子前后早又跃出五六个壮士，一齐飞到屋顶，向素臣抢夺香囡。素臣因众寡不敌，且又身上负着一个女子，因此香囡便被一个大汉夺去，素臣欲翻身夺回，恰巧遇到春娘，黑暗之中，两人便混战起来。素臣一面用掌发出弩箭，打中了好几个黑影，一面纵身跳到墙外，春娘也紧紧跟到墙外。素臣不敢回寓，便向西城竭力窜逃。素臣一见追赶的只有春娘一人，因此又重新回转身来相斗，冷不防春娘飞起一腿，素臣眼快，慌忙把她接住，又奋力地向前一耸，春娘站脚不住，便呀的一声，跌下城去。

素臣见不能把香囡救出，心中闷闷不乐，现趁着没人追赶，便很从容地回到寓里，但见店门大开，回到房间，早已不见虎臣，知他必系寻找自己而去，但我曾经叮嘱于他，嘱他切勿鲁莽，"因为贺相门下，养着不少异人喇嘛，个个都是武艺高强人物，我等和他比较，好像以卵敌石，不但本领及不来他们，就是势力，京城里头，除了皇帝老子，还有哪个及得来他相爷的尊贵，所以我时叫你不要多嘴，就是这个意思。"虎臣听我的话，也曾拍手说我精细，他明白了，绝不多事闯祸，有负嘱咐。素臣知他虽然明白，一面却仍叫他睡下。"过一会儿我还要出去调查一下，你要记着，切莫寻我。"这样地再三关照，所以现在虽然不见虎臣，素臣的心中也还放心得下。

作者且把素臣对葛媪救媳妇的事，暂且按下，现在且先把那大汉在屋上夺回香囡的事详细表明。

这个大汉名叫奇童，绰号叫作云里飞燕，第一次劫夺香囡，因葛媪大声呼喊，他便随手发出一镖，不料这一镖齐巧打在文素臣房间的烛花上，他原本是个番人，贺爷门下，要算他是第一个镖师。还有春娘诨名黑牡丹，秋妹诨名秋海棠，两人也都精于拳术，而且都是绝色女子，公子坤哥平时就叫春娘秋妹两人教他几路拳法，夜间就叫两人轮流侍寝。

前日同葛媪的儿子葛珍到大街上试马，偶然瞥见葛珍妻子香囡，惊为天人般的美丽，当时便跨下马来，到葛珍家。葛媪叫香囡捧茶给他，坤哥又突然闻到一阵幽香，非兰非麝，细细从香囡身上发出，坤哥一闻之下，顿觉心神荡漾，心里暗想：世间纵有像香囡一般绝色的女子，但身上肌肉能够发出这样温柔的香味，恐怕千万人当中也挑不出一人，因此便暗暗羡慕。既而回思一想，她不过是葛珍的一个妻子，我回家去，若和葛珍说明，我要娶她做妾，那葛珍当然是一口答应。谁知葛珍和香囡感情浓厚，公子虽然富贵，两人却都不瞧在眼里，所以一听到公子娶妾的话葛珍便一口拒绝。公子见他不允，便想出一个毒计，叫葛珍随在马后，一口气奔跑二十里路程，葛珍因此中暑跌倒，公子便把身上预藏的毒丸三粒给他服下，说他是个急病身亡。葛媪香囡处在他们势力范围之下，除了痛断肝肠、呼天哭泣之外，哪里敢说半个不字。

公子既把葛珍谋杀，一心又想把香囡娶去，谁知香囡不但国色无双，而且也是个三贞九烈，公子见她是个寡妇弱女，胆敢第二次又拒绝于他，所以立命云里燕奇童黑夜把香囡抢归，又叫春娘秋妹二人，再三用好言劝她顺从。香囡虽生长蓬门，但心是铁石，真所谓富贵不能淫，威武不能屈。

那晚公子见秋妹劝她不从，遂叫秋妹把香囡交给春娘暂时看管，一面却叫秋妹同自己寝去，后来睡到半夜，心中又放心不下香囡，所以叫秋妹起来，再去瞧瞧她，或者香囡已回心转意，便可叫香囡一同前来侍寝。谁知这个时候，素臣齐巧窥在楼窗外面。素臣不知春娘秋妹都有惊人武艺，当时只当她是个淫娃荡姬，所以蹿身进去，想把香囡救出。不料春娘嘴里的长啸，乃是府中闻警的暗号，当时飞上屋顶的五六个壮汉，就是相府中养着的死士，虽给素臣打倒几个，但都不曾重伤。

且说云里燕既把香囡夺回，见了公子，公子又重赏各人，一面命人追赶素臣，一面又把香囡藏到杏花楼。杏花楼是公子特建的密室，楼中穷极奢华，别的不要说，但瞧楼中四围的墙壁，都用镜面厚玻璃制成。公子御女，往往先令女子向后楼浴室内，裸体浸在浴池，浴池当中并不置水，所置的都用牛奶，使美人浴后，遍体温腻，光彩色泽，柔滑无比，然后再用百花香精洒遍全身，使肌肉里面氤氲着浓香，久而不散，再用裸体的侍女，把美人扶到前楼牙床。公子瞧四壁的玻镜，映着无数的美人出浴，常自夸明皇虽有贵妃，万万及不来他的艳福。牙床上又制有机关，可以自由旋转，所以妾媵到者，没有一个不神魂颠倒，刻意奉承。现在公子既把香囡藏到杏花楼，又令秋妹给她脱尽衣服，先去洗一个浴，梳一回头，理一回妆。

香囡到此，双脚乱跳，一心只欲觅死。但香囡是个手无缚鸡之力的弱女子，怎抵得秋妹有功夫的人，所以香囡虽然啼哭，终难抵抗。公子见她一身白肉，亮晶晶红润润，好像是个白璧一样，而她的丰韵意态，又好像是笼烟芍药、出水芙蓉。黑牡丹春娘固然及不来她万分之一，即秋海棠的娇嫩白净，也要减色几分。因此亲自动手，把她抱起，而鼻中又闻到她肌肉里发出幽香，沁人心脾，真个令人欲醉欲仙，不但销魂，实为生平不曾见过、不曾尝过的一个宝贝，因此心中便自然而然地爱她怜她，一些不肯用粗暴的动作，恐怕损及她的肌肤，伤了美观。香囡因此也得暂时保全她的贞节。

正在难解难分的当口，春娘便从外面进来，报告她方才追赶的经过，又问香囡："劫你出去的，到底是何人？"香囡绝对毫不知晓，哪里回答得出来。公子见她哭泣甚哀，好比带雨的梨花还要妍媚，一面安慰着春娘，叫她休息，一面叫香囡睡在牙床上，自己伴着，徐徐地赏鉴她胸部腹部，以及两臂两足，真个是粉琢玉雕，没有一处不是香艳夺目，令人意销。同时香囡的心里，也感到求生不得求死不能，只好闭目忍辱，但求速死。

当时香囡的心里，以为公子必用强暴，万一他竟公然无礼，她已预备咬死公子，为夫报仇。谁知公子出人意料，既不强她，也不害她，一意诱惑，要叫香囡自己软化。香囡心中最怕的就是这一种手段，一会儿又想方才救我的人，他能越过重墙，深入内室，也真是个英雄，可惜不曾问他姓名，又不曾把我救出，想相府中既有这许多镖客，不要把他赶上害死，那我真对不住他了。香囡想到伤心地方，那眼泪早又扑簌簌地掉下来。

这时天已大明，香囡偶然抬头，见自己的肉体映在壁上的玻镜，任你朝里朝外，无不纤毫毕露，心中一阵羞涩，只有把两眼紧闭，不作一语，亦不进一食。公子是个纵欲的人，终日伴着妖姬淫荡，身子难免斫荡，这时差不多又有半夜未睡，一时颇觉支撑不住，一面吩咐春娘秋妹两人，轮流用好言劝着香囡，自己也遂回到房里休息去了。

香囡见公子已去，心中方才放心，遂向春娘秋妹叫道："请二位姊姊行个方便，拿些衣服给我遮蔽身体，婢子实在不胜感激。"春娘秋妹见香囡的容貌果然美过于己，心中不免怀妒，只因迫于公子的命令，出于没法，现在公子去了，遂递过衣裤一套，叫香囡自己穿上，一面也对她问道："小姐，公子劝你从他，你为什么一些儿不肯答应？难道公子这样的富贵，小姐还不称心吗？"香囡道："二位姐姐有所不知，公子虽然十分地爱我，但贱婢是个陋质，怎奈蒲柳之姿，配不上金枝玉叶。但婢子丈夫既然被他药死，那公子就是我的仇人，背夫事仇，实在是个禽兽的行为。婢子虽无耻，情愿一死报夫，不愿偷生事仇。这个心还请两位姐姐原谅，则婢子虽死，实在是很感激姐姐了。"

　　三人正在说话，但见一个小丫头匆匆地进来，叫道："春姨，秋姨，公子病发烧哩，请你们快快去吧，这里的事，我来服侍好了。"春娘秋妹一听了后，遂匆匆出去，又把门反扣了。

　　蘅娘把太后下嫁一节删去，瞧本节所述，大约是指清主征准噶尔得香妃一段故事。香妃遍体生香，确为异事，但事涉宫闱，禁令森严，她遂也一并删了。

第六回

烈女不二夫饮鸩毕命
阿哥审刺客烙铁招供

坤哥的妈妈尤夫人，因坤哥是自己所出，心中爱若掌珠。坤哥有兄乾哥，有弟巽哥、坎哥、离哥、艮哥、兑哥、震哥，都是相爷的姨太太所出。贺相有大夫人王氏，单生一女，名叫梦梅。王夫人早卒，尤夫人和邢夫人最为宠爱，其余如张夫人、李夫人，虽然也为贺相所爱，但终不及尤夫人权力的伟大。贺相年事已高，家事懒怠管理，因此尤夫人和邢夫人不是在相爷面前争宠，便是在相爷背后争权，各人寻各人的短处，在贺相枕上进谗。贺相唯唯否否，从没有批评哪一个的不是，哪一个的是。而坤哥和各个兄弟，又各人树党相争，一天到晚，吵吵闹闹地扰个不休，因此一家之内，好像如水火冰炭，只是瞒着相爷一人。

前日坤哥把香囡抢去，这事不但相爷一些儿都不知道，就是他的生母尤夫人也是瞒在鼓里。现在坤哥突然地病起来，经尤夫人详细调查，方才得知坤哥在外，把外面抢来一个女子名叫香囡，因为香囡是个遍体能够发出香味的奇女子，坤哥欲成其好事，而香囡执意不肯依从，弄得坤哥左思右想，神魂颠倒。有的谓他的病是相思病，有的谓他的病是太好女色，将来一定要变成色欲痨。尤夫人听到这个消息，当即着人把香囡叫到面前，一见香囡果然是个尤物，本欲将她释放，又怕坤哥的病势转剧，欲待叫她顺从，香囡却是不肯，尤夫人没法，只好把香囡仍旧关在杏花楼，一面劝她进食，一面安慰她日后释放。香囡见众人劝不过，遂稍稍进食，苟延残喘。谁知香囡一天一天地幽禁着，而坤哥的病却竟一天一天地延长过去，尤夫人心中好生纳闷。

一夕，坤哥服了喇嘛的仙丹，觉得身体复原，精神强健，他便扶着春娘叫道："今晚我病已失，汝可挽我到杏花楼，一视香囡。因我自患病迄今，已有旬日，心中记挂着你们，意欲同床合枕，共效于飞之乐，使香囡侍立床头，目睹我等快乐，则彼虽痴若呆鸟，自不能无动于衷。谓尔等如能引得个妮子心动向我者，则我当赏汝等黄金十斤，汝其努力。"坤哥说时，频以目视秋妹。春娘秋妹乃同声应道："公子洵属多情，但这样羞人答答的事儿，安可令人旁观？公开秘密，公子纵能坦然，妾等岂不害羞？"坤哥道："此等合作精神，连香囡也不过四人，又不是公开到大庭广众之间，任人参观。尔等如果爱我，万勿再提羞之一字。"春娘默然，秋妹也含羞把笑。于是坤哥遂左挽春娘右拥秋妹，徐徐步到杏花楼。

一见香囡正含泪假寐，坤哥见她睡意惺忪，体态婀娜，顿时心花大开，遂轻轻把她推醒，又笑盈盈地叫道："香囡，你真是个可人儿，我很爱着你，你快些儿起来吧！"香囡见他涎皮笑脸的神气，一面用手揉着秋波，一面慌忙站起，战战兢兢地不敢回答一语。春娘见她很局促的神情，因也笑着叫道："香小姐，公子为着你，真病得好苦，现在终算好些了，请你不要害怕，公子是决计不难为你的……"秋妹不待春娘言毕，也接着向香囡笑道："香小姐，你真不知道，公子病中天天想念着你，今幸病已痊可，你快去好好儿地梳妆一会儿，那公子真要用香花供养着你哩！"香囡听他们三人，你一句我一句地又来缠人，心知今夜必难逃辱，一时心灰意懒，预备一死以了残生，索性一言不发，静待死神的降临。

坤哥见她呆呆终不开口，眉峰紧蹙，愈觉得西子捧心也没有她的可爱，因用手扯她身子，叫她并肩而坐。香囡见坤哥动手拉她，愈加畏缩不前，公子遂把春娘抱到膝上，偎着她的脸儿，笑嘻嘻地叫道："香囡你瞧，人生百年，最难得的是青春时代，现在你我都好比是春花的娇嫩，若不及时行乐，不但辜负春光，亦是枉然为人。我瞧你的容儿绝顶聪明，怎么你的心儿竟好像枯木死灰，一些儿都不解事呀？现在你却瞧着，我们先给你做一个榜样，想你是冰雪一样的聪敏，当能明白我的意思。"坤哥一面说着，一面便把春娘的衣衫脱卸，赤裸裸露着一身黑肉。春娘的身材无上窈窕，皮肤亦无上柔软，唯颜色稍黑，冶容媚态，淫声浪语，任何女子都没有这样放浪。坤哥爱她天生奇淫，且有奇趣，所以绝不嫌她色黑，且号为黑牡丹，若与香囡的玉体比较，一个白如凝脂，一个黑若紫玉，两人各有妙处。坤哥因既有一个黑美人，心中愈加欲得一个白美人，与之相配，因此用尽心计，百般诱惑香囡。香囡见他们竟不顾礼耻，行同禽兽，一时羞惭满面，瞑目低头，绝不旁瞬。坤哥又叫秋妹同睡床上，放浪形骸，无所不为。

正在纵欲无度，突有尤夫人房中的侍婢明月气急败坏地奔入房中。香囡见有人进来，抬头一瞧，但听明月很慌张地告道："太夫人来了，公子快出去吧！"坤哥一听太夫人到来，一时急得面无人色，春娘秋妹也慌忙穿好衣服。那时尤夫人早已走到房中，一瞧坤哥，大病未愈，今且在此荒淫，心中勃然大怒，脸上便变色叱道："都是你们这班狐媚子，引诱得我儿百病丛生，你们也不想想，我儿是花朵儿般娇嫩，哪里经得起你们毫不爱惜地摧残。你们要诳他死吗？我只有一个儿子，我今偏不许他死。"说罢，便拉着坤哥，到自己房中去了。这里剩下春娘和秋妹，都垂头丧气地各自归房。

香囡待他们走后，心中暗自思量，觉得此地真是个魔窟，万万再也住不下去，竟欲自缢身死，而门外看守的仆媪，犹如虎狼的一般，若再不自决，但看今夜情形，危险已到绝顶。再三思忖，真是求生不得，求死也是很难。

正在生死不得关头，突然有人敲门，进来的仍是明月，香囡见她手捧玉壶，娇滴滴地向她斥道："淫婢不合引诱公子，累公子身患大病，几致不起。现奉太夫人命令，赐你鸩酒一壶，快快饮下，不得有违。"香囡听到赐她鸩酒后，心中很觉痛快，但太夫人骂她是个淫婢，到死既蒙不洁之名，又衔不白之冤，实在令人可恼可恨。既而回思一想，世界上的人，哪一个没有死？只要此心洁白，虽然披着污名，但清者自清，浊者自浊，区区微名，亦有何用？今得还我清白，死固无所留恋，亦无所痛苦。香囡想到这里，便对天喊着三声婆婆，又喊着三声珍郎，向明月接过鸩酒，仰着脖子，把鸩酒一口气喝下。这个毒酒，是合着许多毒品制成，不消片刻，香囡早已跌倒在地，七窍流血而死。

一代美人，到此便在黑暗的淫威下，真个是香消玉殒。明月见她死得很是伤心，一会儿妒她美貌，一会儿又怜她冤屈，遂叫仆人小陈老王两人，把尸体移去，草草埋葬。

香囡赐死的事情，完全出于尤夫人主意，冥冥之中，好像成全她节烈的美名。香囡既死，尤夫人恐坤哥痴心不死，叫府中大小人等，个个瞒着他，不使知道。坤哥抱病荒淫，到此又沉重地病起来，后来直到一月之后，病已痊愈，才得知道香囡是被尤夫人鸩酒药死，从此郁郁闷闷，刻刻想念香囡。

一夕月光如水，坤哥独步中庭，假山石畔，突见一个黑影，坤哥心神恍惚，以为是香囡的冤魂，坤哥心中一吓，便极声地大叫有鬼。谁知春娘云里燕等一听坤哥叫声，以为必定又有刺客，因此带着家伙，个个出来相救。春娘跳上屋顶，秋妹扶着坤哥走到室中，方才坐定，即有小丫头进来报道："外面果然有个刺客，现在已给云里燕捉住了。"

一会儿，云里燕果然押着一个大汉来见坤哥。坤哥到此方才明白庭中黑影就是这个刺客，因便厉声喝道："你叫什么姓名？是哪个叫你行刺的？快快说明，不然，明日解到官里，定当重办，绝不宽恕。你如把主使的人说出来，这就不关你的事，我便恕你无罪，而且重重有赏。"那人一听坤哥这样问他，他便两泪直流地叩头道：

"小人毛达，家有八十岁老母，因患病在床，而家中又没有分毫进益，昨晚路过相府，意欲进来偷窃财物，归家奉母。不料竟被管家捉住，小人实在不敢冒犯，行刺公子，小人哪敢承认？"坤哥一听便即冷笑道："好个放刁的狗头，照你说来，身越重墙并非行刺，全为要窃财奉母，这样你倒真是一个孝子。我今好言叫你招出主使，你竟一派胡言，赖得干净，若不用刑，谅你亦不肯直招。"公子吩咐拿烙铁过来，两个大汉便即扛上一只火鼎，鼎中全是炭火，烈焰腾空，火中煨着铁烙。当有两个大汉，把毛达衣服剥去，一个大汉便手持铁烙，向毛达背上猛力熨去，但闻嘶嘶两声，背上有青烟直冒，立时皮焦肉烂。毛达便像杀猪般地大叫一声"痛杀我也"。坤哥见他两眼直翻，人已死去，又命人喷了一阵冷水，但见毛达早已悠悠醒来。坤哥又大声问他招不招，毛达便说愿招，坤哥又连问是谁主使，毛达因受刑不过，便直招是离哥差他前来行刺是实。坤哥听是离哥所使，遂把他暂时拘禁，一面禀明母亲尤夫人。

原来离哥的生母邢夫人，和尤夫人在相爷面前争宠夺权，两人积不相能，现在骨肉成为仇敌。当下尤夫人和坤哥商量一会儿，便也暗暗有谋害离哥母子之意。作书的且把他兄弟谋害的事暂且慢表，回头再把文素臣一方面的事儿先行表明。

素臣回到寓里，又把自己曾到相府救你的媳妇，因府中镖师甚多，一时不能下手，并告诉汝媳在府，身子安好，叫葛媪不要心急，且待今天晚上再去相救的话告诉一遍。葛媪一面谢过素臣，一面又要啜泣。素臣正在相劝，虎臣也已进来，一见素臣，便说他站在三叉路口上相等，一面又问事情怎样。素臣约略告诉，两人又相商一会儿，觉得此地不能再住，最好叫葛媪也移到别处去暂住。

两人商量停妥，便付清费用，立刻协同葛媪搬到城北僻静之处，找一个客店住下。素臣扮着卖草药郎中，虎臣扮着乡人，分头向相府前后，暗暗探听昨夜消息。

那时相府的后门，正坐着许多男女婢仆，纷纷议论。一见素臣不僧不道的打扮，手中持一竹竿，竹上挂着白布一方，上写"山右赤云子，专医男女老幼，跌打损伤，女子经水不调，男子阳痿不举，以及疑难杂症，无不药到病除"。内中一仆，见了布上写着的话，便用目瞪瞪地瞧着素臣，素臣见他呆呆地瞧着，便向他搭讪道："府上可要买些什么草药？我囊内所带各药，都向各山亲自采来，一些儿没有虚伪。"那仆人听素臣这样说着，早就笑盈盈地说道："那么从屋上跌下来的，先生也有药能医好的了？"素臣指着布上的字说道："那就叫跌打损伤，什么不能医治？"那仆人一听，又对着一个厨子模样的老头子叫道："老刘，我们王教师韦教师，不是都可以医一医吗？"老刘见叫他的是杂差阿根，因即连忙阻住道："阿根你又要管闲账了，王教师韦教师，他们都自己能医的，倒要你代他白操心思。"阿根听了不服，又愤愤地说道："什么叫多管闲事，我也不过和你说一声。他跌坏了腰腿，本来不关我鸟事，我因瞧见这位先生是个专门医治损伤的，故而动问一声，哪里就算是白操心思，瞎操心思呢？"老刘见阿根生气似的样子，遂也笑着说道："那么你去请这位先生去医治好了，你也犯不着和我生气呀。"素臣一听两人争吵，知王韦两教师，一定就是昨晚被自己打中的黑影了，因此又笑着叫道："大哥，府中如有教师跌伤，鄙人尽可代为医治，不收医金，但取药资。我们走江湖的，第一着重义气，并不专重金钞。"

三人正在滔滔地谈论，里面又走出一个头梳双髻的雏鬟，两目炯炯注视素臣，一会儿又挤到人丛里，说："公子正病着，他既然能够医治疑难杂症，倒好通知太太请他进去瞧瞧。"阿根一听丫鬟的话，便也冷冷地笑道："明月妹妹，你什么也和我一样地好管闲事了？我是已给老刘抱怨过了，你不要也给他说两声哩！"素臣一听公子患着病，因又故意高声喊道："多年痨病，风劳臌膈，少年损症，妇女暗疾，件件能医，样样能治。"明月瞧素臣一表人才，谅来定有本领，绝非妄语，因此又对素臣叫道："先生你这儿请等一会儿，我去禀明老太太，万一要请，我再来回话。"素臣一听，心中满心欢喜，以为能够进内，则香囡早晚定可救出。

一会儿，明月出来回道："公子现在正服喇嘛的符药，倘若没有见效，请先生改天来一趟，自当服先生的，请先生进去医治。此刻公子熟睡，太太说不便唤醒。还请先生原谅则个。"素臣道："公子既然睡着，敝人早晚终有走过府上的时候，且待明天进去瞧治也不要紧。"明月把头一点，遂匆匆回头进去。这时素臣心里暗想，虽然有近身希望，但是还没有十分把握，只好仍旧携着药箱，大踏步回身走去。

明日素臣又来，向门内阿根一问。阿根道："公子自服了喇嘛的药水，已好些了。"素臣无话可说，只好退出。后来素臣便天天前去，和老刘阿根差不多也天天见着面，彼此谈谈说说，有时阿根倒一杯茶给他吃，素臣在门内或门外，站一会儿，或坐一会儿，便即匆匆作别，这样已有半月。香囡软禁在杏花楼的消息，也已从阿根的口中慢慢探听出来，素臣倒也放心不少，但究竟用怎样的方法可以救出香囡，一时终想不出个千稳万妥的办法。

素臣回寓，虎臣接着出来，大家又谈了一会儿，香囡虽然不曾救出，但她的人儿倒的确很好地住在府内的杏花楼。虎臣和葛媪一听，大家略为放心。一会儿，虎臣想出一个计策来，对素臣道："文爷，我想明天我先到相府后门，装作患病呻吟，卧在地下，一见爷来，我便央求你替我医治，等你替我诊治服药后，我便健步地走去。这样他们见了，一定更加信仰文爷，那时文爷要进身去，自然比较有信用些。这个计策，文爷以为怎样?"素臣听了，便不住地把头点着，称是好计。

第七回

故智效齐襄妹兄通奸
托名韩康子姑太打胎

　　有一个妙姑娘者，为贺相远房之族妹，年未三十，嫁夫而寡，贺相怜其贫无所依，命来府管理贺相食品，为贺相所信任。久之，妙姑娘的权力，慢慢呼奴叱婢、颐指气使地大起来。妙姑娘说一句话，贺相听了是没有不依她，后来百依百顺，好像妙姑娘放一个屁，贺相也以为是香的。因此尤夫人、邢夫人都要利用妙姑娘，个个和她结纳交欢，妙姑娘便肆无忌惮，无所不为。有的谓妙姑娘未出嫁前，贺相已经效齐襄公通妹文姜故事，故妙姑娘现在有如此权力。这句话虽然没有实在凭据，但无风不起浪，当然不是个捕风捉影。

　　那天贺相为要吃百鸟朝凰珍品，叫妙姑娘亲手烹调，因妙姑娘不但在床笫上能博贺相欢，而且兼具易牙之术，所以贺相每进餐，非妙姑娘亲手烹制不食。什么叫作百鸟朝凰？其法先用绍兴家养嫩雌鸡一只，未杀之前，每日喂以珍珠人参并羊肉拌白米饭，如是者喂了一月，那鸡肉的丰肥鲜美，虽山珍海味都不及它的可口。贺相性之所爱，每月必食一次。烹时又用许多麻雀同煮，外加熊掌鹿筋，种种滋阴补阳资料。贺相为什么爱食这个百鸟朝凰呢？原来是为着姬妾众多，雨落不能遍及，喇嘛劝其多服食中带补之品，则精神自然充足，阳道亦可老而不衰。但这个百鸟朝凰，每食须耗去许多金银，在平常人家，又哪里吃得起？

　　那天妙姑娘正在厨房亲手烹调，恰值虎臣假扮乡人，卧在后门外面草地上，百般叫喊痛苦，好像病已长久，不能行路模样。阿根老刘见这个乞丐不住地喊痛，两人都说道："可惜今天那个赤云子不曾来，不然我倒情愿出几个钱，行行善事，叫他医治乞丐，也可试验他的医术究竟灵不灵。"妙姑娘听两人的话，便开口问道："什么叫赤云子？他是个怎样的人？"阿根道："赤云子是一个走江湖的奇人，他百病都能医治，就是女人一切的隐病，说不出的疑难杂症，他是给你医了，没有不药到病除的。"妙姑娘一听之后，心中突然一动。为什么呢？因为这两月里，妙姑娘的月经忽然不通已有好几个月头，又像有孕，又像没有孕，正苦没有好的医生给她诊察一下，现在忽然听到有一个仙人般的医生，你想她的心中，怎么不要怦怦然动要想叫他医呢？

妙姑娘正在想着心事，那阿根忽又叫道："好了好了，赤云子果然来了。"妙姑娘不待说完，慌忙移步出来，一见那面果然有一个很英挺的道装医生，手中持着布幡竹竿，肩上背着药箱，彳亍而来。妙姑娘虽不知他的医道如何，但一见他的人才，先有十二分的欢喜，因此她便对阿根道："那个乞丐这样痛苦，你去叫这个医生给他医一医，所有医药各费，统统我来给他好了。"阿根一听之下，好像奉了上谕一般，喜匆匆地奔过去叫道："赤云子，你既然是个有本领的，快快给我把他医好。我们这里，自有重重地谢你。"素臣听了，用目瞧着虎臣，又向他问道："你病了几天了？"虎臣道："我病了半年多了，腰里痛，肚里饿，只是吃不下，吃了胃更要痛。谢谢先生，救救我的性命，能够把病医好，先生真是我的重生父母一样。"素臣俯下身去，一面给他诊脉，一面又用耳听他的胸口，然后向药箱拿出一包药末，对他说道："你这个病，明明是膈症，若叫寻常的医生去治，就是吃了二三百帖药，也不见得会好，疯瘅臌膈，那是有名的不治之症。现在你碰到我，真是三生有缘，我给你这个药粉吞下去，只要过一个时辰，你的胃就为不痛的，你的肚就不饿，你的饭就吃得下。不信，你且试一试。"

50

这时阿根、老刘、妙姑娘还有明月，统统站在旁边，看他医病。素臣又对阿根说道："大哥可否讨一些儿温水？"阿根道："有，有。"回身到厨下，便就倒一杯茶出来，一见素臣手持药末等着，虎臣又两手合拢，做个拜谢地说道："谢谢各位！"阿根这时已把温水杯递给素臣。素臣先把药粉给他倒入口内，又把温水给他吞下。

　　说也奇怪，不到一个时辰，虎臣便即大喊："我要拉屎！"老刘道："这里原是草地，你就撒在这儿吧。"一会儿虎臣果然拉了一大堆的宿粪。又过了一会儿，他说肚子里怪饿的，向阿根乞些儿饭吃。阿根因要试验，便很高兴地去拿出一碗饭来。虎臣不到三口，早就吃完，还想再吃，素臣道："你今天只能吃一盂，明天你就可吃两盂，后天就是三盂也不要紧了。"素臣说着，一面又问他道："你前时吃了饭后，是常要胃痛的，现在可还有痛吗？"虎臣听了，一面把手摸着腰胁，一面再摸摸胸口，突然起来，跪向地下叩头道："先生真好比神人，此刻我的腰也不痛了，我的胸也不胀了。请你先生再给我一些儿药好吗？"素臣道："你既然一些儿不痛，你的膈症已经消去。现在我再给别种药粉再去服下，以后就没有病了。"

　　这时妙姑娘等个个都眼见素臣把他医好，心中都非常佩服素臣，真个是华佗再世。妙姑娘遂向怀里掏出两锭银子，交给素臣，欢然含笑地说道："这两锭银子，是我替这个乞儿谢你的。现在我还要请你医个病症，你可进去，在厨下先用了便饭，过后待我服侍相爷吃好了中饭，再来看你可好？"素臣一见妙姑娘，虽徐娘半老，风韵犹存，向他说话的时候，不时地搔首弄姿，流露着种种淫荡媚态，心中早晓得一定是个府中有权有势的人，当时便满口答应道："姑娘请便，鄙人准定等在厨下好了，至于用饭，此刻并不饥饿，不必客气。"妙姑娘见他不肯用饭，早又辗然地含笑道："先生真个过路的客人，怎好不用饭哩！况且这里都是现成的，我又不同你客气。"妙姑娘说着，好像含着无限的浓情，暗中埋怨素臣，不要太以胆小。素臣会过意来，便又作揖谢道："萍水相逢，多蒙抬爱，鄙人真是感激。"妙姑娘见素臣举止大方，气概轩昂，一言一动，没有不洒脱动人，因此愈加爱他，遂向老刘吩咐道："这位先生，是个难得遇到的，你们须要好好款待，不得怠慢。"老刘答应一声，便去料理酒菜，款待素臣。妙姑娘和明月也遂进去侍候相爷用饭。素臣等她走后，便叫老刘、阿根一道坐下，老刘与阿根见素臣是妙姑娘特地吩咐，大家便就很恭敬地款待三人。

正在举杯同饮，忽见里面急匆匆地奔出两个管家，脸上一头大汗，只听他两人说道："唉，真作孽，这样花一般的人儿，竟死得这样可怜。"素臣一听两人的话，心中突吃一惊，那面上的脸色早就变了灰白，一会儿又听老刘叫道："小陈、老五你们快大家先来用饭吧，来来来，这里两个空位置，是等你们的。"小陈、老五一见素臣，便即问老刘道："这位是你的朋友吗？"老刘道："不错，也可以算是我的老朋友了。"因把素臣向他二人介绍一回。阿根便向小陈问道："你们把事情统办舒齐了吗？"小陈回道："是已经舒齐，但我见了她死得这样可怜，我的饭实在有些吃不下去。"老刘道："那有什么稀奇？上回陈姑娘不是也一样地赐死吗？"老五道："那到底不同，她是用绳子勒毙，七窍里没有出血的。"

素臣听他们你一句我一句地说着，因也开口问道："你们两位是从哪里来的？"小陈道："不要说起，我们是在西山葬了一个婢子。"素臣道："是怎样死的，两位竟这样地可怜她？"小陈道："说也不妨。是个服毒而死的。"老五道："这个丫头名叫香囡，公子因她的容貌生得很标致，意欲收她做妾，谁知她执意不肯，老太太恨她倔强，又恐公子一心恋着她，弄成种种疾病，所以把她鸩死。现在公子还一些儿不知道哩。"

素臣听到香囡是被老太太药死，一时心中悲伤，连连抱怨自己，不该不急急地救她，现在可是已经来不及了。那时又恐被他们瞧破，只得把眼泪忍住，也连连地叹息一会儿。

老刘道："我们大家不要多管闲事，还是陪着客人多喝两杯酒吧。"老刘等正在兴高采烈地喝酒,那明月早已出来,说妙姑娘叫那位先生吃好了饭,便跟我到里面诊脉去。素臣一听,因急欲把香囡事告诉葛媪,又欲替香囡报仇,把公子药死,因借这个机会,便停杯不饮,和明月直进里面。老刘还要叫他用饭,他也没有心思。

这时明月在前,素臣在后,弯弯曲曲地走过许多回廊,方才到一个所在。素臣见是一个小小的院落,中央造着三间船厅,四围装着落地风窗,厅旁一间耳房,垂着湘帘,房中透出一缕幽香。明月、素臣跨步进去,即见妙姑娘坐在炕边,一见素臣,便即站起,一面拉过一把椅儿,让素臣坐下,自己也坐在下首,伸出纤手,请素臣给她诊察。素臣给她细细地诊察一下,觉得六脉调和,并无病象,一面把右手诊过,再诊左手,又问她月水如何。妙姑娘见素臣问起月经,便羞答答地回道:"红潮已有三个月没有来了,近日只觉得腰痛背酸,腹中有痞块突起,想系瘀血积滞之故,敢烦先生把瘀血打下。"素臣一面点头,一面又问她丈夫做何生理。妙姑娘道:"丈夫死已多年。"素臣一面问她,一面暗自寻思,又见她一瞟一瞟的眼风,好像含有麻醉性似的,尽管向着自己不断地送了过来,同时伸在桌下的右脚尖儿,又暗暗地伸到素臣脚边,不住地颠动。素臣见她淫荡风骚的意态,分明是引诱着自己,因便装作不知道的神气,正色对她说道:"姑娘这个病症,果然是瘀血积滞,腹中起了痞块,现在且把痞块消去,那身体自然强健。"素臣说罢,便起身向药箱内,取些安胎的药给她服下。

妙姑娘还道是真的可以打去胎孕,心中很觉高兴。谁知素臣早已诊出她是个有孕,并不是痞块,表面却故意说可以消瘀活血。妙姑娘心中,自己早已明白这个身孕是贺相偷偷种下的,只因自己是他的妹子,且又寡活,不然若没有兄妹的关系,贺相把她也早已纳作偏房,自己也很情愿地做个侧室。现在因为有说不出的一番苦衷,所以要请素臣给她打胎,又恐素臣嘴儿不稳,万一服了药后,其胎儿果然下来,自己不免也有些害怕,因此要把素臣留下。一则瞧素

53

臣英气勃勃，心中非常爱他；二则自己打胎，可以瞒住素臣的口。

素臣见她把药接过，并不当时服下，一面却又满面堆着笑地叫道："先生的医道很是高明，但此药服后，我的心里实在有些儿胆小，万一瘀血下得太多，我是很害怕的，所以大胆地请你先生在这里住上几天。倘能把我的病儿医好，块儿消去，我自当重重地谢你。"素臣见她要把自己留下，这真是个替香囡报仇除害的一个好机会，因此便满口答应道："姑娘放心，方才给你的药粉，并不是虎狼般的凶药。你若服了，十日之后，痞消一半，廿日之后，完全消去，一月之后，身体强健白胖，就是姑娘不叫我住下亦不要紧。"

妙姑娘一听是用这样地慢慢打去，那真是打胎第一妙手，既不丧生，令人畏怕，又能顾全颜面，鬼不知神不觉地无形消灭胎儿。这一喜便把她喜得心花怒放，一面又捧过一杯清茶，很殷勤地请素臣喝，一面又倒温开水一杯，把方才素臣给她的药粉吞下，并又笑盈盈地拉着素臣的手叫道："你今晚且住在这儿，这里有一个极大的花园，颇擅湖山胜景，今夜月明如镜，过一会儿用过晚饭，我和你携手游去，这样美丽的布置，这样大好的境界，不但你穷小子从来不曾见过，就是人间的达官，也没有一个不叹为天上的琳宫。"素臣道："天宫月殿，只配仙子居住，想园中嫦娥般的仙姝，定不止姑娘一人，我真何幸而得游天宫睹嫦娥也。"妙姑娘听素臣很高兴的神气，她一寸芳心也频频跳跃不止，以为这样伟壮的少男，若与之同衾，实较相爷的猥琐好得多了。那时妙姑娘的心里，又恨不得太阳快快儿地下去。

一会儿妙姑娘站起身来，向里面柜子里取出黄金一锭、珍珠十粒，用绢帕一方包好，递到素臣的手里叫道："这一些儿小小的意思，乃是谢你替我治病的药资，你且收下吧。"素臣见她这样的厚酬因也谢道："哪里用这许多的药资，受之不要愧死人吗！"妙姑娘又很得意地叫道："先生神人，些许薄礼，何足挂齿。"说着遂把它藏到药箱里，并谓："我的事多，此刻若不给你，恐又要遗忘。"素臣本待不收，后来仔细一想，想起香囡已死，葛媪终身无靠，此等非义之财，我若转赠葛媪，作为养老之用，究亦不为罪过，因又重重地向她道谢。

好容易园林中的斜阳已渐渐儿下去，房中点着八宝琉璃灯，妙姑娘因晚上相爷到外面赴宴去，不用她侍候晚餐，因此便叫小丫头摆上晚饭。妙姑娘执壶在手，和素臣两人在房中对酌。谁知妙姑娘的酒中预先摆着蒙汗药，不消两杯，素臣便迷迷糊糊，恍惚好像入梦。妙姑娘把他扶到床上，效黄帝容臣素女采纳方法，交接之道。

等到素臣醒来，知自己已中她计，此时欲替香囡找公子报仇，已乏能力。妙姑娘见他已醒，早又咯咯地笑道："先生的酒量怎么这样不胜？此刻你觉得疲乏吗？我给你吃些补剂怎样？"素臣道："不用，请你给我一杯冷水。"妙姑娘一面给他倒一杯参汤，一面又给他一杯冷水。素臣把冷水一口气喝下，顿觉心地清明。幸素臣是个有功夫的人，尚不致大伤身体。

次日一早，素臣便托他事，须往外面一走。妙姑娘又叮嘱："晚上早些回来，晚上如没有工夫，但我服你药以后，若过了十天，究竟能否把痞消去一半，你也得再来诊治一趟。"素臣道："晚上不来，我准定十天后再来好了。"

以上六七两回，审刺客是指雍正兄弟相残，妙姑娘是指玄烨纳其姑为妃故事。蘅娘因其事迹离奇，文字虽香艳，然恐得祸，遂又统统割爱删除了。

第八回

公子多情出家思忏悔
夫人溺爱纵妾肆淫荒

　　素臣回到寓所，先把妙姑娘给他的黄金一锭、白银两锭、珍珠十粒，统统递给葛媪，又含泪对她说道："汝的媳妇，因不肯顺从，业已自寻身亡。这些金银，你且拿去作为养老之用吧。我不能把你的媳妇救出，我心很觉惭愧。"虎臣听素臣这样说法，知内中必有许多蹊跷，一时也不便追问。

　　这时葛媪一听香囡已死，便又放声大哭，素臣劝她快快收拾回籍，这事哭也无用，京城耳目众多，万一给他们探听出来，恐怕尚有意外祸患。葛媪听素臣这样劝她，遂也不敢留恋。素臣送她上道，便对虎臣把妙姑娘的事儿告诉一遍。虎臣道："我想文爷留京多日，史经略一时又不见回来，我们还是回南去吧。"素臣道："我恨妙姑娘约我同游花园，我想正是个替香囡报仇的机会，谁知她嘴里说说，我却反上她一个圈套，此仇固然要报。就是香囡无故惨死，这样暗无天日的淫恶，我也非把他除去不可。"虎臣道："话虽如此，文爷你到底是个千金之躯，怎可累次轻入虎口？万一有失，太夫人那里又怎样对得住哩？"

　　素臣听虎臣的劝，遂跳到床上，静静儿养一会儿神。他想贺相自己穷奢极欲，怪不得儿子强抢妇人，这样暗无天日的行为，若不严厉地惩戒他，真是人民之害。一会儿又想府中的崇楼杰阁，艳婢娇妾，哪一样不是民脂民膏？食君之禄，忠君之事，他现在身居一人之下，万人之上，而所作所为，有哪一样是关心民瘼？这等不知福国，只知利己，实在是民之蟊贼，若不把他除去，贻害人民，后患何堪设想？因此他就决定且把身体休养数天，定要再进府去，把贺相父子手刃杀却，以为香囡的贞魂报仇。虎臣见他闭目不语，也不向他再行哓舌。

话分两头，再说坤哥自香囡死后，每日思念不已，因香囡是尤夫人把她处死，又不好向自己的妈怎样奈何，因此心中大受刺激。那夜捉到刺客一个，又是弟兄离哥主使，心中又是一阵愤怒。忧愁愤怒，最容易使人感伤。他因没处可以发泄，忧忧郁郁，便觉此身之外，四大皆空，意欲瞒着家人，到相国寺出家去，因为相国寺有个和尚名叫了空，原是五台山出身。

那夜坤哥想了一夜出家的念头，第二天早上，他便一个人出了相府，前往相国寺来。知客僧见是贺相的公子，当即殷勤招待。公子道："久仰宝刹有个了空和尚，请即出来相见。"知客僧知他要见了空，当着小沙弥前去相请。

一会儿，了空手持佛珠，向禅堂出来。坤哥一见，慌忙纳头便拜，口称："大师，弟子贺坤，情愿剃度座下，即请慈悲收留。"了空一听，心中暗想：公子乃富贵之人，现在因受着刺激，欲出家修行，过了几天，不惯清苦，又要还家。我若不答应，他的心中一定不高兴，我若答应，无论公子有没真心，就是他有真心的话，那公子的太夫人知道了，也一定要叫他回去，这事则很觉得为难。一时计上心来，只好先对他劝道："公子前程远大，怎好出家修行？要知出家人，须打破名利，无挂无碍，尚难保善始善终。若公子则家有年迈老亲，富贵已达极点，正宜安闲享福，出仕则救国救民，居家则侍亲乐天。况今圣天子在上，公子尤不宜作出家思想。"

坤哥给了空一席话说得闭口无言。了空见他跪在地上，只是不肯起来，因慌忙把他扶起，又劝着道："公子如心中烦闷，且在寺中暂住几天，这倒不妨。"坤哥道："我的志意已决，现在虽不剃度，将来终要出家。"这时了空便命人打扫一间禅房，收拾得清洁无尘，一面请公子住下，一面又着人到相府前去通知。

尤夫人一听坤哥要出家的话，心中颇觉懊恼，深悔自己不该将香囡赐死，现在竟激出这个变端来，既而仔细一想："坤儿所心爱的尚有春娘、秋妹两人，我不如把她两人叫来，将坤哥要出家的话告诉她们，并叫她们两人乘轿到寺中去，把坤儿快快接回。"一面就命春娘、秋妹终日地陪伴于他，这样他见了如花似玉的美人，也许打消出家的念头。

尤夫人想了一会儿，便对相国寺差来的来人道："知道了，你去复大师，过一会儿，我当着人前来把他接回，请大师也劝劝他即刻回转。一切多拜托你了。"那人一听，便作辞回寺复命去了。

尤夫人当时便立即叫明月去把春娘、秋妹两人叫来，告诉她们："坤哥现在相国寺要出家，你们二人作速前去，把他接回。万一他不肯转来，你便着人再来通知于我，我当亲自前来。"春娘、秋妹一听尤夫人的话，心中大吃一惊，暗暗抱怨夫人："前日夜里，第一不该骂我们是狐媚子，第二不该把香囡当即处死，这样自然难怪公子要出家去了。公子出家了，她又急来抱佛脚地来喊我们。依她平时的行为，我们实在不高兴，现在只好看在公子的面上，我们且去走一趟。"尤夫人见两人欲行还停的神气，便又对春娘叫道："好孩子，你们和我儿都是很有情的，他若不回来了，到底是关系你们的终身。现在你们只要能够把他劝得回心转意，将来公子不出家了，我自当好好儿地重赏你们。"秋妹听尤夫人和颜悦色地给她们讲好话，心中一阵欢喜，早便欣然答应前去。

相国寺离贺相府上本没有多少路，不消片刻，早已抬到寺门，就有小沙弥进去通报。了空一听相府中有少夫人到来，慌忙叫知客僧出来迎接，一面又去通知公子，到会客厅相见。春娘、秋妹一见公子，连忙奔过去，把公子颈项抱住，抽抽咽咽地哭道："妾等奉夫人命令，叫公子快快回去，公子上有老亲，下无子息，怎好来此出家？公子心中倘有不如意的事儿，尽好对夫人前去说明，奈何事前并无提起。现在夫人叫你跟着我们一道回府，公子如不肯去，夫人便要亲身前来。"

了空见春娘这样劝着，因也帮着说道："公子，少夫人的话却是金玉良言，就是老僧也劝你早早回府。况老夫人在堂盼着公子，好像是心头失却了一块肉一样，公子若再不回去，便要变为忘却本性的罪人。没有本性的人，佛门中谓之不孝，我佛的宗旨是不收的。"春娘、秋妹不待了空说完，也不征公子同意，此时早已一个推一个挽，把公子推到山门，拥入轿中。众僧见了，无不哈哈大笑，合掌送公子到山门而回。

再说尤夫人等在家，正像热锅上蚂蚁一般地心急，一会儿叫这个到门外去瞧，一会儿叫那个到路上去接。后来果然瞧到一字排的四乘大轿抬到府门，果然是春娘在前，公子在中，秋妹在后，大家都欢欢喜喜地进来。尤夫人一见，便把坤哥拥到怀里叫道："儿呀！你为什么出家当和尚？也可以当玩意吗？妈真要为你急死了，妈又没有第二个亲骨血，儿若丢我真的到五台山去，那不是活活地逼死我吗？"

坤哥见妈眼泪鼻涕一把一把，又像笑又像哭地说着，一时良心发现，便再也忍不住早就哇的一声陪着哭道："香囡为我而死，我真的对不住她，我的出家，是我要替她忏悔呀！"尤夫人和春娘、秋妹一听，大家都气鼓鼓地说道："香囡是你什么人？你难道死了一个毫不相关的女子，就把我老娘忘了？"坤哥道："妈别气，孩儿哪里敢忘妈呢！"春娘接着说道："无论妈是不能忘的，就是我和秋妹，早晚同心地服侍着你，你难道为了她，也可以把我们丢到脑背后去了?"秋妹道:"我们服侍着公子,是多么真心,多么真情,现在你为了一个死的香囡,倒忘了我们两个活的,公子你真也太没有情义了。何况我们两人而外,还有一个嫡亲亲的娘呢?"

公子给她们你一句我一句,比打还痛地骂着,一时想起黑牡丹平时待他的深情,秋海棠前夜待他的蜜爱,心中也真有些过不去,因此便又对她两人辩道:"你们两人,难道一些儿都还不晓得我的心吗?我心是决计不肯忘你们的。现在我已回家了,你们也别再多说了。要知香囡和我虽然没有肌肤之亲,但香囡的丈夫是为着我死的,现在她自己又为我牺牲,叫我又怎不要心痛如割呢?香囡和我没有爱情我尚且要这样地疼她,何况你们两个待我,都是有很悠久的情爱,那我岂有不更要疼着的吗?"春娘、秋妹不待他说毕,早又一声冷笑道:"好了好了,你有几个身子?死一个人,出一回家,死十个人,难道你就出十回家吗?"

尤夫人听他们斗口似的说着,恐怕公子闹起来再发脾气,因又向三人劝着道:"你们两人也得看我的面上。他既然认错,你们就原谅他一时吧,以后你们三人还得客客气气的,别再你怨我、我怨你地闹了。"尤夫人一面说着,一面便叫春娘、秋妹陪着公子到自己房里去。春娘、秋妹见尤夫人待她们从来没有好嘴好脸的,现在公子被她们劝了回来,尤夫人待她们,居然也说着几句好话,心中一阵高兴,便又拥着公子到房中去了。那晚春娘、秋妹便伴着公子睡在一块儿,公子觉得两人的一片深情,便也把香囡的事慢慢地淡去了。

谁知那晚正是文素臣第二次到妙姑娘处。妙姑娘自服素臣药后,不觉已有十天。午后辰光,妙姑娘正在记念素臣,不料素臣果然到来,妙姑娘心中怎样地欢喜,便把素臣迎到自己房里,一面亲手倒了一杯茶给他,一面早就笑盈盈地叫道:"先生你真是个信人。你的药儿,我满望服下去后,那痣便慢慢地消去,谁知十天工夫,并没有消去,而且跳动得很厉害。现在请你再诊察一下,究竟怎样?"素臣道："你的腹中既然能够跳动,那就是药性见效的第一步。比方生了一个毒,最怕是不动不变,若能肿烂,那毒便有出头希望。即是你的痞块,它若一些儿不见动静,那你便要担着心事,它若能够活动,那不久便要消去。你不信,我再给些药你服下,再过十天,保你把这个痞块消灭得无影无踪。"妙姑娘给他这样一说,心中又信以为真。

素臣道："你上次说陪我到花园一瞧,我今特地而来,一则是为你的病儿,二则是要你陪我瞧瞧花园景致。"妙姑娘道："你要瞧花园去吗?这个是很容易的,但你也得依我一桩事儿。"素臣道："姑娘待我好,不要说一桩事儿,就是十桩事儿,我也依得。但不晓得姑娘到底叫我依你哪一桩事儿呀?"妙姑娘一听素臣这样问她,她的脸儿便一阵一阵红起来,好像很害臊的神气。素臣道："姑娘,你为什么不说了?"素臣说着,早把脸儿慢慢地凑过去。妙姑娘即就偎着素臣的颊儿,把嘴凑到素臣的耳边,轻轻地说了半天。妙姑娘说的是什么话作者并没有听到,但见妙姑娘说一句,素臣的脸儿便红一阵,妙姑娘说完了,又搔首弄姿地笑一会儿。素臣听到后来,也不住大笑着。

一会儿,厨下又送酒菜来,两人相对坐下,素臣先把酒壶拿去,打开盖子,用鼻嗅了一嗅。妙姑娘道："我已和你说过,你难道还不信我吗?你不信,我把这酒先喝三杯给你瞧。"说罢,她便拿壶在手先向自己杯中筛了三杯,对着素臣饮下去。素臣见果然没有蒙汗药摆在那里,便举起杯来,妙姑娘又很亲热地给他筛上。素臣把酒饮了一口,觉得芬芳甘洌,真是美酒。两人浅酌低斟地饮了一会儿,这时妙姑娘的心中,直把素臣当作活宝般地看待。素臣瞧她虽然徐娘已老,但动人之处,自另有一种丰韵,好像山茶映雪,白里泛红,怪不得贺相爱她。

两人饮到一更天气,方才用饭。妙姑娘道："再过会儿,我便陪你到花园里游去。"素臣把头一点，便在床前椅上坐下，但见妙姑娘重新对镜梳妆一番，素臣见她脸上匀着薄薄一层脂粉，嘴上点着猩红樱唇，在灯光下瞧来，愈显得娉娉婷婷，好像破瓜年华，谁又瞧得出她是个老去的徐娘？一会儿妆罢，妙姑娘早笑盈盈地叫道："我们走吧。"素臣站起身来，两人便一前一后地向花园走去了。

　　本回所述好像是指顺治出家本事，虽然无大妨碍，但蘅娘的心中，终以不便留在，故又把它删去了。

第九回

月夜游园骤惊狰狞目
良宵窥隙怒击虎狼人

蘅娘删到素臣假扮卖药偷入花园，心中突然有所感触。因为想起自己为要替父报仇，也曾假扮男装，和殿玉假扮厨役，奔走于刘全府中，使用反间，捏造兰甫欲向和珅告刘全种种不法一函，故意掷在地下，后经殿玉把信中词句念给刘全知道，刘全果然中计，把兰甫瘦毙狱中，那时自己方得把胸中冤气略为泄去，即亡父在天之灵，亦可告慰。这时佩服素臣的一片热忱，又想起当时自己和殿玉的危险情形，万一给刘全窥破，真要不堪设想，哪里还谈得到替父报仇。想到这里，蘅娘早又盈盈泪下，因又含泪瞧下去道：

那夜月白风清，素臣和妙姑娘手挽手地走下台阶，但见一天的星斗掩映在槐花树上，四周的空气是非常岑寂，只有远远的更鼓，一声声咚咚敲着。两人又过花棚，前面却堆着小小的一座假山，妙姑娘扶着素臣拾级而上，在半山的中间，又盖着一个小小的茅亭，妙姑娘便指着东面的飞阁流丹，告诉给素臣道："那面的一个高阁，名叫清心阁，为相爷平时宴憩之所。你瞧雕栋画梁，直干云霄，是多么壮丽。"一会儿又指着西首的危楼，素臣随着瞧去，但见有点点灯光，从窗棂中透到外面。楼外有梧桐两株，高可凌云。

妙姑娘正在指点，突闻有声咯咯，出自林中。素臣吓了一跳，回头一瞧，原来是西洋进贡的一只鸵鸟，方从假山上仆仆行来。妙姑娘回身赶去，那鸵鸟早又一颠一颠地逃回山上去了。素臣遂问妙姑娘道："那西首的高楼，又是叫什么所在呀？"妙姑娘道："这个乃公子宴乐的杏花楼，你不瞧见那梧桐底下都种满着杏花吗？"妙姑娘话声未绝，素臣的耳中早又听到一阵怪叫，凄凄切切，接着又是一阵拍惊堂的声音。这时夜漏正寂，听这声音，好像就从这清心阁的下层发出来的，两人都很诧异。素臣便拉着妙姑娘要寻声而往，一窥秘密。

两人遂又移步下山，蹑足走到东西阁下，但见纱窗的隙孔中，早射出一道碧绿绿的灯光。素臣从漏出光线瞧去，又觉得阴风惨惨，里面好像有一张暖桌，坐着一个狰狞的大汉，旁边站着两个侍卫模样的人儿，桌前跪着两个年约十六七岁的少年，好像哀哀而泣，伏地而号，所以瞧不出他的眉目。妙姑娘一见，把手向素臣衣角一扯，意思是叫他轻声。素臣正在注意，这时侍卫模样的人儿，见面目狰狞的又大喝一声，侍卫便向身边取出药水一瓶，倾倒在少年身上。只听少年狂叫一声，那身子便立时化为一堆鲜血。素臣瞧在眼里，怒发冲冠，髭眼尽裂，一股愤怒之气勃不可遏，暗暗骂那人凶悍残杀，真好比一个狼虎，因此便把掌中弩箭联珠般地嗖嗖射出，意欲扑杀此獠。

说时迟那时快，这时室中早已漆黑。素臣知室中必有侍卫出来，他便慌忙舍了妙姑娘，飞身上屋。妙姑娘一见，也吓得魂不附体，大喊有贼。同时室中便跳出五六个大汉，向园中各处搜寻，一见妙姑娘惊吓状态，都来向她问明贼人何在。妙姑娘一听，仔细一想，觉得此事干连着自己，因不好把素臣说出，便战战兢兢地说道："我因须往上房，一时眼花，见有黑影，但不知究竟是否贼人，一时也瞧不明白。"众人听了，信以为真，遂都上屋追去。

素臣这时蹿身远去，回到旅邸，一路上心中暗想：以为今晚上虽不曾眼见打死奸贼，但我连发十箭，定有几个打死。一会儿又想京中黑暗，非昏淫即杀戮，如此景象，真是不可再居。当晚和虎臣

64

相商，次日黎明，早又肩着行李，匆匆出京回南。

蘅娘删到这里，正欲往下再删，突见殿玉走来，见蘅娘手握笔杆，埋头苦苦思索，不觉笑盈盈地叫道："女学士辛苦哉！这样炎热的天气，盍稍休息，缓日再删，亦奚不可。"蘅娘给殿玉提醒，自己也觉得香汗淫淫，沾满衣襟，因又取出帕儿一幅，把香汗拭去，一面把稿推过一边，一面也向殿玉叫道："玉哥，你觉得热吗？我们把稿儿携到竹院里去，那边有风，较在书室，自然凉快得多。玉哥你可赞成吗？"殿玉道："蘅妹既欲凉凉去，就吹一会儿风好了，何必又要携着稿子一同到院子里呢？"殿玉一面说着，一面又取笑着蘅娘道："蘅妹的意思，我知道了，因为这个大稿，既然名为'野叟曝言'，所以妹子必欲把它带在身边，一同去曝着火伞高涨的赤日。妹子你想对吗？"

蘅娘见他滔滔不绝地说着，因也笑着答道："冬日可爱，妹子喜欢曝的是冬日，夏日可畏，不要说妹子不喜欢，就是玉哥，恐怕亦不见得爱它吧。妹子因为删去的稿儿，不晓得尚删得准确否，敢请玉哥大家讨论一番，这就是妹子的一番苦衷呀。"殿玉道："妹意甚善，我哪有敢不赞成。"殿玉说着，早把一叠全稿替蘅娘携到院子中的竹林深处，蘅娘亦携着一壶苦茶、两把纨扇，直奔到院子中来。

斯时夕阳已渐渐地移向西去，晚风拂拂，顿觉罗袂生凉，蘅娘殿玉乃并肩坐下。蘅娘展卷而瞧，把删去的各回指给殿玉瞧道："玉哥，这几回我已统给它删了，玉哥以为怎样？"殿玉一听，把稿接过，逐回地瞧去，不消片刻，早已瞧完。蘅娘坐在一旁，挥扇代为驱暑。殿玉道："妹妹节删得一些儿都不错，这几回书中的所述，不外是淫戮两字，胡天娘、金二兴、陆洪范、贺坤哥、春娘、秋妹、妙姑娘、贺相、欢喜佛，都属淫乱得了不得。只有香囡一人，是个庸中佼佼，铁中铮铮，可见得昏淫悖乱之朝，千百人当中直无有一人贞节的了。今妹妹把它删去，正删得好极了。况胡天娘等事实，

65

都阴有所讽刺的，妹妹即不肯删，我意也要劝你删的。全稿描写淫戮的地方很多，天道好生而恶杀，四时以秋为刑官，肃杀之气，固不宜于融和之阳春，又况杀非其罪，戮及无辜，寡人妻，孤人儿，独人父，残忍暴虐，毒施非刑。如书中清心阁之毒毙少年，杏花楼之鸩杀香囡，黑夜中之铁烙毛达，都足令人发指，天怒人怨。所以吾妹把它删去，也是颇具见地。"蘅娘道："玉哥太过奖了，妹欲存其真相，又恐遭彼不测，《春秋》重在诛心，只是便宜了暴君污吏，恐后世便少有知道这些为可憾耳。"殿玉道："这个我倒有个计较，你且把删去的稿件严密封存，外用素纸包裹，埋诸地下，且待世界清平，上不苛酷诛求，然后再把它取出，补入原稿。这样既存其真，又可免祸。妹子的意下，以为如何？"蘅娘道："玉哥的意思，与妹子恰正相同。妹子以为封存后，包裹上还得写淫戮秘闻稿一卷，这样仿佛较为妥善。"

殿玉一面手持瓦壶，喝了一口凉茶，一会儿又递给蘅娘，叫她饮些。蘅娘接过，又笑盈盈地问道："玉哥你瞧还有哪几回应得删的吗？"殿玉因把原稿又瞧了一会儿，对蘅娘叫道："以下的各回，虽然也有阴刺权贵的地方，但都没有像这几回删去的来得彰明昭著，令人一望便晓。我意若再过事节删，恐完全失却作者本意，反为不美。"蘅娘道："然则以下都不用再删了？"殿玉道："我意如此，不晓得妹意怎样？"蘅娘道："爸爸一生心血，大半耗在此稿，我今见了此稿，想起爸爸的爱若生命，又想起兰甫的告密大吏，大吏狼虎般地搜稿，爸爸又因此气愤身死。当时若没有玉哥替妹另行订易稿册，设若果被搜得，恐怕爸爸早已身罹锋镝，妹子于今日之下，也断断不能与吾哥相聚一室，晤言燕好。回想起来，真要叫人痛断肝肠。"

蘅娘说罢，眼圈儿起了一阵红云，那晶莹的泪珠，早又扑簌簌地掉下两点。殿玉见她陡然地又伤心起来，一面取出帕儿给她拭去泪珠，一面又很温存地安慰她道："妹子别再伤心了。妹子哭了，我的心也不快，好像给人碾碎似的。妹子是个聪敏人，爸爸虽没眼见稿已付印，但一身心血毕竟没有埋没，爸爸如有灵的话，当然是要含笑九泉的。"蘅娘道："爸爸的血，一颗颗滴入了爸爸的心，那心上便觉着开了一朵朵灿烂的花。我见了稿上的字儿，就好像见了爸爸的心花，见了爸爸的心血，一字一泪，一泪一血，血滴心花，真好像是'野叟曝言'的别名了。"殿玉道："名'野叟曝言'为'血滴心花'，妹真绝妙的巧思。我愿是稿问世而后，长开灿烂之花，至永而不枯，则爸爸的心慰，而妹妹的情也没有不快乐了。"蘅娘闻言而后，两人相顾而笑，意颇自得。

殿玉一面说笑，一面却仍注视稿上，瞧了一会儿，突然哈哈笑起来道："妹妹你把这一回仅删去了上半回，却把下半回贺相抄家及小翠遭暴的几段文字，为什么不一并删去呢？"蘅娘道："那回是应当全删，我用笔勾在'次日黎明，早又肩着行李，匆匆出京回南'地方，并不是删到这里为止，因为玉哥来了，叫我到外面吹风去，故而把它做一标识。"殿玉道："对了，我想妹妹是绝不为不全删的，不然情节固然不能合拍，文字也要前语不对后语了。"

这时夕阳已冉冉向西山没去，一阵风过，吹得院中的竹竿萧萧瑟瑟地响了一阵。殿玉道："妹子再坐一会儿，我要先到室中洗一个澡，不伴你了。"蘅娘道："不错，天晚下来，正是洗澡时候。玉哥你先进去，妹子也进来了。"说着又袅然向殿玉一笑。殿玉道："妹子笑的什么？怨我不再坐会儿伴着你吗？"蘅娘道："哪里，我正也想把稿儿今晚删好的，那明天冠玉哥来了，不是就可托他携去付梓吗？"殿玉道："妹子既这样说，那稿本方才是我给你拿出来的，现在我仍旧给你拿进去吧。"蘅娘听了，又靦然地笑着，表示谢意。

底下又是蘅娘删去的原稿了。

当素臣出京不到三天，京中便出了一个天大的祸事，真是一声霹雳，大快人心。这个事是什么事儿呢？原来是皇上驾崩，新皇嗣位。朝廷先下哀诏到各省，文武百官，捧到哀诏，个个哭泣尽哀，然后再贺新皇登基。一会儿吊，一会儿庆祝，好像戏台上演戏的一般。

不说京里外大小臣工个个栗乱忙碌，再说当时这个贺相，先帝在日，原是一个一等红的人物，先帝既然信任宠用，那贺相便一天天地妄自尊大，交结内廷太监，卖官鬻爵，贿赂公行，甚而至于强占民妇，杀戮大臣，弄得朝廷之上稍有人心的御史，个个侧目而视，敢怒而不敢言，百姓也没有一个不怨声载道。前时香囡的无故被抢遭鸩，就是一个例子。但话又要说回来了，贺相虽然是个专权希宠，但种种罪恶，有的都是尤夫人邢夫人及坤哥等众人大家所造成的，所以也不好专怪贺相一人，但罪归于主，贺相到底是脱不出罪名。即是那天晚上，清心阁下毒死的两个少年，也都是尤夫人使的黑幕。

尤夫人因为和诸妾争宠，把诸妾的儿子也恨进在内。那晚素臣所见面目狰狞坐在阁下的大汉，原是尤夫人假扮的。两个少年，一个叫风哥，是李夫人所生，一个叫泽哥，是王夫人的养子。尤夫人因坤哥前时捉得刺客毛达，和风哥泽哥都有重大嫌疑，所以把两人用最毒的药水泼在身上，把他们害死。谁知却被素臣瞧见，素臣便连发弩箭打入窗中，不料一箭恰巧打在尤夫人假扮大汉的胸口。尤夫人便叫一声，果然中箭倒地，身带重伤。侍卫的众人见尤夫人的胸口，鲜血汩汩地流出，慌忙把她救起，再来追赶行刺的人，所以素臣能够从从容容地逃出。

就是这个缘故，那时府中上下人等，闻着尤夫人重伤消息，又闻到风哥泽哥给尤夫人害死，一时李夫人王夫人都哭哭啼啼，要向相爷拼命，又要讨还她的儿子。这样吵闹不休地过了两天，贺相正闷闷不乐地坐在家里，那皇上崩天的消息就来了。等到新皇接位以后，那天正是第三天早上，尤夫人就呜呼哀哉。坤哥见他的妈妈被人一箭打死，一面办理丧事，一面叫手下镖师侦探仇人。日夜扰扰攘攘，真是闹得家反宅乱。

这晚刚才睡下，突见家人贺寿气急败坏地奔入，一见贺相，便高声叫道："太师爷不好了，外面有个黄门太监，领着圣旨，带了禁兵，说是奉了上谕，前来抄家。请太师爷快快出去接旨要紧！"贺相一听"抄家"两字，当即大叫一声，突然昏去。

第十回

势若冰山奸相悲末路
行同欲海淫秃逞威风

贺相既然威势赫赫，怎么便就会得了罪名抄家呢？其中也有一个缘故。因为新皇和贺相意见不合，只因是先皇老臣，所以暂时没有发作。谁知京中众御史，见先皇已崩，贺相失宠，不久就要势倒，因此趁着这个时候，便你一本、我一本地奏着贺相十大罪状。有的说是欺君罔上，罪大恶极，有的说是专权作福，倚势压人。新皇准了奏本，当即下了一道上谕，内开意旨，谓：

> 都御史陈忠奏武英殿大学士贺丞，欺君殃民，侵款受贿，种种不法十大罪状一折。该贺丞身为宰弼，历受先帝恩宠，不思为国报效，胆敢擅作威福，如此不臣不忠，实属深负先帝知遇之恩。着即革职拿问，所受赃银，抄没入库，钦此。

自从下了这一道上谕，贺丞便要交三法司审办，一面由禁衣卫查封财产，抄没入库。当时贺丞听了家人贺寿报告"抄家"两字，已经昏厥一次，因贺丞为大学士十年，平日心之所爱的只有财色两件，所以卖官鬻爵，贿赂公行，粉白黛绿，姬妾满前。现在若要把他抄家，他想到十余年的心血，聚得这许多金银宝器，一旦统给抄没，真是枉费心机，所以突然跌倒。当有家人给他救醒，则门前太监以及禁衣卫等统统已到，贺丞只好请过香案，跪接圣旨。

太监宣读之下，果然是被御史奏劾，皇上大发雷霆，着即革职抄家，这一吓真吓得魂不附体，伏在地下，号啕大哭，几乎爬不起来。那宣旨的太监名叫平吉生，向来和贺丞也很要好，此刻却竟变了面孔，大声喝道："犯官贺丞，既有圣旨，还要多哭则甚！快快给咱起来，上了刑具，跟着走吧！"贺相一听，心中无限懊悔，暗想：他平日是何等趋奉于我，今日我失了势，他竟也大声小喝地一些儿都没有情了，可知一个人是断断失不得势力的。我贺丞平日是何等威风，现在竟弄到这个地步，活像是虎落平阳被犬欺了。

不说贺丞含泪太息，那禁衣卫早已给他剥去衣冠，打上手镣，架上锁链。贺丞眼见得众姬妾儿子及大小家人婢仆等，此时站在面前，总有二百余人口，个个哀哀啼泣，凄惨景象，好像鬼哭神号。内中妙姑娘站在贺丞身后，把她纤纤的玉手拉着贺丞花白的胡须，哭得愈加伤心。贺丞想起妙姑娘待他的许多风流好处，满望温存到老，哪知现在犯了大罪，生生地把她抛下，一时痛到心头，遂不管有人在前，竟把脸儿偎到妙姑娘粉红的面颊上，大有不能舍去的样子。

一会儿，一个禁军前来向平太监报道："抄得贺犯财产计黄金一百五十条；白银元宝式千三百只（每只计重五十两）；大小珍珠五千粒；翡翠朝珠一挂；白玉白马一匹，计高二尺四寸；古玩玉器钟鼎三百二十件；锦绣绸缎皮毛衣服六百箱；制钱五万千。其他各物不计其数。"

禁军念一句，贺相心里便觉像尖刀般地刺一刀。禁军念完又道："住宅一所、花园一座，均已加封。男女人口二百五十名，业已逐出另住。"贺丞听到这里，便大叫一声："痛死我也！"一面禁衣卫等便把贺丞推到门外，簇拥而去。这样声威赫赫的相府，顿时变成树倒活猴散，真是凄惨极了。

不说贺相暂押天牢，再说皇上接到赃物细单，当用御目一瞧，别的倒还没有话说，单问白玉白马一匹，叫平太监呈上前来。平太监一听，不敢怠慢，当把玉马献上。皇上一瞧之下，便即勃然大怒，对众臣说道："这个玉马，乃是朕内库所藏，为什么也在他的家里？想他先帝在日，曾经命他管理内库，这必定是他盗了出去。库中宝物，他尚且要偷偷盗去，可见得他的为人，平日向民间的作为一定予取予求。"因此贺丞便永不叙用。

原来这个玉马，乃是外国进贡，全身雪白，没有一些瑕疵，高有二尺多，长有二尺，人坐其上，冬能生暖，夏能止汗，真是一个宝物。先帝在日，本来赐给爱妃香儿，后来香儿死了，先帝睹物伤心，遂把它藏在库中。

谁知贺丞心爱此马，一日新得一姬名叫翠花。说起翠花的身材，真是个腰细如临风杨柳，肌白如羊脂白玉。她的脸蛋儿，苹果似的两颊，樱桃似的小口，秋波般的眼，远山般的眉，白藕似的臂膀，金莲似的脚尖，贺丞愈瞧愈觉爱，把尤夫人邢夫人统统丢在脑后，夜夜叫她陪伴在前，只有妙姑娘一人，叫她陪着同睡。

这日正是初夏天气，妙姑娘方才陪着翠花同在洗澡，齐巧贺丞走来，一见翠花浴后意态，露着全身白肉，绝无一些瘢疤，心想这样美丽的人儿，浴罢出来，若没有很好的椅儿给她休息，真是辜负她的美观。贺丞心里一转，他便想到库中曾藏白玉白马一匹，因此他就贿通内监，把玉马背地盗出，专门给翠花浴后骑坐。贺丞见佳人玉马，统统给他想到，一时心中大乐，那晚便叫翠花陪饮侍寝。谁知人有千算，天只一算，那晚翠花因饮酒过多，酒后贺丞又给她些春药，经过一夜的猖狂，第二天早上，翠花便不能起身，只喊腹痛，不到一昼夜的工夫，那翠花便疹发身亡。贺丞痛哭爱姬，见她虽然已死，面目仍艳若桃花，因此不把她当即入殓。后来因天气炎热，翠花的尸体慢慢变了颜色，而且还有一阵阵的晦气，贺丞方才放手，把她埋葬。只乐得尤夫人邢夫人等一班众妾，个个欢天喜地，以为天有眼睛，把这狐狸精收去。从此妙姑娘就补了翠花的缺，早晚鬼混纠缠。

这个就是那白玉马的一个故事。谁知今日之下，贺丞竟就害在这个玉马的身上，当时皇上若没有见了此马，贺丞还可从宽发落，今见此马，好比火上添油，贺丞就永远没有翻头的日子了。

且说素臣和虎臣一路去京，走了三天路程，那日正到保定地界，看看天色向晚，两人遂在凉亭中休息一会儿，意欲过去找个宿店。素臣抬头一望，突见有告示两张，好像是簇新贴上，素臣遂用目仔细瞧去，原来正是老皇帝驾崩、新皇登极的两张告示。素臣心中暗想：我若再迟两天出京，倒好瞧瞧京中的情形。现在新君接位，所有奸相权臣，不晓得有否罢斥几个，对于政治，不晓得有否整顿整顿。虎臣见他呆呆地瞧着，便拍着他的肩头叫道："文爷，你瞧些儿什么？辰光不早了，我们赶路要紧。"素臣给他提醒，抬头一瞧，果然飞鸟归林，回光的夕阳映着晚霞，好像鱼鳞般一点点泛在天边，这时的情景，真所谓"夕阳无限好，只是近黄昏"。因此他也无心留恋，便和虎臣向前趱程，急急地找寻宿店。

赶了一程，看看天上，早已拥出半轮皓月，旁边有三五颗小星闪耀发光。两人正行之间，忽见前面隐隐露着一线灯火，再走几步，耳中又听到一阵女子哭泣之声，时在旷野，那声音很是凄惨。虎臣突向素臣道："这个哭声很是悲伤，好像是有人要向女子行强暴的样子。我们现在正苦没有宿店，不如赶上几步，探个究竟，那我们就不怕没有宿处了。"素臣道："贤弟的话很是。"谁知走得愈近，那女子的哭声愈觉悲伤。

一会儿果然到了一间茅屋。虎臣不问情由，便向门上擂鼓似的敲起。这时便听到一个提着破喉咙的男子问道："夜半三更，是哪一个瘟贼还来打门动户？"虎臣一听，也大声喝道："你这狗养的好生无礼，爷来了还不开门！"那时开门出来的竟是一个面目凶恶的和尚，和尚背后同时又蹿出一个少女，一见门开，她便要夺门而出。

素臣站在后面，借屋中的一盏灯光，觑得很是亲切，见这个女子不是别人，正是在清风寨的小翠，一时心中不胜奇怪，便不禁脱口叫道："咦，小翠，你什么会在这？"小翠见有人叫她名字，心中也很诧异，此时遂把素臣、虎臣细细一认，不觉心中大喜，早大喊："刘大哥、文爷，你们来得正好，你瞧这个贼秃，他要强行非礼呢！"素臣听小翠果然喊出名字，心中明白自己认得不错，同时也把小翠身上打量，但见小翠的衣衫已被人扯下一幅，胸前露出白肉。

　　这时虎臣听小翠叫他，又见她狼狈形状，一时心中大怒，早就一把将和尚扭住，口中还不住地骂"和尚混账，我给你算账去"。和尚见虎臣扭着不放，且觉其力甚大，早就握着拳头向虎臣劈面一拳打来。虎臣一面闪过，一面也一拳打去。因此拳来脚往，两人早打到门外。素臣唯恐有失，便飞起一腿助战。

　　原来这个和尚名叫净海，是相国寺了空师弟了凡的徒弟，现在保定城外东乡大佛寺里当家，平日无恶不作，今夜遇到虎臣阻他好事，他的心中大大气愤，所以一拳一脚，非要把虎臣打死不肯罢手。素臣见他拳术精明，遂帮同虎臣左右夹攻，三人打作一团。约有一个时辰，净海卖个破绽，便跳出圈子，飞身逃向山脚边去。虎臣竭力追赶，素臣连忙阻住，大喊："贤弟，快不要追了，恐防暗器！"说时迟那时快，净海掌中早有一弹流星般地飞来，不偏不倚，恰恰打在虎臣嘴上，虎臣要把弹咬住，因来势很快，虎臣门前的两粒牙齿早被他打落。素臣见他满口鲜血，心中大吃一惊，一面用右手连发两箭，一箭打中净海右臂，一箭打中肩窝。净海本待回身再战，因身着两箭，遂负痛而逃。

　　等到素臣扶着虎臣回来，那小翠的阿哥柳老五也已赶车回来，小翠先向老五告诉净海前来奸污，自己怎样地抵抗，正在危急，幸而遇到文爷和刘大哥前来救活等话。两人话才未毕，素臣、虎臣早已到来，老五接着，一面谢过两人，一面便让两人进内，叫小翠赶快倒一口冷水，给虎臣先漱了口，揩去嘴上的血渍。素臣又向身上取出伤药，给他搽上，幸没有重伤到内部，所以还不要紧。

那时素臣便向小翠问道："你们兄妹为何又在这里?"小翠道："我自从清风寨出来，就碰着刘大哥……"素臣道："这些刘贤弟已给我说了。我问你和刘贤弟别后的事情，到底是怎样?"小翠道："离这里没有几里，有一个小小市集，住的人虽然不多，但却是个南北交通的要道，所以从南方进京的，都要在此换车叫车。哥哥因为妹子住在此地，他不愿接长途的生意，专门做短途往来天津北京，两三天可以来回的买卖，这样妹子便可以有的照顾了。谁知这个贼秃，他乘哥哥不在，便不时到此，向妹子调笑，经我恶声斥骂，他竟意欲用强。正在危急万分，若没有文爷、刘大哥到来，我的身子恐怕定遭受辱。"说罢，早又掩面而泣。

素臣、虎臣、柳老五正要听她说下去，突闻外面有一阵嗒嗒的马蹄声音，好像疾风似的追来。素臣等慌忙开门一瞧，但见山脚边有十多个和尚，个个手持火把，面目狰狞，气虎虎地赶来。小翠一见，吓得魂不附体，几乎跌了一跤。

这些和尚是否又来抢夺小翠? 素臣和他抵敌，是否能够得到胜利? 这些都已不在原稿节删之内，恕不再行详告。本书就此告结束了。

珠还合浦

第一回

倾心相爱惊生意外艳

离开石头城东北十里路的光景，有一条曲曲折折的小溪。溪的两旁遍植桃李桑柘，红花绿叶，相杂其间，十分鲜美。四周屋舍俨然，阡陌交通，鸡犬相闻。村中居民大半务农。距村约一里许，有水流之声潺潺，不绝于耳，铿锵动听，是名白石涧。再向前行，便得一山。山的南麓古木参天，翠柏苍松，横亘道旁，微风吹来，但闻松涛如潮，二三飞禽时相上下鸣答。偶尔一声清磬，由林中穿越而过，飞度耳际，令人万念俱消，思虑一清。抬头远望，唯见白云片片，遮没山腰。在云雾之间，隐隐露着一角琉瓦，其下有一垛红墙，高仅及肩，墙后一片翠竹，临风摇曳，遍满山野。游人到此好像身入清凉世界，顿觉凡尘俗气一洗而空。

这是什么地方呢？原来就是南京的清凉山。在半山之上有一个寺院，名叫清凉寺。时正暮春之初，有两个西服少年和一个年轻姑娘彳亍其下。只见一条极广阔的甬道，全用红石铺出，每间隔五块，铺以青石一方。石上凿有莲花一朵，步步数去，计有莲花石一百二十块。远瞧去，在万绿丛中，方现寺的山门。走尽甬道，有石碑一座，颜曰"大好溪山"四字。其旁有两石柱上刻着圣教序的集句是"松风水月，未足比其清华；仙露明珠，讵能方其朗润"。走进牌坊，便有一池，名曰阿耨池。四围有石栏，听说此池无底之深。对池的墙上，题有"八功德水"四个大字。池的东端，有石级十余步，可以直达山门。

那时两个西服少年和少女已步到山门面前，抬头见山门上有横匾一方，红底金字，书着挺大的"清凉寺"字样。步入山门，正中便是大雄宝殿，气象巍峨。殿中全用朱红雕漆，殿柱的粗圆，大可两人合抱，工程浩大可想而知。知客室中的知客僧见有人到来，遂即迎出招待。三人便各把名片取出，递了过去。知客僧接过一瞧，见一张上书"李慈航"，一张是"马鹏飞"，一张是"花兰君"，遂点了点头，双手合十说道："李先生、马先生、花小姐，请里面坐。小僧这儿引导了。"

于是三人随了知客僧，穿过水陆堂，到达一个花木丛密的月洞门，入内有小小三间客厅，里面有名人字画，摆设颇为古色古香。知客僧让三人坐下，献上了茶，说道："贵客降临寒寺，实多简慢，还请勿罪是幸。"

李慈航笑道："大师父不要客气，我们因久慕宝刹气象巍峨，故而特来瞻仰瞻仰。"

知客僧道："如此甚好。那么由贫僧领导，还是三位随意游览？"

花兰君道："大师父请便，我们不用招待的。"

知客僧听了，遂自行退下。这儿三人又慢步踱出客厅，只见厅前有假山一座，山后植有桂花两株，惜时非中秋，姑未闻桂子幽香。兰君走到假山旁，向下远眺，只见阡陌纵横，模糊不清。忽然在草原之中，有一条黑色之物游行其间，这就叫道："喂，慈航、鹏飞，你们快来，妈呀，这是什么东西呀？"

说时，回眸过来，向两人伸手招了一招。慈航、鹏飞这就奔向前去，果然见有一条长蛇似的东西蜿蜒而行。鹏飞笑道："那是火车呀，你不见还有黑烟冒出哩。"

兰君抿嘴噗地一笑，秋波向他一瞟，说道："我岂不知是火车？因为在半山之上，瞧下面的火车经过，实在是很难得的，所以向你们招手同来一瞧，那不是很好看吗？"

"那是我老实得太可怜了……"鹏飞笑了一笑，低低地回答，忽然又道，"慈航，你把照相机取下来，何不向下面摄一张远景呢?"

慈航道："只怕太高了，而且天气又阴，光线不足，便模糊得瞧不出了。我们还是摄自己小影，也好留一个纪念。"

兰君道："这话不错。你先给我摄一张全身的好吗?"

"很好，很好，那么你就站在那株桂花树下，这布景很好，摄出来一定很优美的……"慈航见兰君叫自己摄影，这是一件多么荣幸的事情，所以乐得扬着眉儿，忍不住笑起来了。但鹏飞心中却很不受用，撇了撇嘴，暗自冷笑了一声，站在旁边，眼瞧着慈航给她摄影。

只见兰君微扭着腰肢，浅笑含颦，美目流盼，姿态真是美到万分。慈航放定了三脚架子，从镜箱连瞧了一会儿，一面把手向左挥了挥，一面说道："你再靠左一些，身子还好斜一些，脸儿不要抬得太高，要笑得露一些牙齿……"

"你瞧这样子好吗?"兰君一面照他话做姿势，一面含笑着问。

"这样子好是好，只不过脸儿还好低一些……"慈航站起身子，向前望了望，接着走上去，伸手把她下巴抬了抬，笑道，"这样子很不错，你现在别动吧……"说完了这两句话，他又奔回到照相机旁，把手一按机钮，遂把兰君摄进去了。

鹏飞见慈航借拍照名义去抬兰君的下巴，一时心头更有些酸溜溜的滋味，他便恨恨地自管走到别处去玩了。但兰君却并不知觉，还笑道："我给你们各摄一张吧。"说着，叫慈航站在客厅的门口，兰君给慈航摄毕，便叫鹏飞，谁知鹏飞已不知去向了。

兰君遂高声大喊，慈航也叫了一会儿，这才见鹏飞从那边树蓬内转出来，说道："你们喊我做什么? 我在那边游玩哩。"

"我们单人的都摄一张，我给你也摄一张，你快拣个地方站住了。"兰君向他笑盈盈地说道。

鹏飞摇头道："我不要摄，你们留着多摄几张好了。"

兰君听他这样说，可见明明是含了醋意，不禁又好气又好笑，秋波逗给他一个娇嗔，恨恨地道："你这话算什么意思？人家欢欢喜喜地拍照，你又什么事情不高兴了，要板起面孔给我碰钉子呢？"

"我怎么敢给你碰钉子？那不是你自己多心吗？"鹏飞被她这么一娇嗔之后，他的脸上倒又浮现了一丝笑容来，装出毫不介意的样子，向她和气地解释着。

"既然你没有不高兴，那么你干吗不要拍照？你倒给我说出一个理由来。假使说不出，你得给我站住了，让我给你拍照。"兰君却鼓着红红的脸腮子，兀是显出很生气的样子。

鹏飞如何说得出什么理由，因此也只好低头无语地站到一丛修竹的面前去。慈航见他微蹙着眉尖，意殊不悦，遂笑道："鹏飞你这副脸儿拍到照相里去，人家瞧见了，还道有谁欠你三百两银子呢。"

"那你大概是拾到了一个海宝贝，所以乐得嘴也合不拢来了。"

鹏飞听他拿话讽刺自己，遂笑了起来，也故意拿话去俏皮他。就在他一笑之时，兰君也把他摄入照相机里去了，说道："好了，我们到各处去游览一周，也好回校去了。瞧时候不早，日薄西山，黄昏已降临大地了呢。"

于是三个人又在各处玩了一会儿，仍旧回到知客室来。知客僧笑道："三位不再多玩一会儿吗？在寒寺用了素斋回去也不迟哩。"

"不客气了，我们下次再来叨扰吧。"慈航说着，遂从袋内摸出一张五元钞票，作为茶资。知客僧道谢相送，于是三个人走出山门，回城里去了。

三人回到城中，差不多已万家灯火。兰君向两人道："你们肚子饿吗？我们上馆子吃饭去怎样？"

慈航道："很好，我腹中倒也有些饿了。"

鹏飞见两人今天意殊特别亲热，心中十分不快，遂摇了摇头说道："我尚有他事，不奉陪了。你们请便吧。"说着话，已向前匆匆地走了。

慈航见兰君望着他背景出神，遂笑了一笑，说道："鹏飞今天到底为了何事，竟这么不快乐？难道我们有什么地方得罪他了吗？"

"管他哩，也许他另有约会。我们且上馆子去吧。"兰君回眸过来，向他瞟了一眼，一面回答，一面和慈航走进又一村酒楼里去了。

鹏飞独个儿匆匆地别开，心里是非常气愤，暗自想道：女子的爱情到底是不专一的，虽然我们大家都是同学，不过论时间，我和兰君久长，况且我对兰君是多么真挚，照理她应该爱上我的。谁知她若即若离，一些不肯向我明白地表示。从今天的情形瞧来，她不是明明地待慈航好吗……想到这里，把脚一顿，骂声可恶的东西。

不料鹏飞骂声未了，忽然听得有个女子的声音娇叱道："你们这班无耻的东西，平白地敢拦着人家女子调戏吗？"

鹏飞一听这话，慌忙抬头望去，只见有四五个流氓，围着一个很摩登的少女恶意调笑。那少女又羞又急，涨红了脸儿，却连连地蹬脚。鹏飞瞧此情景，勃然大怒，遂飞奔上前，挥拳先击倒一个流氓，大声骂道："在青天白日之下，胆敢胡为！"

众流氓见鹏飞身材高大，膂力过人，竟把同党打倒，因为欺他只有一人，遂各拔拳儿，一哄而上，都来攻打鹏飞。鹏飞哪放在心上，站定身子，上来一个打倒一个，上来两个打倒一双，把他们跌在地上，却是爬不起来。众流氓见他神勇十分，料想不是对手，遂抱头鼠窜地相继而逃了。

鹏飞笑道："真是一班臭饭桶，好不中用的奴才。"

那少女想不到鹏飞有这么大的本领，一时又敬又爱，遂走上前来，向鹏飞深深鞠了一个躬，十分感激地说道："多谢你这位先生救助了我，真叫人心头感激万分……"

鹏飞见了，连忙也弯了弯腰，还礼不迭地说道："别客气，别客气，想不到在这样热闹的街道也会拦住了人家调笑，这班无赖的胆子可真也不小哩。你这位小姐一定是受了惊了。"说着，抬头望了她一眼，心中不免暗想：倒是个挺好的模样。

那少女把秋波盈盈掠来，也瞧到鹏飞的脸，英武中带着柔媚之态，真是十分俊美，遂一撩眼皮，微微地笑道："幸亏你先生来救助得早，所以还不曾遭他们的侮辱。请问你先生贵姓，不知能告诉我知道吗？"

"敝姓马，不知小姐贵姓？"鹏飞见她这么客气，遂含了笑容，一面回答，一面也向她低低地还问。

那少女听了，笑盈盈叫声"马先生"，一面又道："我叫白秋苹。马先生此刻可有空吗？我想请你喝一杯茶，因为我觉得是太感激你了。"

鹏飞见她容貌生得不俗，因为在兰君那儿很感到失望，所以也很愿意和她交个朋友，遂点头笑道："白小姐，你有兴趣的话，我当然奉陪的。"

于是两人走了一程路，便到一家咖啡馆里坐下。秋苹道："马先生恐怕还没有吃过饭，我们就叫两客西餐好不好？"

鹏飞一面点头，一面不免向她暗暗地打量。在淡蓝霓虹灯光下瞧到秋苹的装束，一切都是十分贵族，而尤其脸部的化妆品一定是最上等的舶来品。所以坐在她的对面，在风扇打动之中，鼻子里闻到一阵一阵幽香，真是令人心神欲醉的。只不过仔细瞧望，她的脸儿笑的时候，额上已稍显皱纹。从这一点猜想，她的年龄必定是在二十五六岁以上的了。

秋苹见他望着自己出神的意态，一颗芳心倒不免荡漾了一下，遂对他嫣然一笑，接着又道："我们喝些白兰地，马先生酒会吗？"

鹏飞听她这么问，知道她是个善于交际的女子，因为自己是个堂堂的七尺之躯，在一个女子的面前如何肯示弱，遂点头说好。秋苹于是向侍者吩咐下去，一面又道："马先生府上哪儿？在南京读书还是在干事呀？"

"我原籍北平，在南京航空学校里读书。白小姐是南京本地人吧？"鹏飞见她云发高耸，耳鬓旁有两颗挺大的珠环，十足有些贵妇人的风度。

"不是，我是广东人，但到过的地方很多，北平、汉口、上海、青岛、香港……差不多我都去游玩过了。马先生将来是个国家的人才，叫人十分企慕。那么你在这儿是只有一个人的了？"秋苹见他高高的个子，真是十分雄伟，知道他是个航空人才，芳心里更有层敬爱的意思。

鹏飞听她到过这许多码头，知道她一定是个交际花了，遂笑道："白小姐到过的地方可真不少，我在这儿虽只一个人，不过同学也很多，所以也不觉十分寂寞。"

两人说着话，侍者把白兰地和西餐一道一道地端上。秋苹握了高脚玻璃杯，向他举了一举，笑道："马先生不要客气，我们虽然萍水相逢，但只要说得投机，也就和知己一样的了。"说到这里，把杯子凑到红红的嘴唇皮上，就喝去了大半杯。

鹏飞见她很有倾心相爱的意思，一时倒暗暗地好笑，遂也举杯喝了一口，点了点头，说道："白小姐，那么你现在府上可在南京吗？"

"是的，在南京中山路的大陆公寓八号。马先生有空只管请过来玩，我是很欢迎你的。"秋苹一面说，一面取过白纸一张，拿自来水笔写着已递了过来。鹏飞接过，瞧了一遍，点头向她瞟了一眼，又低声地道："改天一定来拜望你。但白小姐府上还有什么人吗？"

秋苹微笑道："除了一个丫头阿英，再没有第三个人了。"

鹏飞听了，心里暗想：这事有些蹊跷，她的身世未免神秘，莫非是人家的外室吗？于是凝眸望了她良久，便又笑道："白小姐，恕我冒昧，你的青春多少了？"

"我不瞒你，二十七岁了。马先生，你呢？"秋苹很爽快地回答，俏眼儿具有勾人魂灵的目光，向他脉脉含情地瞟了一眼。

"我也二十四岁了。白小姐生得很嫩脸，我倒瞧不出你有二十七岁了……"鹏飞口里虽这么地说，但心中又在暗暗地奇怪，二十七岁的年纪，还没有结婚吗？想来准是人家的外室无疑了。

不料秋苹听了，却逗给他一个娇嗔，指了指自己的额角笑道："你瞧我电车轨道都有了，还说得上嫩吗？恐怕已成了老太婆了。哪儿像你年轻，只好做我的小弟弟呢。"

　　"老太婆哪儿有这样美丽？"鹏飞见她一个娇嗔，确实和姑娘相较也有一种妩媚的风韵。他望着秋苹灵活的眸珠，忍不住笑起来。

　　秋苹听他说自己美丽，一颗芳心有些甜蜜的感觉，遂扬着眉毛，得意地笑道："马先生，你真觉得我还美丽吗？"

　　"不错，我觉得你好像还是我妹妹一样美丽……"鹏飞可也不是个好人，他也有意吃秋苹的豆腐，望着她咮咮地笑。

　　秋苹被他说得爱之火在心坎儿上燃烧起来，红晕了两颊，却恨恨地啐了他一口。鹏飞笑了，秋苹也笑起来，两人经过了这一阵子谈话之后，显然在形式上是熟悉了许多。无论哪一个男子，终是爱热情的，虽然鹏飞明知秋苹年龄比自己大，而且瞧情形又不是个姑娘了，但是被她柔媚手腕下一迷醉，他自然而然地也会感到秋苹可爱起来。

　　吃毕这一餐饭，鹏飞抢着去会了账，秋苹很不高兴地瞅了他一眼，说道："马先生，那你不是客气得太过分了吗？你帮助了我，我才避免这班无赖的欺侮，那么理应我请你吃饭，怎么倒反要你来做东？那叫我心里过意得去吗？"

　　"我们既然认作了朋友，那么也不必说这些话了，白小姐你说是不是？"鹏飞和她走出咖啡室的大门，在门灯光芒下绕过醉意的目光，向她瞟了一眼，低低地说。

　　秋苹听了，猛可握住了他的手，捏得紧紧的，秋波斜乜了他一眼，嫣然地笑道："你这话虽然不错，但我心里终有些不安似的。马先生，那么我们再到舞厅里去玩一会儿，不知你会拒绝我吗？"说着话，把身子也偎上去，和他表示无限的亲热。鹏飞握着她软绵绵的纤手，如何还有拒绝她的勇气，遂频频地点了一下头，于是两人到灯红酒绿爵士音乐声中去狂欢了。

秋苹的热情是胜过一般的姑娘，鹏飞在醉后的感觉当时是非常可爱。两人在舞池时互搂着腰肢，轻快地跳着舞。鹏飞胸部的触觉似乎有两个棉花团一般温软，脸儿的感觉也是滑腻如脂，热辣辣得像火炭的一团。不过两性的依偎和摩擦，这是令人感到无限的适意和快感，尤其是那么富于肉感性的女子，所以鹏飞搂着她的腰肢，他的神思已经飘向天际了。在舞到半支音乐的时候，秋苹忽然把娇躯整个地扑向到鹏飞身上去了，鹏飞见她把小嘴儿几乎要凑到自己的唇边来，他究竟还是个老实的青年，慌忙把脸儿别了转去，叫道："白小姐，你怎么啦……"

　　"哦，对不起，我有些头痛，累了你吗？"秋苹微蹙了弯弯的柳眉，娇声地显出楚楚可怜的意态。

　　鹏飞扶了她身子，向她粉脸儿望了一眼，见她是娇红得好看。而且口脂微度，吹气如兰，他真的有些想入非非起来了，遂低声地道："刚才你白兰地一定喝得太多了。白小姐，我扶你回座去休息一会儿吧。"

　　秋苹点点头，于是两人依偎着走到沙发旁来坐下。鹏飞吩咐侍者拿上一瓶鲜橘汁，用麦秆放在瓶中，亲自拿到她的口边，说道："白小姐，你吸些鲜橘水，也会醒酒的。"

　　秋苹把蝶首靠在他的肩胛上，却闭目养神似的，并不作答。鹏飞暗想：这可好了，她难道就此睡着了吗？于是附着她耳朵又低声唤道："白小姐，你别睡着呀，快吸一口鲜橘水，那是会醒酒的。"

　　秋苹听了，这回微睁星眸，她把小嘴去衔了麦秆，可是喝不了几口，她又沉沉地倒向鹏飞怀中睡着了。鹏飞瞧此情景，心中倒是暗暗地焦急了一会儿，想道：现在时已十一点了，她这一睡下去，直到什么时候才可以醒来呢？万一在这里遇见了别个同学，把这情形传到兰君的耳里，她那芳心不是更要和我冷淡了吗？

　　鹏飞这么一想，心里的焦急实在有些像热锅上的蚂蚁一样了，于是在她耳旁又低呼两声白小姐，但秋苹只管没有回答，她把脸儿已斜贴到鹏飞的颊上去了。鹏飞虽然感到她娇躯是软绵绵的可爱，但此刻也无心去领略，尽管想个解决的办法。忽然他倒有个主意了，我何不送她回家去呢？刚才她不是曾经告诉过我，她是住在中山路大陆公寓八号吗？于是他向侍者吩咐喊一辆汽车，一面付了茶资，一面带抱带扶地把她搂上了汽车，便直开到大陆公寓里去了。

汽车到大陆公寓门口的时候，鹏飞心里倒又浮上了一层忧愁。她的家里不知真的是没有什么人了吗？万一她是有丈夫的话，那么见我把他妻子送回家来，不是又要闹成醋海风波了吗？鹏飞这样地考虑着，他不敢贸然地就送秋苹进屋子里去。在汽车停下之后，他又拍了拍秋苹的身子，叫道："白小姐，白小姐，你家里到了，快些儿醒来吧。"但是秋苹依然没有回答，鹏飞这就暗暗叫声糟糕，只好付了车钱，把她又抱着跳下车厢。

走进大陆公寓，八号却在二楼，鹏飞事到如此，真没有了办法，遂只得把她身子横倒，抱着她的颈项和膝曲处，一步一步地走到楼上去。走到八号的门口，鹏飞那颗心是跳跃得厉害，因为他怕屋子里会有她的丈夫在着。但转念一想，秋苹既然说没有丈夫的，那当然是不会骗人的了。于是他把膝踝向房门撞了两下，只听里面有个女子的声音，尖锐地问道："谁呀？"

"是我……"鹏飞听了那女子的声音，心里倒放宽了许多，因为秋苹曾经说，她家里只有一个丫头阿英的，所以他沉重地回答了两个字。就在这个当儿，乒乓一声，门儿开处，这就见一个十七八岁的姑娘走了出来。她一眼瞥见了鹏飞抱着她的主人，不禁显出惊异的神色，一面让他进内，一面悄声儿问道："少爷，我们的小姐怎么啦？"

"没有什么，因为她是喝醉了酒……"鹏飞低声地回答，他把秋苹的身子已放到窗前那张席梦思上去。

"不，少爷，你别放在这儿……"阿英却摇了摇手，向他阻止着。鹏飞这就把她将要放下的身子又抱了起来，回眸望了她一眼，

88

当然是问她放在什么地方的意思。

"少爷，你随我进里面来吧……"阿英接着又这么地说，并且向他招了招手，已向里面一间房中走了。

鹏飞抱着秋苹的身子，遂跟着阿英向里面走，一脚跨进房中，只见里面是间卧室的布置，已亮了一盏白纱罩的电灯，把房中的家具更映得富丽堂皇，十分耀眼。正中抛着一张黄澄澄的半铜床，床上堆着锦绣的缎被，于是走上前去，把秋苹的身子放到床上去，这才深深地透了一口气，拿手帕拭了拭额角上的汗珠。

阿英瞧此情景，忍不住抿嘴一笑道："少爷你很累吧，请坐一会儿，我倒一杯茶给你喝。"

鹏飞点了点头，遂把身子坐到沙发上去。阿英双手捧了一杯热气腾腾的玫瑰茶，放到沙发旁的茶几上去，俏眼儿向他一瞟，微笑道："少爷你贵姓，我家小姐怎么竟会醉得这个模样儿呀？"

鹏飞听问，自不免红晕了脸儿，说道："我姓马，你家小姐因为多喝几杯白兰地，所以醉倒了。请问这屋子里除了你和小姐外，还有什么人吗？"

"马少爷，你这话说得奇怪。依你说来，还有什么人呢？"阿英瞟了他一眼，向他笑盈盈地反问。在她这两句话中，至少是含有些神秘的作用，鹏飞倒是被她问得哑口无言，因此望着她倒是愣住了一会子。这时床上的秋苹"哎"了一声，她把纤手揉了揉眼皮，听她"咦咦"地叫起来道："阿英，阿英，你快来告诉我，是谁把我送回家里的呀？"

阿英含笑走到床边，向她报告道："小姐你忘记了吗？是马少爷送你回来的呀。"

秋苹暗暗念声马少爷，从床上坐起来，忽然回眸瞥见沙发上的鹏飞，她便"哟"了一声笑起来了，说道："马先生，我们不是在舞厅里玩吗？怎么我就醉得人事都不知了……"

"可不是？当时我连连地喊你，但你也睡得真熟。我因见时已不早，所以急得没有法子，只得冒昧把你送到府上来了。"鹏飞见秋苹醒来了，遂站起身子，望着她低低地告诉着缘由。

"哦，马先生，那我真感激你，你怎么还说冒昧两个字呢？"秋苹点了点头，仿佛还只有明白的神气，坐在床边，手儿理着鬓间的云发，望着他俊美的脸庞甜甜地笑。

阿英走到玻璃大橱旁，拉开了橱门，把她一件苹绿色软绸的睡衣和一双青绒高跟睡鞋取出，放到床边去，向秋苹跪下一膝，脱去了她脚上的高跟皮鞋，并又给她换上睡衣。鹏飞在她脱旗袍的时候，连忙把身子别了过去，因为他感到有些难为情。在三分钟之后，鹏飞感觉到自己肩上有一只软绵绵的手儿搭上来，于是回身来望，见阿英已经不在室中了，站在后面的正是秋苹。她俏眼儿含了勾人灵魂的目光，嘴角旁露出甜甜的诱人的微笑，说道："马先生，不，我们亲热些，就喊声弟弟吧，你请坐呀。"

她说着话，拉了鹏飞的手，一同又坐到沙发上去。鹏飞见她披了那绿绸的睡衣，胸前是露了一大块雪白的肉。因为瞧不到一些衬衣的料子，所以使人会感到有些儿想入非非。他听秋苹喊自己弟弟，同时又不避一些嫌疑地对待自己，他心头是跳动得厉害。他望着秋苹富于诱惑性的神情，竟呆呆地说不出一句话来。

"弟弟，你为什么一句话也不说地呆望着我出神呀？我承蒙你解了我的围，而且又送我到家里，这我是多么感激你啊，不但是感激，我实在太爱你了……弟弟你……你……也能同样地爱我吗……"秋苹见他木然的样子，她把一条玉臂去挽住他的脖子，同时她把自己娇躯又整个地倒入他的怀里去了。

鹏飞听了她的话，又见了她这个情景，使他意识到秋苹刚才的酒醉至少不是完全是真的，也许她是故意勾引我到她家里来的。虽然秋苹是个这么够人魂销的肉感女子，她肯如此赤裸裸地爱上了我，这在我也未始不是一件意外的艳遇。不过在未弄清楚她的身世之前，我终觉得有些不敢轻易答应。所以他抱着秋苹的身子，望着她媚人的粉脸儿，笑道："白小姐，承蒙你这样倾心相爱，我自然感激涕零。不过我也感到你的身世有些神秘，你到底是干什么的？而且有没有和人结过婚呢？"

秋苹听他这样问，忽然把那两条蛾眉紧紧地锁起来，颊上的红云也退去了一些。她轻轻地叹了一口气，说道："弟弟，我老实地告诉你，我在过去确实是已和人家结过婚了。但是不幸得很，结婚未一年，丈夫就死了。我没有办法，凭着我的容貌和交际手腕，所以便往来几个大码头的都会里，在许多贪色的富翁之间周旋着，骗他们一些钱来过我的生活。弟弟，凭良心说，我这七年来，没有真心地爱上一个人，但是今天我见了你这么一个英俊的青年，我是真正地动了爱心。弟弟，我自不量力地想爱上你，但你也能可怜我的一片痴心吗……"

秋苹躺在他的怀里，絮絮地告诉到这里。她纤手捧着鹏飞的脸庞，她的眼角旁真的也会涌上一颗晶莹莹的泪水来。

鹏飞听完了她的告诉，方才明白她是一个外表欢悦、内心痛苦的一朵交际花。虽然对于她的环境是表示十分的同情，不过自己到底是个比她年轻的男子，就是爱她吧，也无非爱她的肉欲，并非是真正地爱她的人。那么这在良心和道德上说，不免都有了缺点，所以这实在有些不忍，遂对她低声地道："白小姐，你真是个身世可怜的人。我非常地同情你，我也非常地爱怜你。不过我的爱你，是只能在精神上的，因为在我环境而说，我是不能和你有结合的一天的。这个还请白小姐原谅我吧……"

秋苹听了鹏飞的话，她感到失望的悲哀，眼泪已从她颊上淌下来了，使她又哀怨地道："弟弟，我也明白，像你那么英勇的青年，是绝不会要我这么一个不齿的女子的。不过我也并非是希望能够给你做妻子，只要你能允许我给你做一个情妇，我已经是感激不尽了。唉，弟弟，你不要笑我太无廉耻，你应该可怜我的痴心呀……"

秋苹一面说，一面淌着眼泪，同时她把小嘴儿凑上去，在鹏飞的唇皮上紧紧地吻住了。鹏飞不是个圣贤人，他如何能再拒绝秋苹热情的挑拨，于是他死心贴地地竟没有一些儿挣扎的余地，到底在秋苹柔媚的手腕下做了俘虏了。

第二天，太阳从窗外照射到床上鹏飞脸上的时候，他瞧着身旁依偎的秋苹，想起了兰君，想起了良心，真有着说不出的羞惭。他几乎忍不住要淌下眼泪来了，匆匆地起身，洗脸漱口完毕，秋苹却躺在床上嗔他道："这么要紧干什么？多睡一会儿不好吗？"

鹏飞没有作答，阿英已端上牛奶和吐司，望着鹏飞的脸儿，却是抿着小嘴神秘地哧哧地笑。鹏飞被她笑得难为情，红了脸，却只管低头喝牛奶。倒是秋苹向她娇喝道："痴妮子，有什么好笑？你发神经病吗？"

阿英被她一喝，这就弯了腰儿，愈加哧哧地大笑着奔逃到外面去了。鹏飞这才抬头向秋苹瞟了一眼，说道："阿英为什么这么地好笑？当然我们这行为是不应该的吧。白小姐，我真对不起你，时候不早，我要到学校里去了，再见。"

"弟弟你慢些走，过来，我再跟你说句话。"秋苹见他已走到房门口了，遂向他招了招手，又急急地喊他回来。

有了昨晚一夜的缠绵之后，说也奇怪，鹏飞竟没有对她有些儿违抗的勇气，把他已跨到门槛外的脚又回进来，终于走到她的床边去，望着她愣住了一会子。秋苹忽然从床上坐起，把粉嫩的玉臂去勾住了他的脖子，两人紧紧地又热吻了一会儿，方才挥手笑道："去吧，请你不要把我忘记了……"

鹏飞点点头，一口气匆匆地奔出了大陆公寓。在他心中，仿佛是干过了一件卑鄙的事，他觉得纯洁的心灵上已沾了一个污点了。他望着东方初升起的光明的朝阳，垂了下头，也感到万分羞惭。

鹏飞在走到校门口的时候，忽然有个邮差骑了自行车驶来，鹏飞见他到校门口也停下了，遂问："有信吗？"

邮差把五六封信都交到他手里去，鹏飞见并没有自己的信，但

92

其中一封却是李慈航的，于是他把其余的信件交到传达室去，拿了慈航的信，急急地到他宿舍里去。不料正欲推门进去，里面也走出一个人来，大家都没有防到，因此自不免撞了一个满怀。鹏飞听那个人"呀"了一声，却尖锐地叫起来了。

第二回

偷窥来书戏开假辩论

李慈航和花兰君一同走进了又一村酒楼，侍者招待入座，慈航翻开菜单，递到兰君的面前，请她点菜。花兰君握了钢笔，遂在白纸上写了四菜一汤，向他瞟了一眼，微笑道："这几样菜可合着你的胃口吗？"

慈航瞧了一瞧，点头笑道："我这人吃菜倒不讲究，什么都爱吃，你点的很好，就这样吧。"

兰君于是交付侍者，侍者弯了弯腰，含笑问道："两位不喝些酒吗？"

慈航听了，向兰君望了一眼，原是问她的意思怎样，因为平日三人出来吃饭，大家是不喝酒的。不料兰君今日也不知怎么高兴，她点了点头，说道："有强身露拿两瓶来。"

侍者点头答应，便自行退下去了。慈航握了茶壶，给她斟了一杯，望着她微蹙柳眉的粉脸，好像在想什么心事般的。从这一点上猜想，觉得兰君今日的喝酒，并不是为了高兴，也许是因为找些刺激的吧。遂含笑低低地问道："兰君，鹏飞突然自去，这使你心里感到有些不快乐吧？"

"你这是什么话？他所以不和我们一块儿吃饭来，也许真的有些事。即使他要生我们的气，我们也管不得这许多。不过我们三人自同窗至今，一向像亲兄妹似的。我也不待他好，也不待你好，所以大家根本不用发生意见的。我早已和鹏飞也说过了，我心里很明白，你们都是真心地爱我的，但是我也很爱你们，因为你们两人都是前进的青年，有抱负有大志的青年，同时你们在事业上是更需要合作的，所以你们不应该为了我一个女子，使你们发生了破裂，因为我感到你们的相亲相爱，实在较之和我相亲相爱要紧到万倍哩。"兰君听他这样说，当然也明白他话中是含有些酸气的，于是绕过媚意的俏眼，向他脉脉含情地一瞟，然后正了脸色，和他很认真地絮絮地说出了这一番话。

慈航听她这样说，一时愈加把她爱到心头，而且还更增了一分无限的敬意，点头道："兰君，你真是个爱国的好女儿。我知道你心中对我们是抱了热诚的期望，要我们将来都成个时代的伟人。那你真可谓是个天地古今的多情人了，所以我绝不使你一颗小心灵中感到失望的。我一定努力我的事业，因为我明白事业的成功，同时也是恋爱的成功。你说对不？"

兰君听了这些话，心里一快乐，不免把酒窝又掀起来了，一撩眼皮，频频地点了点头，说道："对啦，你这话说得很有意思。事业的成功，就是恋爱的成功，这是青年唯一的信仰。因为你们要明白，一个有思想的女子，她终会爱上一个时代的英雄……"

"好吧，将来我就做个时代的英雄，到那时候我再向你求爱吧。"慈航望着她玫瑰花朵似的粉脸，心里真有说不出的可爱，他忍不住得意地笑起来了。

兰君听了，撇了撇嘴，露着雪白的牙齿，却逗给他一个妩媚的娇嗔。慈航觉得她这个白眼真是好看到了极点，他心里有些荡漾，甜蜜得仿佛是涂上了一层糖衣。酒菜上来，慈航拿过酒瓶，在玻璃杯内满满地倒了两杯，强身露的颜色很好看，红得像葡萄汁。两人在碰过杯子后，便凑到嘴边各自喝了一口。强身露虽不会醉人，但也容易使人脸红。慈航见她容光焕发，艳若玫瑰，忽然他又低低地道："兰君，我倒又想起一件忧愁的事来了。假使将来我和鹏飞都成了时代的英雄，那么你到底爱上谁好呢？"

兰君再也想不到他还会在思虑这一些事，可见他爱我真也有些痴了，一时望着他俊美的脸庞，倒也愣住了一会子。忽然她乌圆的眸珠一转，嫣然地笑道："那么我永远不嫁人，希望和你们一辈子做个朋友。只要你们能熬得住，不讨妻子也就是了。"兰君既说出这两句话，她倒又感觉得难为情。因此赧赧然地笑了。

慈航听了，却显出很正经的神情，诚恳地说道："兰君，假使在你没有嫁人之前，我终不会和别个女子结婚的……你相信我吗？"

兰君点了点头，笑道："我当然相信你。不过我们现在且别谈这些事，因为我们年龄到底还轻，你说是不是？"

慈航于是也不再说什么了，吃毕了饭，两人匆匆地回校。兰君道："我们去瞧瞧鹏飞，不知他有回来了没有？"

慈航虽然对于兰君很记挂鹏飞而感到难受，但表面也只好显出很不在意的样子，点了点头，于是大家到鹏飞宿舍里去了。谁知鹏飞却没有在宿舍里，慈航故意说道："也许他今晚真的有约会哩。"

兰君不说什么，微微一笑，便和慈航握了握手，各自回房安息。

这晚兰君躺在床上，却只是不能合眼。望着窗外照射进来那清辉的月色，自不免暗暗想了一会儿心事。鹏飞这人奇怪，他今晚是到什么地方去了呢？莫非他真的另有爱人了吗？不过他临走的时候那种不高兴的样子，不是明明地恨我和慈航表示亲热吗？其实这是天晓得的事情，我对于他们两人真可说一视同仁，不料他们两人在我的面前还要酸气十足，这不是叫我心里感到太为难了吗？想到这里，忍不住又好气又好笑。因为自己有这么两个英俊的少年做朋友，那终是一件快乐的事，所以她搂着被儿的一角，含了欣慰的笑容，沉沉地熟睡去了。

次日起来，兰君因为有一个问题要问慈航，遂匆匆地到他宿舍里去找他，但慈航已不知到什么地方去了。兰君方欲回身跨出房去，不料齐巧和进来的鹏飞撞了一个满怀。兰君一见是鹏飞，遂故意把脚尖勾到后面去，"哟"了一声，弯了腰肢，装作被他踏痛的样子。

“啊哟，那可好了，兰君，把你脚尖踏痛了吗？”鹏飞想不到走出来的竟是兰君，这就急得也蹲下身子去，向她低低地问着。

兰君秋波逗给他一个娇嗔，翘着脚儿，哼了一声，说道：“我道是谁，原来是马大爷哩！”她说着话，便板住了面孔，向房外匆匆地走了。

“兰君，那是我太不小心了，请你原谅了我吧。”鹏飞见她这样愤恨的神气，便急忙赶上两步，把她的手儿拉住了，向她轻轻地求恕着。

兰君恨恨地摔脱了他的手，却并不理睬地依旧向外面院子里走。鹏飞心里好生奇怪，就是踏痛她的脚吧，也不至于会生气到这份样儿呀，遂又追了上去，笑着道：“兰君，你到底为什么恨我？好歹也不是说个理由我给听吗？我想无意踏痛了你的脚，也不会这要痛恶我吧？你要打要骂，任凭你的处罚，只是千万别和我生气好不好？”

“我有资格打你骂你？哼，笑话……”兰君见他已走到自己的身旁，遂回眸恨恨地白了他一眼，噘着小嘴儿，依然显出很生气的样子。

“那么你为什么恨我？莫名其妙的，就是我死了，也不是成个不明白的鬼吗？”鹏飞紧锁了两条清秀的浓眉，兀是跟在后面，低低地说着。

不料兰君这回却猛地回过身子，恨恨地啐了他一口，嗔道：“大清早，谁叫你说死说活的？我问你，你昨晚莫名其妙地到底算跟谁生气？你不愿意和我一块儿和吃饭，那么以后你就一辈子别来睬我好了……”兰君说完这两句话，向后又匆匆地走了。

鹏飞到此方知是为了昨晚我独个儿别去的缘故，一时暗想：原来我昨晚生气的样子，兰君她也瞧得出我吗？那么照此说来，兰君不是仍旧爱着我吗？于是他立刻又把兰君的手儿拉住了，低声地道：“兰君，你不要误会。我昨晚并没有生气，确实因为有个朋友约我在南京咖啡室中吃饭呀。”

"那你的交际真广阔。谁像你的朋友多呀？反正你是有新的好朋友了，还要和我们这班旧朋友在一块儿吃饭吗？"

兰君说这几句话原是假意向他娇嗔的，无非向他为难的意思。不料说的原属无心，而鹏飞听了这话，猛可想起和秋苹跳舞犯难的一回事。他心头真有说不出的羞惭，那两颊顿时热辣辣地绯红起来了，这就支吾了一会儿，急得说不出一句话来。良久方说道："兰君，你这话叫我听是不是很难受吗？"

兰君见他这样局促的神情，在她当然是不会知道鹏飞心中的心事，还以为鹏飞给自己为难得真的很难受的了，所以一颗芳心倒不免又软了下来，遂说道："既然有朋友约你吃饭，你昨天当时为何不说？就算你另外有了知心朋友，就拿这个颜色给我瞧，我心里不是也感到难堪吗？"

鹏飞自然是没有什么话再可以回答，所以只好赔了笑脸，连连地弯腰说道："兰君，一切终是我的错了。请你饶我这一遭好吗？"

"哼，何必要我饶你？我可不是你的什么人……"兰君兀是噘着小嘴，十分恨怨地逗给他一个白眼。

鹏飞遂挨近她的身子，涎着脸皮笑道："兰君，你难道一定要我向你跪下来才肯罢休吗？"

兰君听了这个话，两颊也添上了一圆圈的娇红，啐了他一口，扬着手儿，向他做个要打的姿势。忽然她的明眸瞥见他手上拿着的一封信，遂含笑问道："这是谁的信？"

"是慈航的信……"鹏飞见她不生气了，心中这才落下了一块大石，低低地回答。

"你拿给我瞧。"兰君伸手去，似乎有些不相信的样子。鹏飞于是把信交到兰君的手里，兰君接过一瞧，见是个湖色的信封，上面写着很秀娟的钢笔字，好像是个女子的手笔，这就凝眸呆瞧了一会儿，好像做个沉思的神气。

鹏飞瞧此情景，他也理会过来了，遂笑道："我瞧这封信好像是个女子写来似的，我们倒不妨把它拆开来瞧瞧好吗？"

"私拆人家的信，那算什么意思？"兰君心中虽然和鹏飞也有同样的意思，不过她表面上兀是摇了摇头，因为拆人私信，这是件有伤道德的事情。

鹏飞见她口里虽然这么说，便手里拿了信封，向空中照了照，这举动当然是很想明白信中词句的意思。于是他又说道："我们自己知己同学，那又有什么关系？况且我们也不是存着捉弄他的恶意，无非瞧瞧他是不是认识一个新的朋友了。"

其实鹏飞这两句至少也含有些刺激性的，听到兰君的耳里，芳心也不禁为之怦然一动，心想：不错，慈航嘴里说得好听，也许他一面另有爱人哩，因为一个男子的脾气，大都口是心非的。于是她向四周瞧了一瞧，看有没有人发觉的意思，其实这是兰君不惯做贼的缘故，所以她是怀了虚心。鹏飞知道她有了意思，遂拉了她的手笑道："我们到那边假山旁去坐着瞧好了，这是一个人也不会发觉的。"

兰君笑了一笑，遂跟着他一同到假山旁的那块石凳上并肩坐下，轻轻地把信封启开，抽出信笺的时候，随了微风吹到鼻内，就闻到一阵细细的幽香。鹏飞这就笑道："怪香的，那准是个姑娘的用笺了。"

兰君也不知为了什么缘故，心头感到有些酸溜溜的滋味，俏眼儿向鹏飞一瞟，遂展开信笺和鹏飞并头一同细瞧。只见信上写道：

　　慈航我亲爱的表哥：
　　　　妹在今日真尝到别离的滋味了，谁知别离的滋味竟使人有这样的难堪啊！自从那年分别至今，春花秋月，等闲虚度。韶光匆匆，不知不觉已有四易寒暑了。想起四年前我在车站送你动身，那时候我们紧紧地握了手，彼此默默地凝望着，我的眼皮是慢慢地红了，眼眶子里含满了热泪，但是我并没有淌下来，为的是怕哥哥瞧了伤心啊。我们絮絮地有千言万语要话别，但一时里又哪能够说得完？汽笛响了，车要开了，哥哥说声"妹妹保重"，谁知话还未完，那两颊上亦竟涕泗横流。我到此如何还再能忍熬得住？因此把满眶子的热泪也痛痛快快地淌了下来。唉，"一声何满子，双泪落君前"，谁说歧路分袂，古今人情有不同呢？

妹固然是儿女情长，但哥哥奈何亦英雄气短吗？近年来很少得着哥哥的鱼雁，我心里当然是非常怀念。值此春日撩人情思的季节，使我便会想到了你，有时候伏几假寐，合眼即见你入梦来，携手并坐，促膝谈心，妹妹心中的快乐真是难以形容。可惜梦境虽好，为时甚短，迨至一觉醒来，依旧形单影只，闲愁万种，徒增惆怅，真不知叫我如何是好。

昨天我在庭心中散步解闷，抬头瞧着天空，只见一轮皓月正圆如明镜，我痴痴地暗想，假使此刻我和你在这儿并肩游玩，那不是人月两圆吗？一时想到此情此景，我的一寸芳心是只觉其喜，不觉其忧。但如今两地相思，对月怀人，感慨所系，眼前景象只觉无不酸楚，不知今夕的表哥也有和我同样相思的情景吗？

前日姑妈到我家里来，告诉我们说你在槐花黄时桂子香候可以毕业返里，我听了这个消息，又喜又忧。喜欢的是我们又可以相聚在一处了，但忧愁的是你为什么不来信告诉我，莫非你忘记了我吗？莫非你另有所爱了吗？不过我相信你是因为公务忙的缘故，希望你接到这封信后，立刻惠我数行，慰妹渴念。此恩此德，真使我感激不尽的了。字迹潦草，还请勿责是幸。敬祝鹏程万里！

你的表妹　张逸仙敬上

鹏飞和兰君瞧完了这一封信，不禁哑声地笑起来了，说道："原来慈航还有一个表妹痴心地爱上他哩。不知他表妹是个怎么样的女子？照她信中所说，慈航在四年前确实和她情投意合、心心相印，但是现在慈航和她冷淡起来，那不是慈航明明地变了心吗？慈航若这样爱不专一，那也真可谓无赖极了。"

兰君听鹏飞絮絮地这么地说，当然心中也很明白他的用意所在，遂对他微微地一笑，把信笺折好，藏入信封，却是并不作答，低头暗想：慈航所以和表妹冷淡，这原因不消说，自然是为了我的缘故。假使真的这样，那叫我良心上如何说得过去？遂把信封藏入怀内，向鹏飞道："我去把信仍旧封好，回头我交给他好了。"

她说着话，站起身子，便和鹏飞匆匆地别开了。鹏飞也不知她存的什么意思，遂只好自管地到教室里去了。

这天下午，慈航、鹏飞、兰君等同学都在飞机场上实习航空演习，成绩当然慈航、鹏飞最好。因为这学期是已可毕业，校长着实向他们鼓励一番。黄昏的时候，兰君在校中单独地遇见慈航，遂向他招了招手，笑道："慈航，我们到外面去吃些点心好吗？"

慈航点了点头，说道："很好，要不喊鹏飞一块儿去？他在图书馆里阅报哩。"

兰君听他这样说，心里倒感觉他的忠厚，遂摇了摇头笑道："不用，我们自管去吃些得了。"

慈航遂不再说什么，和她到外面咖啡室去吃点心了。两人在咖啡室里喝了两杯牛奶，一盆西点。兰君道："你早晨到什么地方去了？我到宿舍里来找过你。"

慈航沉吟了一会儿，说道："哦，我是洗照相底片去了，明天就可洗出了，不知哪一张拍得好呢。"

兰君含笑点了点头，她喝了一口牛奶，秋波向慈航却脉脉地凝望了一会儿。慈航见她樱桃似的小口凑在玻璃杯上，露着雪白的贝齿，兼之映了乳白的牛奶，所以愈加显得红白分明，真是说不出的可爱，这就也笑道："兰君，你望我想什么心事吗？"

"是的，我在想你这个人外表忠实，内心却是十分险恶呢。"兰君嘴角旁兀是含了微笑，向他如认真似开玩笑般地说。

"兰君，你这话打从哪儿说起呀？我生平并不肯捉弄人，如何我内心便险恶呢？你是听信了谁的话……"慈航脸部显出无限的惊奇，向她急促地追问。

"我并没有听信谁的话，这完全是个事实。因为有女子在我面前告发，说你恶意遗弃，负心了她，那你还能算是个忠实的青年吗？"兰君神秘地逗了他一瞥娇嗔的媚眼，却是抿着小嘴哧哧地笑。

慈航听了这话，倒不禁怔怔地愕住了一会子，但是他见了兰君那种好笑的意态，这就明白她一定闹着玩儿，遂镇静地回答道："兰君，你别和我闹这么大的玩笑了。我根本没和一个女子发生什么爱情，有谁会向你来告发呢？"

"这是真实的事情，慈航你不要以为我和你闹着玩吧。"兰君忽然沉着脸儿，又显出十二分认真的神气。

"那么你也该拿一个证据来，凭空地怎么可以冤枉我？"慈航见她这样正经的意态，他不免也皱起了眉头，低低地说。他心中在暗想，那准是鹏飞在向她进谗了。

兰君听他还要嘴硬，遂在袋中摸出那封信来，交到他的面前去，说道："你拿去瞧吧，这不是你负心的证据吗？"

慈航一见那信封上的字迹，知道是北平表妹的来信，遂笑着道："我道真的有人在你面前告发了，原来是你拆了人家的私信哩……"

兰君被他这么一说，那粉颊也不免红晕起来，乌圆眸珠一转，忽然嫣然地一笑，说道："虽然我私拆了你的信，不过若没有我，只怕那封信你还拿不到手哩。因为邮差把你信丢在校门口，是我瞧见了，才拾起来的呢。"

"那我当然要谢谢你……"慈航含了微笑，俏皮地说。忽然暗想表妹信中到底向我说些什么话，怎的兰君说我负心了表妹哩？遂连忙把信瞧了一遍，这才明白表妹是怨自己没有写信给她，一时觉得她信中写的词句真的也太肉麻一些了。不免微红了脸，笑了一笑，望着兰君的粉脸，说道："凭了这一封信的证据，也根本谈不上'恶意遗弃'四个字呀，你这个不是太苛责了我吗？"

兰君听他这样说，白了他一眼，笑道："四年前分手的时候，你和她这样恋恋不舍，显然你们心心相印，爱情是深得了不得。况且瞧了她这句'人月两圆'的话，也可见你们是订了嫁娶的婚约了。现在你突然变了心，连信都不寄给她了，那不是你恶意遗弃吗？"

"不对不对，遗弃系婚姻成立的罪名，我和表妹既无订约，又无结婚，哪里来的遗弃两个字呢？"慈航听了，连连地摇头，便向她急急地辩解着。

"那么虽然不是遗弃，负心终是实在的了。我问你，你为什么近年来不给她回信？"兰君听他这样说，方知他们也并没有订过婚约，遂噘着小嘴儿向他逗给一个妩媚的娇嗔。

慈航听了，很安闲地喝了一口牛奶说道："说起负心两字，那倒不是我负了她，而且还是她负了我呢……"

"那是什么话？她如何地负了你呢？"兰君心头感到十分惊奇，明眸望着他出神。

"四年前我还只有十九岁，表妹比你小一岁，她是十六岁。那时我们确实很相爱，常常在一块儿游玩。彼此虽没订什么嫁娶婚约，确实我们默认将来终是一对夫妻了。不过我的爸爸是早年死的，家境当然比不了表妹，因为舅爹是个银行的经理。大概去年的春天里吧，妈妈有一封信来，说舅爹欲把表妹嫁给一个刚从南洋回来的华侨，这人姓刘名叫之新，也是个翩翩风流的美少年，而且拥有许多的家产。我得此消息，心里自然很不高兴，觉得人心终是势利的多，舅爹既然嫌贫爱富，那么表妹难道就不会喜欢金钱了吗？因为一个女子终是爱好虚荣的多……"

慈航说到这里的时候，却被兰君阻住了，冷笑了一声，秋波白了他一眼，嗔道："你在我的面前说这些话，那你不是明明地侮辱我们女子吗？女子是爱虚荣的多，那么你说我是不是也爱好虚荣的呢？"

慈航说这句话的时候，原没有顾虑到这一层，今被兰君一娇嗔，他只好赔着笑脸，说道："我这人说话就不顾前后的。我如何敢说你也是爱好虚荣的呢？兰君请你不要多心吧。"

兰君见他低声下气地赔罪，倒忍不住又嫣然一笑，说道："你这话就太委屈你的表妹了，单瞧了这一封信吧，我们就可以知道你表妹是多么痴心地爱上了你。虽然她爸爸是欲把她配给姓刘的，我想她一定是不会赞同的。假使她也赞成的话，她还写这一封信给你干什么呢？所以你倒千万不要误会了才好。"

慈航两手此刻还拿了信笺，听兰君这样地说，他的视线不免又接触到信上的词句里去，觉得表妹说的实在太痴心。不过他想到舅爹的势利，他又感到愤恨，遂抬头向兰君望了一眼，摇了摇头，说道："话虽这样说，不过我终觉得事情是有了障碍的。一则我和表妹到底是隔别悠久的四年了，在这四年中，各人也许会改变性情的。四年前固然情投意合，四年后说不定大家都情意不合了。感情这样东西和学问是一样的，所谓不进则退。我和表妹四年不见，换句话说，表妹和其他的人就多相聚了四年，难道像表妹那么年轻的姑娘，会没人追求她吗？那当然是不会的。所以我以为我和表妹过去感情虽好，因了四年的隔别，自然也会比人家更会淡薄起来了。况且她的爸爸又是个势利鬼，我肯低头下气给人家瞧不起吗？大丈夫处此乱世，单怕功名不立，何患无妻？兰君，你不是曾对我说过吗？事业的成功也就是恋爱的成功呀……"

兰君听他这样地一说，一颗芳心也由不得暗暗地敬爱，笑了一笑，说道："鄙其父何忍抹她爱？我倒相信你表妹是绝不会负心你的，所以你不要太残忍才好。"

"不过我也并没有负心表妹。在我们还没有结婚之前，终不能说是谁负心了谁的。兰君，你以为这话对吗？"慈航把信笺藏入西服袋内，又向她低低地问。

兰君却并不作答，自管握了杯子喝牛奶。慈航奇怪道："为什么不回答我？你难道心中恨着我吗？"

兰君听了，这才瞅他一眼，噗地笑道："你这人奇怪，我为什么要恨你呢？"

慈航微红了两颊，凑过头去，正色地道："兰君，虽然我不知道往后的变化怎样，不过我终希望和你有永远在一起的日子。"

兰君秋波向他逗了一瞥娇媚的目光，抿嘴一笑，说道："那么我们就往后瞧着吧，反正日子长着呢。"

慈航点了点头，遂也不作声了。两人吃毕牛奶吐司，遂回到校里去。在学校门口，遇见了同学王君，慈航问他鹏飞在校中吗，王君道："刚才有个女子来找他，他们一块儿出去了。"

慈航、兰君听了，面面相觑，慈航笑道："那女子是他的谁呀？"

兰君沉吟了一会儿，摇头道："不知道。管她是什么人，我们再见……"兰君说着话，便自管回到宿舍里去了。

这晚兰君凭窗望着天空的明月，心里想着慈航有了表妹，而鹏飞也果然另有了女朋友，想不到两个知心友都另有所爱了，她心中当然是非常悲哀。晚风一阵一阵地吹送到身上，她的眼泪终于慢慢地涌上来了。

"兰君，你一个人没有出去？"

谁知正在这个当儿，忽然她肩上的感觉有一只手搭了上来，同时在寂静的空气中流动了这一句轻柔的呼声。兰君听出那是鹏飞的声音，心里这就奇怪起来，暗想：他不是和一个女子出去玩了吗，怎么一忽儿就回来了？遂连忙把纤手抬上去，揉擦了一下眼皮，回过身子，望了他一眼，说道："我没有出去，你也没有出去吗？"

室中虽然没有亮着灯光，然而在清辉的月色之下，瞧到兰君的粉脸很显明地沾有了丝丝的泪痕，鹏飞这就微蹙了眉尖，低低地问道："兰君，好好儿的怎么独自伤神呀？"

兰君也是个好胜的姑娘，她如何肯承认自己是在伤心，遂一撩眼皮，掀着酒窝儿嫣然一笑，说道："谁伤心？你倒胡说白道地取笑我吧。"

"你的眼泪还挂着呢……兰君，你为什么难受，你告诉我吧。"鹏飞见她这一笑的意态，在妩媚之中至少带有了楚楚可怜的成分，一时想到秋苹的热狂，使他心头会感到一阵无耻的羞惭。

"那是刚才一阵风吹来，把灰沙吹进在我的眼睛里了。"兰君不慌不忙地抬上手去，又揩擦自己的粉脸，她装作毫不介意的神气，低低地说。

鹏飞当然明白她是推托之词，遂微笑着道："眼睛真是个小气的东西，这么一些细微的灰沙，就会使你淌起泪来了。"

兰君听他这样说，觉得在他这两句话中，至少是含有些神秘的作用，遂把秋波瞟了他一眼，说道："可是世界上也许有比眼睛更小气的东西，你知道了没有？"

"我当然知道，那东西除非是只有爱情的了。"鹏飞抚着她的纤手，微微地笑。

"不，爱情如何也小气的呢？"兰君既被他说穿了，心里又感到无限的难为情，红晕了娇靥，故意向他这么地反问。

"爱情怎么会不小气？有许多姑娘为了心里不如意，误会人家另有了爱人，心里酸溜溜的，不是也会哭起来吗？"鹏飞一面说，一面望着她芙蓉花朵儿似的粉颊，早已忍不住扑哧的一声笑起来了。

兰君听他这样说，扬起手儿恨恨地打了他一下肩胛，娇嗔道："你这话是在说谁呀？"

鹏飞笑道："我又不是说你，你多什么心？况且你的哭不是为了灰沙吹进眼睛里去了吗？"

兰君听他这么地说，芳心中真是又羞又恨，一时别转粉脸儿去，却望着窗外那个光圆的明月去了。

鹏飞笑了一笑，扳过她的肩胛，正经地道："兰君，我想你一定为慈航的表妹那封信，所以心里很不快乐吧？"

兰君听了这话，却冷笑了一声，说道："你何必说这些话？自己做的事，自己肚子里明白，谁像人家的交际广阔……"

凭她这一句话，鹏飞心中很明白，大概她是在说我的了，但是表面上兀是镇静了态度，装出毫不知情的样子，说道："兰君，你这话莫非在说我吗？那我做了什么使你不满意的事呢？"

兰君因为鹏飞已经说过自己是为了吃醋而淌泪的一句话，所以她当然不好意思再问他来约你出去的那个女子是谁了，因此愕住了一会子，却噘着小嘴儿，并不作答。

鹏飞把她的肩胛摇撼了一阵，笑道："兰君，你说呀，好歹不是该说一个明白吗？"

"那么我问你，刚才来约你出去的女子是谁呀？"兰君支吾了一会儿，方才羞人答答地向他问出了这一句话。

"哦，是为了这个事情而伤心吗……"鹏飞忍不住得意地笑起来。

"不，你误会了，我随口问一声，你别胡说……"兰君绷住了绯红的脸，逗给他一个妩媚的娇嗔，嘴角旁也掩不住露出一丝笑容来。

"兰君，我老实地告诉你，这女子姓白，名秋苹，她是我从前同学的姐姐，别人家连丈夫孩子也有了，所以你不要多心吧。我除了你，绝不再爱第二个人的，兰君，你难道不相信我吗？"鹏飞握着她纤手，显出十二分诚意的样子说。

兰君听了，这才深深地得到了一种安慰，红晕了两颊，逗给他一个白眼之后，却赧赧然地垂下粉脸儿来了。

鹏飞觉得这是一个很好的机会，遂又柔和地道："兰君，慈航是已有表妹了，请你答应了我好不好？也好叫我一颗没处安放的心灵有所寄托呀。"

"答应的日子还太早，我不是早跟你说过吗？只要我们有真心的爱，将来终有和那明月同样圆满的一天的。"兰君听他这样说，又不好向他说慈航也仍旧爱着我呀，所以她是向鹏飞低声地安慰着。

鹏飞点了点头，低下头去，在她纤手上轻轻地吻了一下。

槐花黄时，桂子香候，不知不觉早已到了秋的季节了。长蛇般的火车在青青的草原上像一头没缰的野马似的狂奔着。蔚蓝的天空中，不时地吐着一缕浓黑的烟，呜呜的长鸣之声，使每个游子的心头会感到一阵喜悦和悲酸错综着的滋味。

火车慢慢地驶进车站了，鹏飞、慈航、兰君三个人各执了小皮箱，在车窗外露出了头。只见月台上迎着许多人，兰君在许多人丛中瞧到了爸爸还有四名卫队，正昂首张望着。在故乡瞧到了四年不见的爸爸，她是多么欢喜，这就扬着手儿，高声地呼喊起来了。兰君等待车身停下之后，大家纷纷地跳到月台上来，四名卫队早已上来，接去了小姐手中的皮箱，同时还行了一个敬礼。兰君却投到花紫英的怀里，抱住了他的脖子。父女两人亲热了一回，方才给鹏飞和慈航介绍了一回。

鹏飞、慈航遂很恭敬地向紫英行了三个鞠躬。花紫英见两人身材魁梧，脸儿英俊，心里十分喜欢，遂笑道："今日和小女学成回乡，我是非常欢迎，假使两位此刻没有别的要紧事情，敢请两位到舍间一叙如何？"

鹏飞、慈航听了，同声说道："老伯吩咐，敢不遵命？"

于是大家出了月台，正欲跳上汽车，忽然走来一个年轻的姑娘，她一眼瞥见慈航，便"哟"了一声，叫道："表哥，你回来了，可是我迎接得迟一步了。"

第三回

代子尽职芳心只为他

虽然还只有秋天的季节，但是在北平的气候已经是朔风凛冽，彤云密布，差不多已将落雪的光景了。这是东门路狮子胡同的一个院子里，植了几棵梧桐和槐树，浓绿的叶子里已拥了黄黄的一球一球的花朵了。但梧桐的叶儿已变成了赭黄的颜色，一片一片地像失途的小鸟，正在找寻它们的归宿似的纷纷地飞舞。这景象至少带有些凄凉的意味。院子的左边是三间平屋，屋子里静悄悄的，一丝声息都没有。经过良久的时候，方才听到一阵苍老的咳嗽声触入了耳鼓。原来屋子里的床上，正躺着一个瘦弱的妇人，瞧她憔悴的神情，就可以知道她是有着病哩。她抬了头儿，望着院子里那黄色的槐花，嘴角旁也会露了一丝浅浅的笑意，似乎有所深思。

"太太，太太，表小姐来了……"

忽然一阵仆妇的喊声，惊断了那床上妇人的思潮，她知道哥哥的女儿逸仙来了，遂抬眼望去。见一个亭亭的倩影已从院子里一闪而过了，接着一阵皮鞋的脚步声，就走进来一个年轻的姑娘，她笑盈盈地挨近床边，但她柳眉又颦锁着，低低地叫道："姑妈，你怎么有些不舒服吗？"

床上的妇人当然就是慈航的母亲了，她见逸仙披着一件枣红呢的大衣，似乎更衬她粉脸白嫩得可爱了，遂也含笑说道："逸仙，我也没有什么大病，你的爹妈都好？"

逸仙点了点头，李妈已倒上两杯热气腾腾的玫瑰茶，叫声"表小姐用茶"，逸仙遂脱了大衣，给李妈接了过去。逸仙便在床边坐下，很亲热地去握李太太的手，说道："稍许有一些热度，姑妈，我想你终该请个大夫瞧瞧才是呢？"

"我也原说过了，太太说不是什么大病，睡一两天也就好了。我说吃一两帖药，发表一下，那寒热也就退得快了。表小姐，你说是吗？"李妈挂好大衣，回过身子，插了嘴说。

逸仙点头道："这话可不是嘛。李妈，我做主意，你此刻就快给我上街请一个大夫来吧。"

李妈答应一声，便匆匆地走出去了。李太太见逸仙这样关切的样子，心里很是感激，遂从床上要靠起来。逸仙道："姑妈你要拿什么？我给你拿，你别起来呀。"

"我没有什么，逸仙你来了，我心里很快乐，所以要靠起来坐坐。"李太太望着她，穿了一件紫色绸衬绒长袖子的旗袍，微笑着回答着。

逸仙于是把她身子扶起来，拿过一只枕儿放到她的背后去倚着，低低地道："姑妈你这样地坐着会吃力吗？"

"不会的。逸仙，瓷罐子里有西瓜子，你抓两把出来嗑着解闷吧。你有一星期多日子没来了，我心里也真记挂你。"李太太把手指了指梳妆台上的瓷罐子，低低地说。

"姑妈，你是有病的人呢，怎么还要来顾全我呢？我来望望你，那不是反而来累你了吗？姑妈，你躺下来吧，否则我心里会感到不安的。"逸仙见姑妈待自己这样好，心里愈加感动起来，遂微蹙了翠眉，低低地说，在末了这两句话中，至少还含有些央求她的成分。

"我真的不累什么，逸仙，你拿呀，不听我的话，我倒要不高兴了……"李太太似乎很兴奋，望着她海棠红那么的粉脸，显出很焦急的样子。

逸仙没有办法，只好听从她的话，在瓷罐子里抓了两把瓜子，放在梳妆台上。

李太太道："逸仙，你上学期高中毕了业，就不想进大学了吗？"

"我原想进大学，妈不肯，说家里剩了她一个人太寂寞，又说一个女孩儿家高中毕业也够了，现在没有考状元，读成了又有什么用。我拗不过她老人家，所以只好闲在家里了。其实住在家里更没有什么事，我真会闷出病来的……"逸仙轻轻地回答，说到末了，微微地叹了一口气，表示自己十分苦闷的神气。

"可不是？所以我也觉得近年来你是瘦削些了，不过虽然瘦了一些，却反而更显得清丽了。"李太太瞧着她粉脸，实在非常地爱慕。但是她又很感慨，所以情不自禁地也叹了一口气，接着又道："逸仙，你嗑瓜子呀。"

逸仙答应了一声，她拿了一颗放到雪白牙齿中去咬嗑，默默地沉吟了一会儿，忽然她粉颊儿一红，终于低低地问道："姑妈，春天里表哥来信说秋天里可以毕业回来了，不知最近可曾有信来过吗？真也奇怪，我那儿的信他差不多一年不曾来了……"说到这里，又羞涩又哀怨地逗了她一瞥娇媚的目光，大有凄然泪下的神气。

"哦，慈航吗？最后三天前有信来，他说下月初五可以到北平了。"李太太见她这个情景，虽然明白逸仙的心中原很爱慈航，不过做父母的瞧不中，那又有什么用呢？所以她暗叹了一声，向她悄悄地告诉着。

逸仙念了一声"下月初五"，暗想：今日已是三十日了，那不是还有五天吗？这就又喜欢又忧愁地说道："真的吗？那不是再五天就可以到了吗？我们是足足隔别四个年头了。姑妈，这封信中表哥不知可曾提起过我吗？"

李太太听她这样问，支吾了一会儿，忽然微笑道："是的，他曾问起你，说你一定长得更高大更美丽了……"

逸仙听到这里，由不得心里一阵荡漾，那两颊立刻一圆圈一圆圈地红晕起来，乌圆眸珠一转，掀着酒窝儿笑道："姑妈，这封信放在什么地方？拿给我瞧瞧好吗？"

李太太见她这一份儿喜悦高兴的神情，不知怎的心里反而感到一阵难受，遂怔住了一会儿，然后徐徐地说道："这一封信已被李妈丢到字纸篓里去了。"

她的话声是含有些凄凉的成分。逸仙是个多么聪敏的姑娘，她听姑妈这样地说，一颗芳心的甜蜜又慢慢地渗和悲哀的意味了。她明白这句话是姑妈说的谎，因为表哥的信上一定是并没有提起自己，她所以这样说一句，无非是安慰我的心罢了。她眼皮儿渐渐地红起来，垂下了粉脸，默然了一会儿。

就在这当儿，李妈请了大夫来了。逸仙于是慌忙站起，向大夫招呼让座。李妈倒茶敬烟毕，大夫遂坐到床边，给李太太诊脉。问了几句之后，遂坐到桌子旁去开方子。逸仙这回来扶李太太躺下了，说道："姑妈，你坐了好一会儿了，也该躺一会儿息息了。"

李太太点头答应，逸仙遂给她盖好被子，然后走到桌边，见大夫已开好了方子，遂向他悄声地问道："大夫，这病没有什么关系吧？"

"年老之人，受了一些感冒，原没有什么大病，你放心是了。吃了我这一帖药，明儿准可以起床了。"大夫拈着人中上的短须，含笑着回答。他这几句话当然是包含了安慰她的意思，逸仙点了点头，一面送了谢金，一面送他到门外，方才匆匆进来，吩咐李妈去配药。她亲自把炭炉子拢旺，待李妈把药撮来，逸仙遂一包一包地透入药罐子里，放在炉子上煎药。煎好了药汁，盛在一只碗内，上面盖了一只盆子，盆内又放了一柄剪刀，然后放在梳妆台上，撩起帐子，瞧了瞧姑妈，她已沉沉地熟睡去了。

逸仙不敢惊动她，遂坐到窗口的沙发上去，手托香腮，望着半空中飞舞的落叶，自不免暗暗地想了一会儿心事。我和表哥自小青梅竹马，两小无猜，多么亲爱，及长稍解人事，因此在我们纯洁的童心上也就渐渐地生出爱情来了。不料正在热恋的时候，表哥高中毕业了，他却赴南京考航空学校去了。临别的时候，我们确实曾经淌过眼泪，不过我在他的面前是绝对不敢露出伤心的样子，因为我怕表哥为了儿女私事而颓丧了他奋斗的精神。所以我只有鼓励他、安慰他，叫他不用难受，只管前去，为前途光明而创造伟大的事业。不料表哥去后三年中，倒尚有信来，最近一年竟连一个字都不寄来了，这不是太令人感到奇怪了吗？难道爸爸欲把我配给刘之新的事情，姑妈已写信去告诉过他吗？所以他恨我负心，而和我绝交了吗？抑是他在南京另有女朋友，所以把我忘怀了吗……唉，真叫我百思不得其解了。逸仙想到这里，暗暗地自语了一句，她的眼泪真的夺眶而出了。

"李妈，李妈。"忽然床上的姑妈低微地呼了两声。

"姑妈，你醒了吗？药汁已煎好多时了，我服侍你喝下了吧。"逸仙慌忙收束了泪水，站起身子，走到床边，给她撩上纱帐，拿起药碗，凑在嘴边尝了一口，含笑着低低地说。

"呀，逸仙，你还没有回去吗？"李太太这一觉睡醒来，她还有些模糊的感觉。见床前站着逸仙的身子，她有些惊奇的神气。

这时李妈齐巧拿了一盘水饺进来，听了太太的话，遂代为答道："太太，你还说哩，表小姐生炉子，煎药汁，直忙到这时候哩。我怕表小姐饿了，所以给她在厨下做一些粗点心来吃。"说着话，她把一盘水饺已放到桌子上去。

李太太听了，这才有了一个恍然大悟，遂望着逸仙的粉脸儿，很感激地说道："逸仙，你待我这样好，那叫我怎么过意得起？"

"姑妈，自己的侄女儿，不是和女儿一样的吗？况且表哥又远在天南，我也不过聊尽一些小辈的责任。你说这些话，不是反而叫我听了难受吗？"逸仙低低地说到这里，她已在床边坐下了，一手挽了她的脖子，一手把药碗凑到她的嘴边去，又说道，"我已尝过了，不会烫嘴。"

李太太见她这样孝顺的神情，她愈加地把她爱到心头了，遂把药汁大口地喝了下去。逸仙见她喝完了药汁，又拿开水给她漱了口，并且把手巾给她抿了嘴唇，微笑着道："姑妈，你这一觉睡得很舒服吧？大夫说过了，喝了这一剂药后，明天就会起床了呢。"

"但愿果然能够如此，那当然是要谢天谢地的了。逸仙，李妈既然已做好一些粗点心，那么趁热你就去吃些吧。"李太太清瘦的脸上也浮现了一丝笑容，低低地说。

逸仙虽然是很饱，但为了不忍拂她老人家的意思，所以走到桌旁，握起筷子，只好吃了几只，一面又问她道："姑妈，你可曾饿了没有？"

"逸仙，我没有饿，你给我多吃一些吧。"李太太在床上很真挚的语气回答。

"我一定多吃几只的，姑妈，你晚上应该煮一些杜米粥吃吧。"逸仙也关心地说。

"太太吃的粥我已给她炖熟了，表小姐你喝茶。"李妈拿了铜勺子，在茶杯内又冲了一些开水，向逸仙微笑着说。

逸仙点了点头，放下筷子，喝了一口热茶。正在这时，外面呼呼地发起狂风来了。逸仙遂慌忙送了上窗户，又坐到床边，摸了摸她的额角，说道："热度稍许退了一些，今晚睡一夜，明儿就好了。"

李太太握了她白胖的纤手，抚摸了一阵，脸上含了微微的笑，接着又叹了一口气，却自言自语地说道："只可惜我们太贫穷一些了……"

李太太这一句话，原是心病话。因为哥哥瞧中了刘之新做女婿，那还不是他多了几个钱吗？所以她对于这么一个好媳妇，竟没有福气去娶了来，她是感到有些悲哀。逸仙既然没有知道她心中的意思，对于她这一句话，当然感到十分的奇怪，这就微蹙了眉尖，雪白的牙齿微咬了一会儿殷红的嘴唇，低低地问道："姑妈，你这是什么话呀？虽然姑爹是死了多年，但俭省些过活，不是也很可以过得去吗？况且表哥年少英勇，这次学成回乡，前途是不可限量。我相信表哥准有飞黄腾达的日子，那么不是胜过千万家产好得多了吗？"

李太太听她这样地说，心里似乎明白她的意思，遂把她的手儿握得紧一些，微笑道："孩子，你这话可是真的吗？那么这次你爸爸欲把你配与刘之新，你心里也赞成吗？"

逸仙听她这样问，不禁深深地叹了一口气，摇头说道："姑妈，你应该明白我不是个崇拜金钱的人……对于这头婚姻我是绝对的拒绝……"

"那么你爸肯依你吗？因为你爸爸是很爱之新的呀。"李太太微微地笑了一笑，她心中似乎感到一种很深的安慰，低声又向她追问道。

逸仙冷笑了一声，噘着小嘴儿说道："哼，爸爱他又有什么用呢？要我去爱上他，那么才有用呀！姑妈，我问你，你把这个消息是不是已经去告诉过表哥了吧？"

李太太她有些懊悔了，她叹了一口气，却没有说什么。逸仙当然很明白，她的眼泪便落了下来，说道："我早就猜到了这一层的，所以表哥他会和我冷淡起来，近年来竟连一封回信都不给我。唉，他当然很怨恨我，以为我是负心他了……"

"逸仙，这是我的不好，唉，我太对不住你了……"李太太听了这些话，又见她伤心泪落的神情，她也悲酸起来，瘦黄的脸颊上不禁沾上了丝丝的泪痕，接着又道，"逸仙，不过你放心，慈航明儿回家，我一定会代你向他解释的。他知道了事情的底细之后，他不是也会原谅你的苦衷吗？"

逸仙拭了眼泪，点了点头，明眸充满了无限感激的情意，向她默默地凝望了一眼，说道："姑妈肯从中给我说明苦衷，那当然使我感激不尽了。"

两人絮絮地谈了一会儿，天色不知不觉地已经入夜了。李妈开上饭来，李太太向她问道："李妈，今天可曾到菜市里去过没有？家里恐怕没有什么好的菜吧？你给我馆子里去叫几只来吧。"

"李妈，你别去叫，我可不是什么客人。姑妈，你不是太客气了吗?"逸仙听她这样说,慌忙站起身子,向她连声地阻拦着。

李妈笑了一笑,说道:"昨天烤的羊肉一些没有吃过,今天已结了冻,还有一碗麦麸、一碗鱼头、一碗青菜,我想马虎些就得了,反正表小姐又不是外人。"

逸仙道:"这四碗不是很好吗?我在家中吃些什么呢?"说着,走到桌边站住了,又道,"李妈,那么姑妈的下粥菜预备些什么呢?油腻的不好吃,还是这碗麦麸素净一些。"

李妈道:"表小姐只管吃,因为太太吃食也是极少的。"

逸仙听了,遂也坐下吃饭。逸仙饭毕,遂坐在床边服侍李太太吃粥。李太太瞧了瞧钟,诚恳地道:"孩子,时候不早,并不是姑妈催你回家,因为一个女孩儿家在路上行走,甚为不便,所以还是早些回去,我也放心。这粥我是会叫李妈服侍我吃的……"

"不,姑妈,今夜我不回去了。我想反正在家里也没有什么事情,姑妈既然有病,我就和你做几天伴吧。不知姑妈心里喜欢我吗?"逸仙当然也明白姑妈催我回家,原是为了疼爱我的意思,不过她为了和姑妈表示特别亲热起见,所以她打定主意,预备在这儿住几天了。

"逸仙,你肯和我做伴,我如何还会不喜欢呢?只不过你若不回家,你的爸妈不是要急得跳脚了吗?我想最好叫李妈去送一个信好吗?"李太太听她这样说,心里这一喜欢,不免把笑容又堆上来,遂向她低低地说着。

逸仙点了点头,站起身子说道:"姑妈,你不用叫李妈去送信,我打个电话去关照一声得了。"

李妈因为外面风大,天色又夜,听了表小姐的话,正中下怀,遂伴着逸仙到隔壁一家字号里去借打电话了。这晚,逸仙和李太太是抵足而眠的,夜里,她也起身好多次,为了李太太的要茶要水。

如此匆匆地过了三天,李太太寒热虽退,但还是懒得起床。逸仙这日下午伴在床边,和她聊天着解闷。李太太道:"算来慈航这孩

116

子后天可以回来了。他是下午两点班火车到北平，后天我不知能不能可以起床了呢？"

逸仙扬着眉毛微笑道："大概总可以起床了。即使姑妈精神不大好，那么我一个人去接他吧。反正他一回家，不是也可以见面了吗？"

李太太含笑点了点头，握着逸仙的纤手，十分疼爱地抚摸了一会儿，说道："逸仙，你待我这样好，真不知叫我怎么地感激你才好哩。"

"姑妈，自己的侄女儿，你千万别说那些感激的话吧……"逸仙明眸脉脉地瞟了她一眼，语气是十二分的温和。

李太太笑了一笑，正欲向她说几句知心的话，不料忽然见李妈很慌张地奔进来，报告着道："表小姐，你府上有阿贵来报告，说昨晚你府上来了大批强盗，抢去了三万多的现钞，老爷险些还丧了性命。现在阿贵开汽车来接表小姐回去呢。"

逸仙骤然听到了这个消息，粉脸儿不禁转变了颜色，"哟"了一声，猛可地站起身子，说道："那可怎么好？阿贵在哪儿？快叫他进来呀。"

阿贵原站在房门口，因为这里面是上房，所以不敢随便地进来，现在听小姐这么地说，方才应了一声，走了进来。先向李太太请安问好，然后方向逸仙告诉道："小姐，昨夜八点钟光景，老爷和刘少爷正在会客室里闲谈，突然来了许多强盗……"

逸仙不等他说下去，便急急地追问道："你且别说这些，我问你老爷到底有没有受了强盗的亏啦？"

"幸而刘少爷智勇过人，老爷才免了危险呢。现在老爷有些不舒服，想是吓坏了，所以叫小姐回家去。"阿贵低低地告诉着。

逸仙听了，皱了双眉，恨恨地骂道："管门的是死人？怎么眼瞧着强盗进来吗？还有老爷几个保镖也是只会吃饭的？平日我瞧他们喝着几个瘪三叫花子，他们倒是挺神气活现的，真是一班饭桶……"

说着回身又向李太太道，"姑妈，你好生地养息着，那么我回家去了。"

李太太忙道："这……这真是不幸极了。现在幸亏人没有受伤，这不是不幸中之大幸吗？逸仙，你快快地回去，见了爸妈，给我代为问好吧。明儿我能起床了，再来望你们吧。唉，这还成什么世界呢……"

李妈早已拿上逸仙的大衣，逸仙一面披上，一面向李太太道别，遂跟着阿贵走出房来。李妈直送到门外，眼瞧着逸仙跳上汽车，方才自行关门进内。

且说阿贵把汽车开到张公馆的大门，连按了两声喇叭，却不见有人开门。良久，方才有人从小圆洞内露出一双眼睛来，问是哪个。阿贵大声道："小姐回来了！"逸仙见他现在小心得这个样子，真是又好气又好笑，暗说了一声"真的所谓贼出关门的了"。随了这句话，两扇黑漆的大铁门开了，于是阿贵把汽车直开进走廊前停下，逸仙跳下汽车，转入小院子，匆匆先到上房。只见母亲坐在床边，一面吸烟卷，一面连连地叹息着。见了逸仙，便叫声："孩子，真危险哪，可把我吓死了。"

逸仙道："强盗一共来了多少，难道家里四个保镖还不是他们对手吗？"

张太太似乎还十分害怕的神气，说道："四个保镖有什么用……他……他们来了十多个，手里都有盒子炮呢。我一听外面来了强盗，吓得躲在床底下发抖，所以结果我连一个强盗影子都没瞧见。这真是我的大幸。说起来梁圣君真有灵，我当时一许下愿，所以强盗就没有到我的房中来。"

逸仙听母亲这么说，倒忍不住抿着嘴儿又笑起来了，遂说道："那么母亲既没有瞧见一个强盗的影子，你又有什么可怕呢？爸爸此刻在哪儿？他如何又不舒服了？"

"他在书房间里休养。其实他哪儿有什么不舒服，是因为肉痛着这三万五千元钱哩。"张太太吸了一口烟，又低低地告诉着。

"事已如此，肉痛也没有用了。那么可曾向警察局报告过吗？"逸仙说着话，已脱了身上的大衣，把一件绯色羊毛短大衣披到身上去。

"这个我倒没有知道……"张太太愕住了一会儿，摇了摇头，低声地回答。

逸仙知道母亲这人头脑不大清楚，问她等于白问，于是她便匆匆地到书房间见父亲去了。

张邦杰这时躺在床上吸大烟，三姨太歪在旁边，给他服侍着装烟，两人嘻嘻地笑着，似乎在调笑。逸仙一脚跨进书房，瞧此情景，脸儿倒是微微地一红，遂站住了，叫了一声爸爸。三姨太回眸见了逸仙，也有些难为情，遂从床上坐起身子，先搭讪着笑道："大小姐，你是真正福气哩，这种惊吓没有受到，不是运气吗？我那时正在上马桶，一听外面来了强盗，我真恨不得钻进马桶里去呢。"

逸仙这才步近床边来，听三姨太这么说，忍不住噗地一笑，说道："强盗来的目的是抢钱，只要钞票给他们，你们吓什么呢？爸爸，阿贵说你有些不舒服，现在想是好了……"逸仙因为见爸爸的行为心中很不满意，所以故意这么问他一句。

张邦杰这时却又装出一副面孔正经的神气，叫逸仙坐下，说道："早晨还很不舒服，此刻才好得多了。逸仙，昨晚的情景你若瞧见了，你一定也得吓得没有灵魂的。他们手里都有盒子炮，我是吓得话也说不出来了。还是刘少爷给我代为回答几句，不然那班强盗既劫了我的钱财，还要打我一顿哩。"

逸仙道："那么现在爸可曾报了局没有？"

邦杰道："我一切都拜托了刘少爷。刘少爷今天早晨已和侦探来检查过，把公馆里仆人一一问过，据门役阿三报告，他昨晚并没有开过大门，也不知这许多强盗是打从哪儿进来的。所以对于这一点，大家未免感到有些奇怪呢。"

逸仙听了这话，凝眸含矉地沉吟了一会儿，说道："这一定是阿三卸脱责任的话。他既没有开门，强盗难道是从天外飞进来的吗？"

邦杰点头道："可不是？但阿三是多年的老仆人，说他串通强盗，这是不会的。我想他是急怕了，所以才这样说。侦探长王思良本当欲把阿三带到局去审问，后来我见阿三要哭出来的神气，心里就感到他可怜，所以反求侦探长别把他带去了。"

"不过爸爸以后也总得叫他小心一些，损失钱财还是小事，万一伤了什么人，那可怎么好呢？"逸仙因为阿三年已六十多了，这还是爷爷手下用的老仆，想来自然不会串通强盗的，便点了点头，一面又这样地说了几句。她见爸爸没有什么不舒服，一时暗怨阿贵大惊小怪的，倒把自己吓了一跳呢，于是坐了一会儿，也就自管退出来了。

逸仙走到小院子的门口，方欲回到自己房中去的时候，忽然见迎面走来一个身披厚呢大衣的西服少年，他见了逸仙，便脱下呢帽，含笑招呼道："张小姐，你回家来了吗？"

逸仙见是刘之新，遂也含笑点了点头，说道："昨晚爸爸幸亏刘先生帮了忙，才免了强盗欺侮，真叫人感激呢。"

"别客气，昨晚强盗实在来得太多了。假使只有两三个的话，我倒也要向他们应付一下哩。张小姐，你的姑妈病可好了一些吗？"刘之新一面含笑告诉，一面又低低地问。

逸仙点头道："多谢你，瞧过大夫后，已好得多了。刘先生，你要和强盗应付，这是千万使不得的。他们手里有枪，你怎么挡得了他们呢？爸爸在书房间里，回头到我房中来坐吧。"逸仙说到这里，向他一招手，便走到对面月洞门里去。刘之新望着她窈窕的后影消逝了后，笑了一笑，方才走到书房间里去了。

逸仙回到自己的卧房，阿芸丫头含笑迎接，叫声："小姐回来了，家里来了强盗，可知道了没有？"

逸仙道："还不是为了强盗我才回家的吗？"

阿芸一面倒了一杯柠檬茶，一面忍不住笑道："强盗来了，就是小姐在家里也没有什么用呀。"

"可不是？爸爸喊阿贵来接我回家，说老爷有些不舒服，所以我就来了。谁知一到家里，见爸爸和三姨正嘻嘻哈哈地调笑着，哪儿来什么不舒服？这不是叫我心里不快乐吗？"逸仙噘着小嘴，心里有些生气的意思。

"小姐你不知道，我告诉你吧。那夜你来电话说不回家了，因为姑太太有病，所以给她做几天伴，老爷听了心中就有些不自在，说小姐自己也是个单弱的身子，如何反而去服侍人家呢？前天就预备叫阿贵来接你回家，后来还是太太劝住了，说姑太太既然有病，小姐喜欢和她做伴，那么也就随她吧。不料昨晚发生了盗劫，老爷借此也就把小姐接回来了。"阿芸听了，遂走到逸仙的身旁，向她悄悄地告诉着。

逸仙听了这话，心里愈加生气，暗想：爸爸和姑妈乃是亲兄妹，不料竟这样势利，那不是太无手足之情了吗？想到这里，觉得自己和表哥这头婚事，终有许多的障碍。况且表哥又是个高傲的人，他若知道了爸爸这种卑鄙的行为，他不是更要和我冷淡了吗？一时十分悲酸，忍不住深深地叹了一口气。

就在这时，忽听外面一阵脚步声响进来，阿芸抬头一望，便叫声"刘少爷"。逸仙听了，遂也只好含笑站起说道："刘先生，你请坐。"

之新点了点头，阿芸也倒上一杯茶，逸仙又问道："刘先生，当局对于这次盗案不知可在着手侦察吗？"

"虽然他们已在着手侦察，不过近来发生盗案甚多，听说盗魁叫况大郎，他手下有许多党徒，而且很有组织，所以当局也在感到棘手哩。"刘之新皱了眉头，一面告诉，一面也显出很忧愁的样子。

"那真岂有此理？况大郎不知是个怎么样的人，他竟胆敢如此横行不法吗？我想他们的盗窟一定是在城外的。"逸仙鼓着小嘴，微竖了柳眉，恨恨地骂了一声。这意态是包含了愤激的成分。

刘之新笑了一笑，说道："据瞧见过况大郎的警士告诉说，况大郎的年龄不小了，恐怕至少是五十开外了。但是他的功夫很不错，身轻如燕，飞越屋顶如履平地，而且射击的技巧也好，在百步之外，可以中人脑袋，所以一班警士都甚胆寒。"

"既然有此好身手，却甘愿为盗，岂非令人可惜？"逸仙听了，摇了摇头，忍不住又叹了一口气，表示甚为扼腕的模样。

刘之新听了，点了点头，说道："可不是？不过他犯的杀人案子太多，即使要做好人，恐怕当局也难以饶赦他了。"说到这里，忽又转变口风说道，"张小姐，我想请你去瞧一场电影，不知你肯允许我吗？"

逸仙听他这么说，虽然有些不情愿，便为了情面难却，竟使她没有了拒绝的勇气，颦蹙了翠眉，沉吟了一会儿，微笑道："也好，那么请刘先生到外面去等着我吧。"

刘之新知道她要换衣服的意思，遂含笑点头，先退出来到书房间和邦杰去告辞。待他回到大厅，只见逸仙披了灰背大衣，也姗姗出来。之新自己也有一辆汽车，他拉开车厢的门，请逸仙跳上，便拨动机件，直开到北京戏院里去了。

在戏院里的时候，之新便有求爱的意思，逸仙沉吟了一会儿，含羞道："婚姻大事，原有父母做主，所以我不敢贸然地答应。"

之新听了，心里很是欢喜，便笑道："对于我俩的婚姻，你爸爸是千肯万肯的了。他老人家说只要你自己答应，他是绝没有不赞成的道理。张小姐，我现在问你，你到底爱不爱我呢？"

"刘先生，我以为我们认识的日子还太短，因为一时的相爱，往后也许会后悔的，所以这个问题我想迟一些谈好吗？"逸仙听他这样说，乌圆的眸珠一转，便婉言地向他拒绝了。

之新虽然没有听她答应，不过这话也没有完全地拒绝，他知道女孩儿家终是怕羞的多，欲速则不达，事情是不好性急的。他既有这么一个感觉，于是也就不再谈及了。两人瞧毕电影，又在外面吃了晚饭，之新方才送逸仙回家。

　　光阴匆匆，不知不觉已到了初五那天了。逸仙下午吃过饭，好好地梳洗了一回，预备去迎接四年不见的心上人。谁知之新又来约她去游玩，逸仙这就急了，因此只好向他从实告诉，说今天是去迎接表哥从南京航空学校毕业回来的，所以恕不奉陪了。之新听了这话，似乎有所明白，虽然很不快乐，但表面犹显出很高兴的样子，要和逸仙一同去迎接。逸仙没有办法，也只好答应了。不料到了车站，两人跳下汽车，逸仙见表哥已和许多人要跳上车厢去了，心中一急，这就不顾一切地奔过来，向慈航大喊了。

第四回

银箭留字巨盗显神通

　　兰君听有人向这儿叫喊，遂回眸先望了过去。只见那少女披了灰背大衣，云发卷曲，那个鹅蛋脸儿也是非常美丽。因为她叫的表哥两字，心中就明白他准是慈航的表妹张逸仙无疑了。这时慈航也早已回头去瞧，他想不到表妹会来迎接自己，一时想起过去种种的情爱，他也感到不忍起来，于是抢步上去，把她手儿紧紧地握住，叫了一声表妹。逸仙见慈航握住了自己的手，一颗芳心也不知是喜是悲，眼皮儿一红，几乎要落下眼泪来了。她把明眸脉脉地逗了他一瞥哀怨的目光，颤声地微笑道："表哥，你心中恨我吗？为什么连几时动身回北平的日子都不写信告诉我呀？"

　　慈航见她这种欲盈盈泪下的意态，更显得楚楚可怜，正欲向她抱歉几句，忽然瞥见她身后站着一个西服男子，因为他呢帽戴得很低，所以瞧不清他的面目，这就把视线向他凝望了过去。逸仙瞧表哥注视自己身后，遂回眸去望，见是之新，遂给两人介绍道："表哥，这位是我爸爸的朋友刘之新先生，这位是我表哥李慈航先生。"

　　两人听了遂各脱帽子，大家握了一阵子手，慈航一听"刘之新"三字，心中早就明白，遂把他打量了一回，见他生得眉清目秀，一副白净的脸儿，因为他和表妹既然时在一处，也可见两人的亲热了，所以把爱怜逸仙的一番情爱又慢慢地冷了下来。他笑了一笑，退后一步，也给他们介绍鹏飞等人，说道："这两位是我同学马鹏飞先生、花兰君女士。这位是花女士的爸爸花紫英老伯。这位是我表妹张逸仙女士，这位是表妹的好友刘之新先生……"

兰君听慈航这样介绍，因为在南京的时候已经听慈航告诉过其中的情形，她当然明白慈航心中是因为痛恨逸仙的缘故，于是大家弯了弯腰肢，打了一个招呼。只见逸仙的神色灰白，大有如醉如痴的样子，但慈航却对她说道："我已答应花老伯之请，所以明天再来拜望舅母和表妹吧。"他说着话，和鹏飞等跳上汽车，便呜呜地开去了。

逸仙瞧表哥突然待自己这样冷酷的情景，她心中因为是伤悲过了度，所以自不免有些愤慨，望着远去的汽车的影儿，冷笑了一声，却是怔怔地愕住了一会子。刘之新站在一旁，自然也有一阵子思忖，暗想：逸仙所以不肯答应我，原来她是因为爱上了这个表哥哩，谁知慈航有了那位姓花的女同学，却不会来爱上你，那不是给我瞧了感到痛快吗？之新心中虽然这样地想，但表面上却显出很同情的样子，微微地叹了一口气，说道："张小姐，你这位表哥如何这么不懂人情呀？你诚心诚意地去迎接他，谁知他却跟着到花小姐家里去，这不是他明明爱上了花小姐吗？虽然他爱上花小姐也是他的自由，不过他对待你的态度确实是太难堪一些了。不是我心直口快的话，我实在代你感到生气哩。"

逸仙因为之新说的话是正中在自己的心坎上，本来已经气得发抖，这就愈加铁青了脸儿，几乎要淌下泪来了。不过在之新的面前淌泪，这究竟太不好意思一些了，所以她竭力抑制内心悲哀的发展，忍住了满眶子的眼泪，还显出毫不介意的样子，说道："表哥已答应了人家，当然在他也有困难的。反正我也不一定要请他到家里去，那有什么关系？我们回去吧。"

之新听她末后之两句话，知道她芳心中有些怨恨的成分，当然十分欢喜，遂拉开汽车的门，让逸仙跳了上去。今天逸仙本欲坐自己汽车，因为之新来了，并要一同去迎接，所以还是坐了他的汽车来的。

这时之新开着汽车，逸仙坐在旁边，低了头儿，默默地出神。之新忽然若有所悟地向逸仙瞟了一眼，说道："我倒想起了，这个花紫英不就是当地的警察局长吗？那么这个花兰君小姐便是他的女公子了，怪不得慈航兄要变心哩。"

逸仙微抬蛾首，把秋波也向他瞟了一眼，说道："刘先生，请你不要说这些话。那也无所谓变心不变心的，因为我们是亲戚关系，听到表哥学成回来，在人情上说，当然要表示欢迎的。所以你不要误会我们过去是相爱的哩。"逸仙是个好胜的姑娘，她听之新的话都含有了神秘的作用，所以她竭力镇静了态度，向他低低地辩解着。

之新却认为她是聊以解羞之词，所以并不作答，良久方道："世界上的事情变化无穷，犹如天空之浮云一样，所谓日久见人心的一句话，真是不错……"

逸仙当然明白他说的话句句是在刺激自己，她那颗芳心已受不住这痛苦的刺激了，所以她垂下了粉脸，眼泪已一滴一滴地淌下来了。之新眼望着玻璃窗外，依然自言自语地说道："不过人各有心，凡事不可强求的。"他说话时，偷偷地向逸仙望了一眼，见她低了头儿，好像在落泪的神气，心中暗暗地痛快。忽然他回过头来向逸仙说道："张小姐，你怎么啦？你在伤心吗？"

逸仙这才抬头拭了眼皮，瞅他一眼道："我这人是受不了委屈的，因为表哥的态度好像有些侮辱了我，我想想气愤，所以感到难受，其实倒并不是为了什么而伤心的。"

之新当然明白她这话又是避嫌疑的意思，心里真忍不住要笑出来，遂柔和地道："那你也未免太孩子气了。他既然这样冷待你，你以后不如也可以不去理他吗？张小姐，你也不犯着生他的气，我们还是到舞厅里去听一会儿音乐吧。"

逸仙本来有些憎恨之新的，现在在绝望之后，她对于之新当然亦表示好感一些，所以点头答应了他。于是两人在舞厅里玩了一会儿，又在外面吃了晚饭。但逸仙回到家里，躺在床上，想起四年前和慈航种种的情爱，倒忍不住又暗暗地泣了一夜。

慈航到了花公馆，花紫英招待他们到会客室坐下，非常地客气。兰君却向两人含笑说声"坐会儿"，她便一跳一跳地走到上房里见母亲去了。

花公馆的地方很大很幽静，一切一切都带有些欧化的味道。仆妇送上了咖啡茶，紫英递过了两支雪茄，慈航、鹏飞不约而同地说道："多谢老伯，我们都不吸烟的。"

紫英笑了一笑，遂划了火柴，自己吸着了雪茄，向两人望了一眼，说道："马君和李君年少英俊，此番学成回来，对于故乡当然有一番贡献了。"

鹏飞笑道："我们都是才学浅薄，而且年轻无知，一切还望老伯指教才是。"

紫英很得意地笑道："不要客气，两位都是住在北平城里的吗？"

慈航道："我是住在东门路狮子胡同里的。马兄的父母早已俱亡，他叔叔住在西门路图书馆隔壁的第六胡同里。"

"那么李君的父母想都健在吗？"紫英点了点头，喷去了一口烟，又问道。

"我的爸爸也早年去世，如今只有家慈在堂。"慈航很小心地回答。

正在这个当儿，兰君便含笑走出来了。她手里拿了许多奶油糖，向慈航、鹏飞两人的身怀里掷去。两人没有注意到，因此全都被她打中面门了。兰君瞧此情景，却早忍不住弯了腰肢咯咯地笑起来了。紫英也含笑说声"淘气精"。这时仆妇很恭敬地来报告说餐间里已预备舒齐了，于是紫英站起身子，把手一摆，请两人到隔壁一间大餐室中去了。

大餐室间里正中已放了一张餐台，上面布着镂花白纱的台布，当中有一只银瓶，下面红木坐垫，瓶中插了一丛鲜花，十分艳丽。银瓶旁有一只小口大肚的玻璃瓶，盛满了"为司开"，四周放了四盆鲜美的花旗品盆，又有四副刀叉、四只高脚玻杯。兰君她以主人的地位先笑道："别客气，别客气，大家随意地坐。"

于是四个人占了四个位置，齐巧在那张小小的餐台上围了一个圈子。仆役走上来，拿起小口大肚玻瓶，先向鹏飞、慈航两人杯子中倒，然后再向紫英、兰君倒满了。紫英站起身子，举了酒杯，向两人笑道："两位和小女毕业回乡，我真有说不出的快乐。这一杯酒，算我敬贺你们的鹏程万里，前途无量。"

慈航等三人听了，也慌忙举杯站起，大家碰了一碰，然后一饮而干。鹏飞、慈航还欠了身子，鞠了一躬，同声说道："多谢老伯。"

紫英把手一摆，于是大家又坐了下来，兰君拿了钢叉，向两人在品盆内指了指，笑道："随意地吃吧。"

仆役第二次给他们倒酒的时候，兰君微皱了翠眉，笑道："爸爸，这为司开太厉害了，我们三人是不善饮酒的，还是去拿口力沙吧。"

"也好，那么我一个人喝为司开好了。"紫英望着三人微微地笑。

那仆役遂去取一瓶口力沙酒来，给三人又倒了三杯。不多一会儿，第二道鸡茸汤上来，把吃剩的品盆拿了下去。紫英吸了一口雪茄，沉吟了一回，说道："近年来我们这儿时常发生盗案，盗魁况大郎十分猖獗，你们在南京时也可曾在报上瞧见过这消息吗？"

慈航道："我们也曾经谈到这个问题，所以这次回乡，原想替地方上除此大害。"

紫英听了这话不禁大喜，遂笑道："我见了两位，也早有此心了。那么请两位助我一臂之力，共同努力消灭大盗，真是大幸矣。"

说罢，把酒杯举起，又喊，"来来来，干饮一杯。"

鹏飞道："况大郎此人不知是个怎等模样的人？他在这儿犯了这许多案子，探长们竟不知他盗窟在何处吗？"

紫英听了，沉吟一会儿，说道："我听探长王思良告诉，况大郎年已五十多岁，行动古怪，有飞檐走壁的功夫。虽然每次总有盗党捉获，然而每在审问的时候，突然砰的一声，那盗党即饮弹毕命。如此巨盗，实在叫人束手无策。前两天又发生了几次盗案，真叫我徒唤负负了。"

鹏飞、慈航、兰君三人听了这话，都不禁面面相觑。兰君颦锁翠眉，雪白的牙齿微咬着殷红的嘴唇，深思了一会儿，说道："我听说巨盗行劫，每次都有化装。王思良所言绝不是况大郎的本来面目。假使你们能瞧得见他，不是也有法子可以把他捉获了吗？"

鹏飞两人点头说道："你这话真·些也不错，我们想现在第一个办法，就是先侦查他的盗窟何处，那么就容易查找了。"

紫英听了，笑呵呵地道："如今有两位贤侄相助，何愁巨盗况大郎不捉获？现在我给两位在本局任大队长的职位，希望你们同心合力，早日除此大盗才好。"说罢，回头叫兰君去拿两人大队长的徽章。

兰君听了，遂含笑去取。不多一会儿，取来两个徽章，是古铜色的，下面系有五色缎带。紫英命兰君给他们别上，两人站起身子，向紫英、兰君深深地鞠了一躬，表示谢意。兰君非常高兴，乌圆眸珠在长睫毛里一转，掀着笑窝儿，瞟了他们一眼说道："我祝你们成功大事，将来成个时代的伟人。来，敬你们一杯。"

鹏飞、慈航二人见她说着话，已把高脚玻杯举起来，遂也站起身子，含了满脸笑容，各举杯子，道声"敬领，谢谢"。三人一饮而干了。这儿第三道的童子鸡上来了，炖得非常烂熟，于是大家饱餐了一顿，吃毕大餐，便用了一些水果，紫英立刻吩咐裁缝给他们量制服，然后给他们两支轻巧的手枪，并嘱他们明天早晨到局与众探长探员相识。因为此刻已四时多了，所以叫他们先回家去探望家长，免得记挂。鹏、慈两人点头称谢，于是别了紫英、父女两人，各自回家去了。

慈航回到家里，伸手敲了敲门上的铜环，只听有人问道："是谁呀？"

慈航那颗心是跳跃得很厉害，很急促地说道："是我，慈航回来了。"

"哦，少爷回来了吗？"随了这一句话，乒乓的一声，大门就开了。慈航认识她，那是李妈，正问她妈在哪儿，忽然听得有人颤巍巍地叫道："慈航……你回来了……"

慈航很快地抬头去望，只见年老的母亲扶着门框子，先在房门口含了笑容迎着了。慈航这就放下手中的皮箱，三脚两步地奔到老母的面前，叫了一声妈，他把母亲的脖子便紧紧地抱住了。李老太抚摸着慈航的一头蓬松的头发，她的眼角旁是涌着几颗欢喜的眼泪，好一会儿方才低声地问道："孩子，你不是两点钟就到北平的吗？怎么直到这时候才回家里来？是不是在你舅父家里玩吗？咦，逸仙这孩子她没有和你一同来吗？"

"不是，母亲，我们进屋子里去好好地谈吧。"慈航摇了摇头，扶着李老太的身子，一同向房里走。母子俩在桌边坐下，李妈把皮箱拿进屋子，倒了两杯香茗，含笑叫声："少爷用茶，四年不见，个子又高得许多了。"

慈航微微地一笑，明眸瞧到母亲憔悴的面容，他惊讶地急急地问道："妈，你人怎么憔悴得这个样子了呢？"

李妈不待太太回答，她先插嘴告诉道："少爷，太太是病了一星期多的日子了。原来是躺在床上的，因为今天是少爷回来的日子，太太心里喜欢，吃过午饭就起床了，一直等少爷在现在呢。"

慈航听了李妈的话，心里激起一阵慈母爱子之悲，由不得眼皮儿也红了起来，站起身子，走到母亲的身边，说道："妈，原来你是有着病哩，那么你快去躺着吧，累乏了身子，那不是叫我更不安吗？"

"不，我已好得多了，此刻一些儿也不觉得累。孩子，你也苍老一些，想来外面很苦吧？"李太太摇了摇头，望着儿子的脸，含了无限欣慰的微笑。

慈航当然明白母亲的不累完全因为是内心太兴奋的缘故，他感到慈母之爱的崇高和伟大，他的眼角旁也会涌上一颗晶莹莹的泪水来。忽然他又走到皮箱这旁边，蹲下身子，开了盖儿，取出两瓶补品和一个很大的盒子，放到桌上来，笑道："妈，这两瓶鱼肝油我是给母亲补身子的，还有这南京板鸭和腊肠，也不是你老人家爱吃的东西吗？"

李太太见儿子的孝顺，心里更加地欢喜，遂笑道："孩子，这挺贵的东西，去买来干吗？你快别忙了，坐下来歇一歇。李妈你把圆子去烧了来，叫少爷吃吧。"

李妈答应了一声，遂匆匆到厨下去了。这儿母子坐下了，正欲细细地谈话，慈航见母亲连连地咳嗽，就向她说道："妈，你靠到床上去休息一会儿，我坐在床边跟妈谈好了。"

他一面说，一面已来扶李太太的身子。李太太起来了一下午，也觉得有些累乏，遂倚在床栏旁，慈航也就坐在床沿边，向母亲悄悄地告诉道："我这次回来，一同有三个人，一个名叫马鹏飞，一个叫花兰君。兰君的爸爸就是这儿的警察局长，他亲自到车站来迎接他的女儿，并且邀我们到他家去一叙。我们因情意难却，所以就一同到他家去了。"

李太太点了点头，忽然想起了逸仙，遂忙又问道："那么逸仙她没有到车站来迎接你吗？"

慈航道："她迟来了一步，所以我只好对她说明，明天再到她府上去拜望了。"

李太太笑道："我就知道她不会不去接你的。孩子，逸仙真可怜，她心中实在是非常地爱你呀……"

慈航听了这话，很惊奇地道："妈，你这是打哪儿说起的呀？她爸不是欲把她配给姓刘的吗？刚才那姓刘的和逸仙一同到车站来接我的，我瞧他们是十分亲热呢。"

李太太听慈航这样说，便微微地叹了一口气，说道："孩子，那是你冤枉了逸仙了。是五天前吧，我病得最厉害的时候，逸仙匆匆地来瞧我，她见我病了，便连忙去请大夫来给我诊治，煎药服侍我喝，并且打电话到家，情愿在这儿服侍我几天。我见她待我这样好，便悄悄地探问她对于姓刘的婚姻赞成吗，她听了这话，很生气地道，这种人谁愿意嫁他？一面又问你可有信来过，大概哪一天可以到北平。并且又很难受地说，也不知为了什么缘故，表哥就没有信给她。她说时，欲盈盈泪下的样子，我见她这个神情，我心里真懊悔不该写信来告诉你了，因为我知道你的心中不是十分地恨她吗？唉，这实在太委屈了这个孩子了。她又向我恳求，希望我能够给她代为向你解释，她所以和姓刘的在一块儿，实在是毫没感情可言的。所以孩子，你应该原谅她，你应该可怜她才是呀。"

慈航听母亲絮絮地说到这里，方知兰君前时的猜测很不错，逸仙是不会负心我的。那么可怜逸仙的用情不是很专一的吗？不过姓刘的时常追随在她的后面，况且舅爸又很看中他，这对于我和表妹的婚姻不是也很有阻碍吗？遂说道："表妹虽然爱我，但是舅爸这么势利的人，恐怕他不肯赞同呢。所以我也不稀罕一定要娶表妹，天下许多美貌的女子，何必强求呢？"

"那又不是强求，表妹本身不是很爱你吗？只要本身心里喜欢，还有什么别的问题了吗？我想逸仙也不是个三岁两岁的孩子，婚姻大事亦岂肯给父母一手包办吗？所以你千万别给她灰心，否则她心里不是委屈得太可怜了吗？"李太太听儿子这样说，怕儿子性气高傲，会冷淡逸仙，所以她又向他低低地安慰着。

慈航不敢违拗母亲的心意，遂点了点头说道："我知道，一切的事情且看环境的转变是了。"

"那么你明天不是该到她家里去一次吗？一方面去拜望舅父母，也算做小辈的一些道理。"李太太望着他沉思的样子，遂又向他低低地劝说。

慈航想起刚才在车站的情景，觉得自己实在太冷待了她。因为既然明白表妹是并没有变心，他自然也会感到极度的不安，那么明天到她家里去一次，也是不可以省却的了。遂说道："我知道，我原对她说过，明天去拜望她的……"

李太太听了儿子的话，心头才算放下了一块大石。忽然她又瞥见了儿子西服上的徽章，遂把手儿去摸了摸，问道："孩子，这是什么呀？"

慈航听问，脸上立刻堆满了笑容，告诉道："母亲，我的话还没完全告诉你哩。这徽章是警察局长花紫英老伯委任我们做大队长的证据呀。因为近来时常发生盗案，巨盗况大郎猖獗殊甚，所以我们非把他破获不可哩。"

"哦，原来你一回到故乡，就在警察里任了大队长的职务了吗？"李太太骤然听到这个消息，在她老人家一颗脆弱的心灵里，真有说不出的喜欢和忧愁。喜欢的是儿子做了官了，但忧愁的因为巨盗况大郎厉害，儿子这个任务也实在太危险了。她握着慈航的手儿，默默地祈祷着，但愿儿子能够终身无事，然而她的眼帘下，终于展现一颗眼泪水了。

"妈妈，你怎么了？"慈航见母亲把自己的手是握得紧紧的，而且又在默默地淌泪了，他惊奇得把笑容全都收起来，向她低低地问着。

"不，没有什么，因为我太喜欢的缘故……"李太太不忍把自己的忧愁向儿子说穿，她摇了摇头，不禁含了眼泪又笑起来。

慈航把手去抹她颊上的眼泪，他也微微地很欣慰地笑了。

这时，李妈拿上糖圆子，放在桌上，叫少爷用些儿吧，并又说道："这圆子是太太亲自做的呢。"

慈航在兰君家里吃了精美的大菜，如何还吃得下这些圆子呢？正欲说我很饱的时候，忽然又听李妈这么说，因为是母亲亲手制的圆子，于是他到底把圆子吃得一个都不剩。

第二天早晨，慈航匆匆先到警察局里，见鹏飞、兰君也都在局长室里了，而且鹏飞身上已穿了大队长的制服了。兰君见了慈航，也把一套制服送过来，瞟他一眼，笑道："你快换上了衣服吧，不多一会儿，你们就得向探员、警士去训话了。"

慈航听了，遂连忙拿到更衣室中，匆匆地换上。回到局长室，见紫英也在了，便忙上前行了一个敬礼，叫了一声老伯。紫英见两人的风姿十分地英武，心里欢喜万分，遂引导他们到教场里去训话了。警察局的面前是个挺广大的教场，这时场上已站齐了全体的探员和警士。他们见了局长带着两个英武的青年走出的时候，早已噼噼啪啪的一阵掌声拍得震天价响的了。局长含了满脸的笑容，向众人摇了摇手，是叫大家静的意思。于是整个的教场里便寂静得一丝声息都没有了。

花紫英于是说道："诸位，现在北京城中时有盗案发生，巨盗况大郎十分神秘，使我们竟没有办法可以对付他。如今我给诸位介绍两位本局的大队长。这位马鹏飞，这位李慈航，他们是刚从南京航空学校毕业回来，对于侦探学一科大有研究。现在本局长特请他们前来协力破获巨盗，为民造福。此后众位该谨听大队长的吩咐。现在请大队长训话。"紫英说到这里，回眸向两人望了一眼，又含笑招

134

了招手。鹏飞、慈航两人听了，免不得推让了一回，这时下面的掌声早又雷动，结果鹏飞在欢呼声中先走到麦克风的面前站住，向下面点了点头，于是他就开始训话。

不料训话到半途的时候，突然天空中飞来小小的一支银箭，嗒的一声，齐巧射中在麦克风上。鹏飞因为在冷不防之间，心中倒是暗吃一惊，立刻凝眸去望，只见箭头上尚有一张纸条，他遂不慌不忙地把银箭和纸条拿下，伸手藏入袋内，依然若无其事一般地向大众继续训话。等鹏飞训话完毕，于是众人各自分散，这时鹏飞、慈航等又回到局长室坐下，鹏飞方才在袋内摸出那支银箭和纸条，兰君瞥眼瞧见，心中很是奇怪，遂走到他的身旁，含笑问道："你拿的是什么东西？"

鹏飞把纸条展开，笑道："我们一同瞧吧。"于是两人并头念道：

鹏飞、慈航二兄台鉴：

鄙人与二位无怨无仇，今知二位已受任大队长之职，欲与鄙人作对。鄙人现在好意相劝，请二位勿管闲事。倘使忠言逆耳，他日悔之晚矣。

况大郎白

兰君瞧毕这张字条，粉脸显出惊骇的神色，"啊哟"了一声，叫道："鹏飞，你这张字条是打哪儿来的呀？"

"兰君，你说的什么话呀？"紫英听女儿这样说，也忍不住急急地追问。

兰君于是把鹏飞手中的纸条拿到爸爸的面前去，慈航也忙走过去，一同瞧着。两人瞧毕，也都面面相觑，不知如何是好，连叫奇怪奇怪。鹏飞站起身子，也走到公案前去，望着紫英笑了一笑，并且把手中那支银箭也放在写字台上，说道："这是在我向众人训话的时候，突然从天空中飞来的一支银箭，齐巧射在麦克风上。我因生恐怕扰乱秩序，把众人都惊慌起来，所以把它取下，放在袋中。想不到竟就是况大郎所为，此人之胆量也可谓大矣。"

紫英、慈航、兰君听了这话，方才明白底细，一时暗暗惊异。紫英拿了银箭，望了许久，见长可二寸许，颇为精巧，遂说道："况大郎有此身手，惜乎沦落为盗，令人不无遗憾。贤侄胆大心细，临危不乱，安之若素，何患况大郎不获？实使人敬佩得很。"说时，望着鹏飞微笑。

鹏飞听紫英这样赞美，心里得意万分，遂笑道："我们细心窥探，况大郎必在我们掌握之中耳。现在我有一计，明天我和慈航可乘飞机到城外侦查，若有线索，当在无线电中告知可好？"

紫英点头称是。鹏飞、慈航遂告别回家。临走时，兰君也送着出来，向两人瞟了一眼，笑道："我们晚上再见。"鹏、慈两人点头别开，心中可都在暗暗细想，兰君她向我说晚上再见，这话不是明明约我在晚上到她家里去见面吗？这倒不要错过机会呢。二人各自想定主意，大家都非常欢喜，兴冲冲地回家去了。

慈航到了家里，李妈开门一见是个身穿军服的男子，起初倒是一怔，及至定睛细瞧，方才瞧清楚了，不禁笑道："原来是少爷，太太正等你吃饭呢。"

慈航含笑一点头，遂匆匆地步入房中。只见母亲坐在桌边结绒线背心，遂忙叫道："妈，你才好一些，怎么就干活计了？"

李太太抬头一见慈航穿了军服，也是愕住了一会儿，笑道："孩子，局长已正式给你做大队长了吗？"

"那可不是玩的。妈，你快把活计放过了，吃饭了。"慈航笑着点点头。他走到李太太的身边，把她手中的活计夺去似的放到盘子里去。

"天气是已经很严寒了，如今你天天要去办公事，我怕你着了冷，所以早些赶制好了，你也可以穿上身啊。"李太太望着儿子英俊的脸，微微地笑。

这时李妈开上饭菜，慈航道："妈先吃，我去换下了便装。"

李太太忙道："那为什么啊？你下午不是还要到张家去吗？也好叫你舅爸知道你在局里已做了大队长了。"

"那又何必？反正我这次去的意思，原是做小辈的道理，并非是要去博得他的欢心呀。况且外面盗案时起，穿了便服也可以避人耳目。"慈航却依然很高傲地回答，已走进后面一间卧室中去了。李太太觉得儿子高傲的脾气终不肯改，虽然很想再劝劝他，但听了后面这两句话，她又感到很不错，为了儿子的安全起见，于是她再也没有勇气开口了。

母子俩吃毕了饭，李太太把一瓶鱼肝油和两只南京板鸭取出，向慈航说道："你这次去拜望舅父母，若空了两手，也很不好意思。所以这两样东西你拿去作为礼物，孝敬孝敬你的舅父母，那么他们自然也会欢喜你了。"

慈航听了这话，便急得两颊绯红，说道："妈，我这两样东西是特地从南京带来给你老人家吃的，你去送给他们做什么？他们是有钱人家，难道自己还会不买来吃吗？在他们固然不会稀罕这一些礼物，在我又何必要拍他们的马屁？"

李太太听儿子这么说，便"唉"了一声说道："舅父是妈的哥哥，说起来也很亲近，用得了拍马屁三个字吗？这也无非做人的一些道理。他们说你一句好，也就是我的面子。好孩子，你总应该听从妈的话吧？你依了妈的话，妈实在比吃了那两样东西还高兴呢。"

慈航是个孝母成性的儿子，听了母亲的话之后，他心里真觉得左右为难了。虽然他感到母亲这个意思是绝对错误的，但是他怎么敢违拗母亲的心意呢？因此自不免沉吟了一会儿，忽然他眸珠一转，这就有了一个主意，遂笑道："妈，这样吧，鱼肝油反正有两瓶，我就带一瓶去送给舅父，这两只板鸭就留着自己吃吧。他们固然不稀奇，我们倒也不容易常去买来吃，因为我的嘴也很馋呢。"

李太太到底是个疼爱儿子的人，她听儿子自己要吃，于是也就只得罢了，说道："那么你把鱼肝油去送给舅父吧，其实这也并非是拍马屁的意思。你从南京回来了，当然该送些礼品去送送人家的，是不是？"

慈航见母亲中了自己的计，心里很欢喜，遂把鱼肝油藏入大衣袋内，说道："母亲，那么我去了。"

李太太道："你要说话和气些，别冲撞人家，知道吗？"

"妈，你这话，我可不是和他们吵架去呀。"慈航一面笑着说，一面走出院子去了。李太太自己想想，也不免微微笑了。

慈航匆匆地向张公馆而去，一路上不免暗暗地沉思了一会儿，我今日到张家去，老实说一句话，并不是去望舅父母的，实在因为听了母亲的话，觉得逸仙待我不错，我若不去瞧她一次，那在我良心上说不是太对不住了她吗？因为在我们过去爱情而论，我们真是不可以疏远的呀。可恶的是舅父这个势利的东西，他在四年前也未始不知道我和逸仙有相当的爱情，但他到底是把我贫穷的甥儿忘记了。我当他还能算舅父吗？不过为了逸仙的痴心，我又有什么办法呢？想到这里不免暗暗地叹了一口气。

慈航到了张公馆的大门口，伸手按了一下电铃，阿三在里面很小心地问道："是谁呀？"

慈航道："是我。"

阿三在小圆洞里瞧不清楚慈航的面目，因为那声音很陌生，遂又问一句道："你是谁？找哪一个啊？"

慈航听了他重问了一遍，心头就有些生气，遂大声道："是李家的表少爷，问得这么仔细干什么？怕强盗来抢你们什么宝贝吗？"

阿三这才知道是慈航表少爷，遂慌忙开门给他进来，一面又很快地关上了大门，含笑向他弯了弯腰说道："表少爷你从南京什么时候回来的呀？并不是我要问得仔细，因为前几天来了十多个强盗，抢去了三万多元的现钞呢。"

　　慈航听阿三这样说，方才有所恍然，遂"哦"了一声说道："原来这儿也发生过盗案了吗？那些强盗都是怎么样的人呢？"

　　"老老少少都有。他们手里都各执盒子炮，很是厉害呢。"阿三脸上还是显现了害怕的神色，很紧张的神气，低低地告诉着。

　　慈航点了点头，便向大厅里走了进去，低了头不免暗暗地想了一会儿心事。忽然有人招呼他道："表少爷，你从南京回来了吗？"

　　慈航抬头望去，见是上房里老妈子林妈，遂也说道："我昨天回来了。老爷在家里吗？"

　　林妈说道："老爷刚出去不多一会儿，但太太在上房里，表少爷上房来坐吧。"

　　慈航一面跟她向上房走，一面暗自地想：真是巧得很，我就讨厌见那个势利鬼。想时已跨进了小院子，只听林妈掀起暖幔，先叫道："太太，李家表少爷从南京回来了。"

　　随着这句话，慈航已步进上房，只见张太太坐在床上抹骨牌消遣，于是含笑叫了一声舅妈。张太太见了慈航，遂站起身子，笑道："哟，慈航你回来了吗？算来离开故乡差不多有四年了吧？前儿你妈有些不舒服，现在可好些了没有？"

　　慈航脱了呢帽，遂在椅子上坐下了，笑道："可不是？一晃儿就四年了，妈的身子好多了，谢谢你记挂。舅妈一向也好？"口里虽这样回答，心中却在暗暗地奇怪，舅妈对于我昨日已经回家的事情，她如何也没知道？难道逸仙没有告诉他们吗？是的，逸仙昨天来接我，也一定是私下的意思，从这一点子想，可见除了逸仙有真心爱我外，舅父母是并没有一些意思的了。不过这儿所稀奇的，逸仙为什么带了姓刘的一同来接我？这不是令人不解吗？

这时候林妈倒上两杯香茗，叫声表少爷用茶。张太太听慈航这样问，遂含笑把他脸蛋打量一回，说道："我近年来身子也衰弱得多，时候坐多了，也会腰酸背疼，可见年老之人，也渐渐地现出败相来了。慈航，那么你现在不是会驾驶飞机了吗？"

慈航听她这么说，本欲趁此就把鱼肝油拿出来，说给她老人家补补身子，但不知有了怎么一个感觉之后，他却不情愿奉承上去，遂说道："学习了四年，那当然是会驾驶的了。"

林妈站在旁边，听了这话，脸上显出很羡慕的样子，笑道："真了不起，表少爷会把飞机开到天空中去吗？唉，想想也会叫人发呆的。"

慈航听她说得有趣，倒也忍不住好笑起来了。这时张太太由不得也暗暗地思忖了一会儿，她想慈航这孩子虽然没有什么家产，但他本身到底是个有希望的人，况且他和逸仙自小一块儿长大，十分亲爱，那么他们实在是很相称的一对呢。不料老爷却看中了刘少爷，说他是个华侨，有着几千万的家产，将来在事业上少不得还有许多的帮忙。我想女婿究竟是女婿，又不是儿子，他虽有千万家产，做丈人的终也不能取他分文，不要说女婿，就是亲生的儿子吧，恐怕也是无济于事的哩。

张太太心中既有了这一阵子思忖，她倒又很想看中慈航了，遂微笑着又问道："慈航，那么你既学会这么大的本领，预备在北平干些什么事业呢？"

慈航听她这样问，他把眉毛一扬，很得意地笑道："我已在警察局里任大队长的职务了，当然我希望能够给地方上除去盗匪，为人民创造幸福。这是我终身的责任了。"

"哟，你已在警察局里做大队长了吗？那么你不是已做了官了吗？这真叫人喜欢，我早已知道你的前途就伟大的……"张太太一

140

听慈航已做了大队长，这就愈加眉开眼笑地先向他奉承起来。

慈航从她这一句"你已做了官了"的话中而想，觉得她至少是带有些儿势利小人的成分，一时在他心头真感到说不出的喜欢和得意，觉得我至少是给母亲吐了一口气，遂笑了一笑，却并没有作答。

张太太这时又絮絮地告诉道："慈航，你不知道吧？现在北平城里的强盗真多啦，前几天我家也被盗抢劫过了，你知道吗？"

慈航点了点头说道："刚才阿三对我告诉过了，听说那盗魁是况大郎，舅妈也知道一些详细的情况吗？"

慈航趁此想探问一些消息，不料张太太摇头道："这个我倒不知道，上次强盗来了十多个，个个有盒子炮，真叫人吓得要命，我是躲在床底下只会发抖。后来我向梁圣君许下了愿，所以强盗倒没有走进我的房中来……"张太太把这刻板式的一套话，她认为见一个人终有说一遍的价值，而且她还显出十分害怕的神气，虽然她对于这些强盗的影子也没瞧见过。慈航觉得她告诉的话不免含有些滑稽的成分，因此他忍不住又抿嘴笑了。

两人谈了一会儿，慈航遂又问起表妹在哪里，张太太忙道："她在自己的房中，慈航你要不去见见她，回头到我这儿来吃点心。"

慈航遂站起身子，和张太太点了点头。因为这儿公馆在四年前本是熟路，他当然明白表妹是住在哪一间卧室了。不过他心中又在暗暗地想：舅妈所以会对我这样亲热，那不用说还不是我做了大队长的一些力量吗？想到这里，自不免暗暗地好笑。

"咦，表少爷，你怎么倒也想着来了吗？"慈航一脚跨进月洞门，只见丫鬟阿芸正在院子里剪那花坞上的梅枝，她抬头瞥见了慈航，便拿着两株梅花，含笑着说。

慈航当然听得出阿芸这一句话中至少是含有些讥讽的成分，就故作不理会似的，笑问道："阿芸，你小姐在家里吗？"

"小姐在生病哩。"阿芸回答了一句，回眸恨恨地瞅了他一眼，便向房门口走进去，一面高声地嚷道，"小姐，表少爷来了！"

慈航瞧了阿芸的意态，同时听她告诉小姐在生病的一句话，他就明白昨天逸仙回家一定是非常怨恨我的。因为自己昨天对她太冷淡了，所以他心头又感到万分的不忍起来，微红了脸儿，慢慢地踱进房中，只见逸仙躺在床上，脸向着床里，默默地没有作声。阿芸把两枝梅花插入那只胆瓶里，回身向慈航摇了摇手，悄声说道："小姐睡熟着，表少爷你请坐一会儿吧。"她说着话，又倒了一杯玫瑰茶茶，放在桌上。

慈航在桌边坐下了，他见逸仙躺在床上，并没有盖着被，一时心里暗想：也许她听我来，故意临时躺到床上去装睡吗？这一半固然是女孩撒娇的意思，一半当然表示我和生气的意思了。不过对于昨天的情形而言，也就难怪她要生气了。慈航既然自己承认是错的，对于逸仙的生气他是一些也不嗔怪她。

在经过一会儿思忖之后，他方才向阿芸低低地道："你为什么不给小姐盖一些棉被？这样和衣躺着，不是容易受寒吗？"

阿芸听了，抿嘴微微地一笑，说道："小姐也睡好多时候了，我喊醒她吧。"她说着话，便走到床边去，俯了身子，低低唤道，"小姐，小姐，你醒醒吧，表少爷在望你呢。"

慈航的猜测是对的，逸仙其实原没有睡熟。当她在房中听到慈航来了，她本欲叫阿芸对慈航说慢些进来，因为昨晚她哭了一夜之手，眼皮还红肿的，意欲洗一个脸，敷上一些脂粉，再接见他。可是阿芸向外指了指，连说已经到了，那是来不及了。逸仙一时情急智生，遂躺到床上去装睡着了。逸仙所以装睡的原因，一半有些怕难为情，一半也是因为怨恨他的意思。不料此刻却听慈航对阿芸说出这几句话来，逸仙的一颗芳心这就暗自想道：凭他这两句关怀多情的话，不是他仍旧很爱我吗？假使他不爱我的话，今天固然不会来望，而且不会管我受寒不受寒呀。逸仙这么一想，她那颗脆弱的芳心终于又软了下来，现在被阿芸连连喊了两声小姐，她就故意"哎"了一声，两手抬到眼皮上去揉探了一会儿，问道："谁来了？"

阿芸见小姐装得好像，一时几乎要笑出声音来了，遂努了努嘴，笑道："就是昨天小姐去火车站接的那个架子很大的表少爷呀。"

逸仙听阿芸说了这么一大套，遂秋波白了她一眼，一面坐起身子，一面向慈航望了一眼，笑道："哦，原来是表哥，倒真不失约的。你瞧我这人可懒吗？吃了午饭就睡中觉了，表哥你请坐吧。"逸仙坐在床沿边，把纤手去拢那睡乱的云发。

慈航对于阿芸这句话当然也听得很明白，那两颊就热辣辣地红起来了。本来他已站起身子，此刻遂又坐了下来，拿茶杯喝了一口，觉得这举动正是避免自己的局促不安。阿芸见两人都有些坐立不安的样子，她噗地一笑，便掀起暖幔走到外面去了。

慈航见阿芸已走，他才放下茶杯，向逸仙望了一眼，低低问道："表妹，阿芸说你有些不舒服吗？"

逸仙听他这么问，倒提醒了自己，遂点了点头，说道："是的，我昨天从火车站回家，就头痛发热，早晨才好一些。"

"那么你就别起来了……"慈航虽然感到她这两句话是不可靠的，不过逸仙蓬了头，红了眼皮，那种病西施的意态，很显明昨天她回家是曾经哭过的。一时他心头有些感动，遂微皱了眉，低低地说，同时他站起身子，已走到床边来了。

逸仙也觉得自己若这个样子坐着，更会感到局促不安的，所以她竟听从慈航的话，索性脱了脚上那双青绒的软底鞋子，还拉过一条绣花的丝绵被盖到自己的身上去。慈航既到床边，遂给她被儿塞塞好，就坐了下来。因为逸仙是倚在床栏旁，两人的视线这就瞧了一个正着。逸仙当然是非常难为情，虽然在四年前彼此也有比现在还要亲热的举动，不过隔别四年之后，又兼之其中有个一度误会的今天，她的粉脸儿便一圆圈一圆圈地娇红起来了。慈航见她这样不

143

胜娇羞的意态，觉得逸仙的妩媚实在也不输于兰君。他在舅父面前不肯拍马屁，他在舅母面前不肯奉承，但在这位表妹的面前，他把大衣袋内这一瓶鱼肝油终于拿了出来，放在梳妆台上，柔声说道："表妹，你的身体是这样娇弱，所以我带一瓶鱼肝油来给你。虽然这是不值几个钱，但也无非表我一些心罢了。你可不要见笑。"

逸仙对于慈航这一下子举动，那真是出乎意料之外的，不免望着他俊美的脸庞，怔怔地愣住了一会儿。在她那颗芳心之中，也不知是喜悦是伤心，是甜蜜是悲酸，她那满眶子的眼泪这就再也忍熬不住地滚下颊来了。慈航瞧此悲伤的神情，心里自然也觉得难过。他情不自禁地握住了她的纤手，温柔地抚摸了一会儿，说道："表妹，你别伤心吧。我明白，我知道……一切都是我的错了……"

逸仙不听这几句话倒也罢了，在听到这几句的话儿之后，她把这一年多来的委屈都一股脑地涌上了心头。忽然她伏在慈航的肩胛上，便索性呜呜咽咽地哭起来了。慈航想不到安慰了她，她反而哭了，这就感到她所受的委屈一定是太深了。他感到逸仙的可怜，他也不免落下泪来，真是英雄气短，不外儿女情长，遂抚着她的背脊，凄凉地道："表妹，你别哭呀。你再哭，我的心儿也被你哭碎了。"说到这里，方才推开了她的身子，拿帕儿去给她抹颊上的眼泪。

逸仙也觉得多哭是没有什么意思，便收束了泪痕，秋波脉脉地逗了他一瞥无限哀怨的目光，说道："表哥，我真不明白，你竟会把我恨到这个地步。在这一年之中，你该知道我是多么伤心啊。"说到这里，又不免伤心泪落。

"表妹，过去的事情我们别谈了，你现在还在读书吗？"慈航抚着她手，竭力地把悲哀的事情扯远开去。

"自从高中毕业，却闲在家里了。表哥，你不给我一封信，你是恨我变心了吗？可是你放心，爸爸虽然要把我嫁给之新，但是我不答应，这事情不是终枉然的吗？"逸仙却一定要说到这个头上去，以表明她始终如一的心迹。

"是的，我明白，不过你爸爱的是金钱，只可惜我没有很多的金钱罢了。"慈航对于舅爹表示愤慨，而且也表示感慨，他很扼腕似的叹了一口气。

逸仙听了这话，她眼皮又红润起来，说道："表哥，你该明白，是我嫁人，可不是爸爸嫁人。你放心吧，我除非是死了，否则……"

慈航不等她说下去，遂把她嘴儿捂住了，说道："表妹，我很感激你，但你千万别说那些死活的话。"

逸仙又微微地叹了一口气，她望着慈航的脸庞，良久又道："表哥，现在你怎么也会明白了呢？是不是姑妈向你声明的？"

"妈对我固然声明过，但我也已经知道你的心了……"慈航很低沉地说。

"表哥既然也已知道了我的心，那么昨天在火车站上也不该这样地使我难堪了。"逸仙噘了噘嘴，秋波逗给他一个娇嗔，在她的芳心中，思想起来当然还是十分怨恨。

"昨天我并没有使你什么难堪呀。"慈航却故作不理会的样子，依然低声地说。

"我把刘之新给你介绍的时候，原说是爸爸的朋友，不料你把他介绍同学的时候，偏说是我的好友，那不是明明地挖苦我吗？"逸仙见他假惺惺的样子，便哼了一声，显得很生气的模样。

慈航被她问得无话可答了，愣住了一会儿，方才说道："昨天我见你来迎接我，因为我并没有写信来通知你，所以在当时我一见了你，确实是非常感动。不过我见到了刘之新之后，我的思虑又转变了，我心里在那时候的确也很气愤你哩。"

逸仙听他这么地说，反而破涕嫣然地笑起来，说道："原来你心中吃了醋，所以故意给我难堪的吗？"说时，秋波又逗给他一个妩媚的娇嗔。这一个娇嗔在慈航的眼里瞧来，当然有说不出的好看，这就微红了脸儿，抚摸着她的纤手，也不禁憨憨地笑起来了。

逸仙这时的芳心把悲哀确实已慢慢地消失了，她暗自想道：原来表哥的使我难堪，也是因为吃醋的缘故，那么换一句话说，表哥也不是为了爱我的缘故吗？想到这里，一颗心灵又只觉得甜蜜无比，于是把雪白的牙齿微咬着那殷红的嘴唇，将另一只纤手去在他膝踝上恨恨地打了一下。两人互相望了一眼，不禁扑哧的一声，发出了一个会心的微笑。

一会儿，逸仙又低低地问道："表哥，那么你昨天到局长家里去，那个花小姐一定是招待你非常地客气了，对不对？花小姐真美丽，表哥和她一定也很要好吧？"

"表妹，你说我吃醋，那么你现在这两句话干吗也有些酸溜溜的气味呢？"慈航见她俏眼向自己一瞟，抿嘴嫣然地笑。在这一瞟和一笑之中，当然是含有些神秘的作用，于是他也向逸仙悄声儿地问。

逸仙啐了他一口，嘬了一下小嘴说道："我真不会向你吃醋。反正一个人良心放在当中，只要我不负心你，假使你要负心我，那叫我也就没法可想的了。"说到这里，却又微微地叹了一口气。

慈航这就感到表妹的痴心真是到了一百二十分的了，一时想到自己追求兰君的话，使他心头不免暗暗地感到疼痛，遂打岔着笑道："别多心了，我告诉你吧，花小姐是我同学马鹏飞的爱人哩。这回局长因我们毕业回来没有事情，所以给我们两个差使，任了局里大队长的职务。将来我和马鹏飞终要破获北平的巨盗呢。"

逸仙听了这话，惊讶地道："表哥，只怕你们不是他们的对手吧？我听之新告诉这个巨盗名叫况大郎，有神鬼莫测的本领。我家前天被盗，表哥也知道吗？"

"舅妈和阿三也告诉过，原来刘之新他也知道况大郎的本领吗？"慈航听她这么说，一面低低地告诉，一面又向她探问了一句。

逸仙点点头，一面又说道："阿三告诉王思良探长，他说对于强

146

盗进来的时候，他根本没有开过门，虽然不知阿三这话是否真的，但是我们也可以知道，这次盗案一定也是况大郎的同党了。"

慈航听了这话，沉思了一会儿，觉得倒有些研究的价值，遂道："你把阿三去喊来，让我问他几句。"

逸仙笑道："这还有什么好问呢？你吃饱饭也太空了。"

慈航道："你不知道，我现在就负了这个责任哩。"

慈航话声未落，忽听阿芸在外面叫道："小姐，刘少爷来了。"

随了这句话，只见之新已掀暖幔走进来。慈航觉得坐在表妹床边，被人家瞧见了到底太不好意思，所以站起身子，和之新含笑点了点头。之新见两人这样亲热的情景，心中自然也很不受用，但人家是表兄妹，似乎和自己又差了一层，遂也只好一面点头招呼，一面向逸仙问道："张小姐，阿芸说你有些不舒服？"

"是的，刘先生，你请坐吧。"逸仙含笑点了点头，低低地说。

之新见慈航站立着，遂把手一摆，于是两人一同在沙发坐下了，因为各人心中都怀了妒忌，所以要谈也无从谈起。幸亏这时上房里林妈来叫道："表少爷……咦，刘少爷也在吗？正巧得很，太太请你们吃点心去了呢。"

林妈是个很会做作的仆妇，她瞥眼见了之新，遂也笑嘻嘻地带叫着。

慈航遂向逸仙望了一眼，微笑道："表妹，你好些了，就一同到上房去吃点心吧。"

逸仙点头笑道："那么两位先走一步，我随后就来吧。"

慈航明白逸仙的意思，于是站起身子，和之新跟着林妈一同到上房里去了。这时逸仙的爸爸邦杰也回来在上房了。慈航见了，免不得意思向他鞠了一躬，叫声舅爸。邦杰因为在张太太口中已经知道慈航在局长部下做大队长了，所以也对待得非常客气，向他问长问短地问了一会儿，一面叫两人在百灵桌边坐下。林妈早已拿上一大盘百珍八宝饭，邦杰问道："小姐呢？"

就在这时，逸仙已姗姗进来了。张太太道："这儿没有外人，大家坐下来吃吧。"

逸仙嫣然一笑，便在母亲的身旁坐下来了。慈航抬头望了逸仙一眼，只见她已理过了妆，两颊上似乎还涂过一圆圈的胭脂，觉得非常艳丽。逸仙悄眼也注意到慈航在对她呆望，这就赧赧然报之以娇媚的浅笑，但瞧在之新的眼中，自然是十分愤恨。

吃毕点心，慈航略坐片刻，遂先告别回家。逸仙忙道："没有事就吃了晚饭再走吧。"

慈航道："也许局里尚有公务，改天再来吧。"

逸仙听他这样说，遂也不敢强留。邦杰和张太太连说明天再来，说得非常热诚。慈航一面点头答应，一面走出房来，但心中想着舅父母的情景，唯有暗暗好笑而已。

跨出小院子的时候，忽听背后有人叫道："表哥，你慢些走……"

慈航回头去望，见逸仙笑盈盈地追上来了，于是停住了步，和她手儿握住了，说道："表妹，你有什么话跟我说吗？"

"晚上说不定我到你家里来望你……"逸仙酒窝儿一掀，秋波向他逗了妩媚的目光。

"晚上吗？现在盗匪很多，还是少走为妙。你白天里不好来吗？"慈航一半固然是好意，一半他还有另一个作用，因为他想赴兰君的约会去。

"那么，我也许来，我也许不来……"逸仙却把他完全地当作了好意，遂频频地点了一下头，笑了一笑，向他身子轻轻地一推，她便回身又进上房去了。

慈航对于表妹痴心相爱，他有些感动，望着她背影消失了后，方才匆匆地向大门外走。阿三见了慈航，遂从门房间里走出来，笑道："表少爷，你回去了吗？"

慈航点点头，忽然想起盗案的一件事，遂低低问道："阿三，前天公馆里来强盗，你真的没有开过门吗？"

"是的，表少爷，我阿三在公馆里近四十年了，从来不说一句谎话的。"阿三抬上手去，抓了抓他光秃秃的头顶，低低地说。

"这真奇怪了，那么这一天晚上还有别个人来过吗？"慈航也觉得阿三多年老仆，绝不会说谎的，沉吟了半晌，又低低地问。

阿三想了一会儿，"哦"了一声，说道："有的，在盗案发生之前，刘少爷是我开门给他走进来的，后来我就躺在门房间里瞧瞧小调书解闷，不料里面竟走进十多个强盗了呢。你想，这个怪不怪？"

慈航又问道："那么你在门房间里可曾听见外面有什么响动吗？"

阿三皱了稀疏的眉毛，做个沉思的样子，说道："声音是响过了，我问是谁，没有人答应，却听狗叫的声音，我只道又是来发跟来富在吵架了，所以也没有出来瞧望……"

慈航点了点头，他便不说什么，就匆匆地出来了。一路上回家，一路暗暗地细想：照阿三所说，事情大有可疑。恐怕有盗徒预先伏在院子里，否则也是有内细作为响应的了。这事情我倒慢慢要把公馆里仆妇调查调查，也许因此可以知道盗窟的所在哩。

慈航想定了主意，遂暗记心头，匆匆到家，和母亲谈及舅父母相待之情，十分地得意。李太太听了，自然也很欢喜。到了晚上，慈航吃毕饭，遂向母亲只说局中有事，便匆匆地到花公馆来见兰君。不料兰君的丫头阿香告诉说，小姐已被马少爷约出去玩了。慈航听了，好生懊恼，暗想鹏飞这人倒比我聪敏，他竟捷足先登了。于是黯然地回身退出，闷闷不乐地在人行道上走了一程子，不觉已到了银都舞厅的门口，因为心头烦闷，遂踱了进去。谁知刚巧跨上石级，忽然里面匆匆地走出一个身披灰背大衣的姑娘，满脸显出生气的样子。慈航定睛细瞧，原来正是兰君，就抢步上前，"哟"了一声叫起来了。

第五回

车中呼救黑夜听枪声

斜阳已渐渐地偏西了，四周已笼上一层暗淡的薄暮，院子里那棵高大的银杏树下，放着一块木牌的架子，木牌上有一大圆圈的红色圈子，在红圈子里又有一个小圆圈黑色的圈子，这圈子是只有像瓶口般的大小。离木牌子约五十步远的一丛花枝前，站着一个年轻的姑娘，她手里拿了一柄手枪，闭了一只眼睛，正在学习打靶。这时站在木牌子旁有一个十六七岁的小姑娘，她在砰的一声响之后，很快地回眸去瞧那木牌子上的黑圈，便笑道："小姐，很不错，齐巧在黑圈子的中心。"

原来这两个女子便是兰君和阿香主婢。因为没有事情干，所以玩一会儿解闷。当时兰君听了，心里很是欢喜，遂继续又放两枪。这次因大意的缘故，所以只中在黑圈子的旁边。就在这个时候，忽然见外面匆匆走进一个少年，笑嚷着道："好眼光，好眼光，真不愧是个女英雄哩。"

兰君听了这话，回眸去望，不是别人，却是鹏飞来了。遂向他含笑连连地招手，叫道："鹏飞，你倒来试两枪。"

鹏飞听了，遂走到兰君的身旁，接过她的手枪，他可不用闭了一只眼睛，只见他把手儿一扬，耳听得砰砰砰三声响亮，忽听阿香在那边拍手笑道："好啊，马少爷真可不得了，三枪俱中黑中心哩。"

兰君望着他俊美的脸儿，忍不住得意地微笑。鹏飞道："那也不足为奇，你瞧我反背来试两枪。"

150

他说着话，把身子背过去，略偏了脸，扬手又是三枪，三枪依然俱中黑心。

兰君笑道："你有此绝技，何患况大郎不捉获呢？"

两人说笑着，又玩了一会儿，方才携手到里面室中坐下。阿香倒上咖啡茶，兰君悄眼瞟了他一下，微笑道："你倒知道我话中的意思吗？你就来了？"

"我如何还不知道你的心呢？兰君，慈航没有来过吗？我以为他已经先到了。"鹏飞听她这样说，放下手中的咖啡杯子，望着她粉脸儿，俏皮地说。

兰君抿嘴一笑，说道："也许他一会儿也来了。鹏飞，我想况大郎既然有此本领，当然也不是等闲之辈，所以你千万要随时小心才好呢。"

"那是当然的事，我想此人的眼线众多，不然他何以就知道我和慈航的名字了？"鹏飞想起早晨银箭留字条的事情，他自不免也有些心惊。

两人谈了一会儿，天已入夜，阿香也来开了灯，问："小姐可以把饭端上来了吗？"

兰君听了，暗想：慈航这人真也奇怪，我想他绝不至于会这样笨的，难道他会听不懂我话中的意思吗？遂含矉沉吟了一会儿，故意问道："老爷没有回来吗？"

"老爷从局里早有电话来了，说今晚有朋友请客，饭不会回来吃了。太太是在上房里已经吃过一些了，她说小姐和马少爷一块儿吃吧。"阿香听了，遂絮絮地告诉着。

"那么你就去开上饭来吧。"兰君不好意思一定要等慈航一同来吃饭，所以只好点了点头。

阿香于是匆匆地退下去了。兰君待阿香走后，回眸又望了鹏飞一眼，说道："我想慈航今晚是不会来了。"

鹏飞听她这样说，遂也点头说道："是的，昨天他不是对他表妹

151

说今天去瞭望她吗？那么慈航一定是被他表妹留住了。"

兰君起初还没有想到这一层，如今被他一提，芳心里这才有个恍然大悟了，暗想：不错，慈航一定到表妹家里去了。其实慈航也太狠心，表妹的人才又不丑陋，而且这么倾心相爱他，昨天他竟如此冷待她，假使我做表妹，也真要气得发抖了呢。

兰君正在想时，阿香已把饭开上来，今夜吃的却是中菜。饭毕，鹏飞向她低低地道："兰君，我们到外面去玩一会儿好吗？"

兰君含笑点头，说道："那么你坐一会儿，我到上房去回声妈妈。"说着，嫣然一笑，她便姗姗地步入上房里去了。

鹏飞站起身子，披上了大衣，在室中踱了一会儿，暗自想道：慈航这人也太可恶，既然有了这么一个美丽表妹，还偏要和我夺爱。今天晚上倒是一个好机会，我一定要向兰君好好地表白一番，希望她能答应我，那么彼此岂不是一双两好吗？

想了一会儿，只见兰君披了灰背大衣匆匆地走出来了。鹏飞见她脚下已换了一双银色的高跟，他明白兰君的意思，心里这一快乐，不禁把心花儿也乐得朵朵地开起来了。

"爸爸的汽车没有没回来，我们就这么地踱出去吧。"兰君秋波逗了他一瞥倾人的媚眼，低声笑着说。

鹏飞点了点头，两人走出院子去了。在人行道上，兰君又向他轻声问道："鹏飞，我们到哪儿去玩呢？"

鹏飞甜蜜蜜地笑道："我已经知道你心中喜欢到哪儿去玩了。"

兰君瞟了他一眼，咪地笑道："那么你知道我爱上哪儿玩？"

鹏飞伸手指了指她脚下的银色高跟皮鞋，笑道："我瞧你换上这么一双美丽的皮鞋，我就知道你今晚一定要上跳舞场去玩一回了，是不是？"

兰君听他真个说到自己的心眼儿里去，这就伸手打了他一下肩胛，忍不住抿嘴咪咪地笑起来了。两人挽手步进北平最富丽堂皇的银都舞厅，只见里面灯红酒绿，充满了脂粉的香气。暖谷生春，使人早已忘记外面的严寒了。

鹏飞和兰君在一个座桌旁坐下，侍者把他们的大衣拿去，又来问喝什么。兰君道："两杯柠檬茶好了。"

侍者说声是，便退下去了。鹏飞在袋内取出一只白金的烟盒子，抽出两支白锡包烟卷，递到兰君的手里去，笑道："抽支玩玩怎样？"

兰君接在手里，微微一笑，说道："现在我们已脱离学校生活了，偶然吸支玩玩，没有关系。尤其像你现在担任了重要的职务，那烟卷当然是更省不了的。"

"可不是？我以为吸烟较之喝酒要好得多。喝酒容易误事，吸烟还能助人思绪的。"鹏飞听她这样说，含笑点了点头，拿出打火机来，先给她燃着了火。

兰君凑过头去，吸了一口烟，笑道："那也不能一概而论的，假使是你抽大烟的话，这个还会有用了吗？"

"那当然是例外的……"鹏飞笑了，兰君也忍不住笑起来。

这时候音乐台上那班黑人音乐队把爵士乐曲奏得疯狂了一般地兴奋和热闹，使每个青年男女的心弦在微微地震动。鹏飞眼瞧着舞池里对对舞侣相倚相偎在狂欢的情景，他的脚尖也有些痒得熬不住了。放下烟卷，在喝下一口中柠檬茶之后，他站起身子，向兰君弯了弯腰，笑道："我们去舞一次好吗？"

兰君嫣然一笑，遂盈盈站起，放下烟卷，和他携手到舞池里去了。在南京读书的时候，他们虽然同窗了四年，却并没有上舞场来玩过一次，那么今日兰君和鹏飞跳舞，实在可说是破题儿第一遭。鹏飞手儿按着她的腰肢的感觉正是软绵得可爱，同时胸部的感觉在柔软之中更觉得挺结实的，可知兰君真是个十足的姑娘。因为两人脸部是距离得非常近，鹏飞的鼻子里时时闻到一阵细细的幽香，这幽香绝不是法国上等香水所可以比拟的。他明白这是兰君特有的一种处女香，他心里是不住地荡漾，他的神魂忍不住有些飘飞起来了。舞罢归座的时候，两人相互地望了一眼，忍不住都报报然地笑起

153

来了。

鹏飞拿着烟吸了一口，说道：“兰君，我没有见过你跳舞，不料你有这么好的舞艺，不知是打从什么时候才学会的呀？”

兰君却把烟卷丢入烟缸里去，用玻璃杯浇了一些茶汁，笑道：“从前在女子中学读书的时候，和一班同学是常常去跳着玩的。”

“是男同学吗？”鹏飞含笑着问。

“女子中学里有男同学吗？”兰君逗给他一个妩媚的白眼，接着又笑道，“那么你是怎么学会的？”

“我也是从前和同学一同跳会的。”鹏飞毫不假思索地回答。

“是女同学吗？”兰君抿嘴哧哧地笑。

“男子中学里哪来的女同学呢？”鹏飞没有顾虑到这许多，他认为这是一个报复，便也笑着回答她。

不料这可上了兰君的当，噘着小嘴儿，啐了他一口，笑道：“女子和女子跳舞，这是舞厅里随时可以瞧到的，男子和男子跳舞，恐怕我从来也没有见到过吧。”

鹏飞被她这么一提，方才也猛可地理会过来了，这就红晕了脸，弄得无话可答，忍不住哑声笑起来了，说道：“你听错了，我是说和同学们一同到舞场里和舞娘跳跳学会的呀。”

兰君哼了一声，撇了撇嘴，笑道：“那么早可以直接地说是舞场里学会的好了，何必还要绕上这么一个圈子说话呢？”

“那是我因为怕你说我荒唐呀。”鹏飞望着她的粉脸儿，微微地笑。

“我管你这些事？况且一个年轻的人谁免得了这些娱乐呢？”兰君因为自己也是跳舞的一分子，所以她是特别肯原谅他人的。

“不过，我却希望你能管束我，而且我也希望你会爱管束我……”鹏飞很诚恳地说，在他这两句话中当然是含有了深刻的情意。兰君芳心怦怦地跳动着，她的粉脸儿一圆圈一圆圈地娇红起来，秋波逗了他一瞥羞涩的目光，却是并不作答。

鹏飞知道她有些动了心，遂凑过头去，望着她芙蓉出水般的娇靥，柔声地又道："兰君，慈航和我的爱你，都是一样真挚热诚，谁也没虚伪的情意。所以我知道你是非常左右为难，始终不肯表示到底爱谁。这些我们当然非常地感激你，因为你对我们两人都抱了伟大的希望，所以不情愿在我们任何一个受到失恋的打击而消沉了志气。你是多么多情，你是多么博爱。不过在今日我得向你说一句话，这并非是我出卖朋友，也并非是我离间你们的爱情，同时更并非夺慈航的爱人。慈航有一个表妹，这在南京的时候我们从信中已经瞧到过，知道他们四年前实在是非常相爱。到了北平，我们在车站也瞧到她的人，觉得他的表妹也是一个国色天香的姑娘，而且她爱慈航的程度也可见一斑的了。那么照事实上说起来，慈航实在不应该再来爱上你，因为一个男子是不能娶两个妻子的。他即使得了你为妻，这样使两个青年男女会坠入失恋悲哀的途径，这在良心和道德上说，他都有不是之处。假使他放弃你去爱上表妹，那么你当然也肯答应我的爱了。这样一双两好，岂非人间的美事吗？不过我认为这个责任是负在你的身上，假使你肯稍为待他冷淡一些，他一定会移爱到表妹身上去了。不过你应该明白，你的冷淡他，其实倒并不是为不爱他，正因为爱他的缘故，可以促成他和表妹这一头美满的姻缘，同时对于你自己的终身问题也有了个解决的日子。不然，大家这样地延迟下去，岂不是成个尴尬的局面了吗？兰君你仔细地想一想，为我们终身，为我们前途，不是应该有个这样的办法吗？"

　　兰君听他说了这么一大篇的话，觉得这话也未始不是没有道理的。因为我爱慈航，但我也爱鹏飞。不过一个男子固然不能娶两个妻子，一个女子当然更不能嫁两个丈夫的。我若嫁了慈航，鹏飞对我是失了恋，而逸仙对慈航亦失了恋。成功了自己的姻缘，使两个年轻男女坠入了失恋的苦海，这在我良心上能够安吗？倘若我劝慈航去爱表妹，同时我也答应鹏飞的爱，这真是两全其美的快事，我又何乐而不为呢？想到这里，不禁频频地点了一下头。因为大家既然已经赤裸裸地说明了，那自然也用不到羞涩两个字了。

正欲向他说自己准定劝慈航去爱上他表妹的时候，不料忽然走来一个艳妆的妇人，她一手搭住在鹏飞的肩胛，一手环住鹏飞的脖子，低下头儿，把小嘴在他颊上就亲热地吻了一下，笑叫道："我的好弟弟，你哪一日回北平的？怎么也不写个信也通知我呀？"

鹏飞慌忙回头去望，这就窘得两颊发红，几乎木然地愕住了。你道这人是谁？原来就是南京遇见的那个交际花白秋苹。秋苹和鹏飞自从发生过爱情之后，便欲一心一意地想嫁给他，但鹏飞如何要娶一个交际花做妻子呢？所以始终不肯答应，说过去的事情虽然我很对你不住，但仔细说来，到底是你自己的不该。秋苹也明白他是不肯娶自己的，遂要求他继续两人的爱情，就是不做夫妇，做对恋人也甘心的。鹏飞抵不住她的热情的诱引，所以也时常给予她安慰。后来有个北平的富商在交际场中结识了秋苹，便欲把她娶了回去。秋苹因感身世飘零无踪，也不是个久计，虽然嫌他年老，但也只好委委屈屈地跟他上北平来。临走和鹏飞作别，愿结为姐弟，随时通信。鹏飞见她终身有靠，倒代她暗暗欢喜了一阵，就此安慰她几句，各自分手作别。不料鹏飞今日回北平和兰君上舞厅游玩，齐巧又遇见了她。

鹏飞因为秋苹这举动是太热情一些了，这被旁边的兰君瞧见了，岂非要大闹醋海风波了吗？所以他窘得不知如何是好，倒是怔怔地愕住了一会儿。意欲和她翻脸责备几句，又怕秋苹嚷出秘密来，所以只好站起身子，给兰君两人介绍了一回。

秋苹倒是挺大方的，立刻伸过手去，和兰君握住了一会儿，笑道："花小姐，我这人很放浪，请你不要见笑。"

"白小姐，别客气，请坐吧。"兰君也是个非常重情面的人，她听秋苹这样说，遂含笑摆了摆手，请她坐下的意思。一面却暗暗打量秋苹的装束，真是非常肉感动人。再瞧鹏飞的颊上，却深深地印了一个唇印，他仿佛呆若木鸡似的，大有不知如何是好的样子，一

156

时又好气又好笑。兰君不免想道：这女子一定是个浪漫的交际花。她和鹏飞在过去一定有暧昧的事情，所以才会这样不顾羞涩地向他亲嘴。我以为鹏飞终是个洁身自好的青年，谁知他也是个这样荒唐无赖的人。想到这里，自然非常地生气。其实吃醋也是人之天性，兰君亲眼目睹地瞧此肉麻的情景，她心头如何不要酸溜溜地感到难受呢？所以她站起身子，向鹏飞、秋苹说道："两位坐一会儿，我一会儿就来。"

鹏飞自然明白兰君是因为生气的缘故，意欲拉住她，但却已来不及，又想追着上去，一时也要顾全秋苹的面子，反正她说一会儿就来的，于是也只得随她去了。不料兰君到了衣帽间取了大衣，匆匆地便走出到舞厅外去了。这真是再凑巧也没有的事了，在奔出舞厅门口的时候，竟会和慈航遇见了。

当时两人见了面，都不胜地惊喜。慈航立刻握住了她的纤手，含笑问道："兰君，你怎么一个人在舞厅里玩儿？鹏飞呢？干什么一脸的不高兴，鹏飞委屈你了吗？"

"咦，你怎么知道我和鹏飞在一块儿玩儿呀？"兰君听他这样问，且不先回答他，瞟了他一眼，向他低低地反问。

"我已到过你的家，是阿香告诉我的。"慈航在暗暗窥测她愤怒的神色，心中想着不知究竟是为了什么缘故。

"你刚去吗？为什么不早些来我家吃饭？你大概是在表妹家里吃晚饭吧？"兰君因了鹏飞的无赖，使她一颗芳心对于慈航又引起了无限的爱意。

"早晨你不是跟我们说晚上再见吗？所以我在家里吃过晚饭后来的。表妹家里下午去过一次，但四点后就回家了。"慈航听她这样问，遂微红了两颊，向她从实地告诉。

兰君暗想：我早就知道慈航是不会这样呆笨的，不过他依从我晚上来，究竟比鹏飞忠实得多。遂笑道："我们到另一个舞厅去玩儿吧。"

"为什么啦？兰君，你也得告诉我呀，鹏飞的人呢？"慈航心里很奇怪，望着她此刻有笑容的娇靥，低声地追问。

"管他在哪儿，我想不到他这人有这么无赖。"兰君噘着小嘴儿，哼了一声，恨恨地说着，一面拉了慈航的手，一面便向人行道上走了。

慈航见她这样痛恨的神情，遂很惊异地问道："兰君，你应该明白地告诉我，他……他……他难道对你有侮辱的行为吗？"

"虽然没有侮辱的行为，不过这种无耻的举动就是给你瞧见了，恐怕你心中也会生气哩。"兰君说到这里，眼前又浮现了鹏飞被秋苹抱住了的一个亲吻，她真感到有些难受，兀是鼓着小嘴儿，连声地冷笑。

慈航见她不肯明白地告诉，这就急了起来，说道："兰君，你怎么啦？既然他没有侮辱你，那么他又如何地有无耻的行为呢？别闷人吧，好歹不是该向告诉一个详细吗？"

兰君原是气糊涂了，今听他这样问，方才把秋苹和鹏飞相见时的情形告诉。慈航这才有个恍然大悟，遂噗地一笑，说道："这样说来，是秋苹的不好，岂是鹏飞的无赖呢？我想这位姓白的准是个舞女吧。"

"不管她是什么样人，我想鹏飞和她在过去终有不正当的行为，那么她才会向鹏飞显得如此亲热呢。你怎么反替他辩护呢？"兰君听了，却向慈航如嗔如恨地白了一眼。

慈航倒笑了起来，说道："我也并非给他辩护，因为以鹏飞铁一样的性情而论，我倒相信他绝不会干这一种事的。"

"你知道什么？英雄就逃不了美人关呢！"兰君俏眼瞟了他一下，但既说了出来，她又感到十分难为情，红晕了娇靥，羞得垂下了粉脸儿，却没有勇气再向慈航瞧了，心里可就想道：慈航到底比鹏飞忠实得多，可爱得多……

不料就在这个当儿，忽然见一辆汽车迎面疾驰而来，汽车里有人大喊道："表哥，你快来救我啊……"

　　慈航猛可听了这个喊声，因为时在黑夜，那声音是格外清楚，连忙抬头望去，见那汽车早已飞驶而过了，这就说道："兰君，那可是我表妹的喊声呀，恐怕是盗匪把她绑了去吧！我们快追上去瞧个仔细。"说着话，瞥眼见前面有家汽车行，遂拉了兰君向前奔了过去，取出局里的执照和汽车行里说明原委，遂和兰君跳上车，拨动机件，遂也向前追踪疾驶了。

　　"慈航，此去便是西门，想来汽车是出城的了。我们一直开去就是。"在车厢里，兰君向他低低地陈说意思。

　　"是的，我想这次绑案和况大郎必有连带关系的了。"慈航点了点头，他的两眼只管向车窗外炯炯地注视。汽车开出了城，是一条高低不平的沙泥路，那是一直通西山的。慈航是开足了速力，好像一匹没有缰的野马一样，快得仿佛是一阵风过。

　　"慈航，你瞧前面不是也有一辆汽车了吗？"兰君低了头，明眸也望着车窗外出神，忽然在那两盏白热车灯的光芒下，发现了前面距离五六丈远处，也有一辆汽车疾驶着，她这就情不自禁低低地说道。慈航已没有回答她话的工夫了，他两手转着车盘，唔唔地应了两声，依然拼命地追驶着。不料就在这个当儿，忽然乒乓的两声响亮，慈航那辆汽车的车灯竟打得粉碎了。因为灯泡打碎，那灯光也就熄灭了。在冷不防之间，慈航和兰君都吃了一惊。

　　兰君道："此人射击技能不坏，想来车中定是况大郎无疑的了。"

　　慈航这时右手在袋中出摸出手枪，因为车灯已灭，前面也就黑漆一片，所以只好向下毫无目的地开了数枪。在他当然是希望打破前面那辆汽车胎的意思。兰君道："我们却没有想到先开枪，现在车灯已熄，诸多不便，恐怕遭他们毒手，且回去再作道理吧。"

　　"若就此放弃，那不是太可惜了吗？我想再追一阵如何？"慈航心里想着表妹，他有些不忍，所以不听兰君劝告，依然追踪疾驶，一面扬着手枪，连连开放。前面那辆汽车见后面枪声不绝，遂也拔枪还击。一时枪声大作，不绝于耳。约莫十分钟之间，慈航那辆汽车因为驾驶得过分快速，兼之泥路崎岖，灯光已灭，慈航又只一手把握车盘，一不小心，只听沙沙的一阵响声，车轮向斜而驶，竟直撞到田野间去了。

第六回

满目凄凉弱女陷盗窟

张逸仙送慈航走后，她便回身进上房，只见刘之新和爸爸正闲谈着慈航已任了大队长的职务，此后对于巨盗况大郎恐怕倒有获得的希望了。刘之新笑道："这样就好，北平城里不是可以太平得多了吗？"

张邦杰点了点头，见女儿笑盈盈地走进来，遂随口问道："慈航走了吗？"

逸仙应了一声，说道："他走了，他说局里为了盗案的事情实在很忙哩。"

之新听了，遂也含笑问道："张小姐，那么他们预备用什么方法去破获盗窟呢？"

逸仙沉吟了一会儿，摇了摇头，说道："这个倒不晓得。我想这是秘密的事情，他也不肯向人家轻易地告诉吧。"

之新道："这话倒也说得是。"于是便和邦杰又谈了一会儿，也就站起身子，说有事告别了。

邦杰忙道："刘少爷，你又没有什么事情，为什么也不吃了晚饭走？"

逸仙低了头，却故作不理会的神气，并不劝留他。之新心中这就愈加气恨，遂决计不吃饭地走了，说道："因为六点钟朋友还约我在金光饭店有事商量，所以改天来吃饭吧。"

"刘先生既有约会，我们也就不和你客气了。"逸仙听了这话，遂站起身来微笑着说。之新却没有回答，拿过桌子上的呢帽，已向房门外走了。

逸仙见他这神情，显然有些生气的成分，这就暗想：我也犯不着和你结怨，倒不是乐得和你客气些好吗？这样想着，她便跟着走出来，笑道："刘先生，你约的朋友可是男的还是女的呀？"

逸仙这话是故意去引逗他玩儿，之新已经是跨出院子的月洞门了，听逸仙在后面这样说，便回过头来望了她一眼，笑道："我哪儿来什么女朋友呢？"

逸仙这时已走到他身旁，两人一同向大厅外走，遂瞟了他一眼，笑道："女朋友没有，想来是情人的约会了。"

之新听了，却微微地叹了一口气，很哀怨地说道："张小姐，你不要挖苦我好吗？谁是我的情人呢？你又不肯给我做情人。"

"我给你做情人？只怕没有这个资格吧？"逸仙俏眼斜乜了他一眼，微微地笑。

"给我做情人当然没有资格，给你表哥做情人就有这个资格了。"之新口中虽然这个样子说，心里却感到有些愤恨。

"不，也没有这个资格的，你这人倒挺喜欢吃醋的……"逸仙摇了摇头，抿嘴嫣然地一笑，秋波逗给他一个妩媚的娇嗔。

之新听她这样说，一颗心倒不免荡漾了一下，遂在一株法国梧桐树下站住了，握了她的手，说道："逸仙，我并不是爱吃醋，实在是因为太爱你的缘故呀。请你答应我，你允许我的爱你吧。"

"刘先生，这个问题实在还太早，我昨天不是也和你说过了吗？你要我答应，一时叫我无从答应，所以这个请你原谅。反正我眼前又不嫁人，你急什么呢？"逸仙听他又向自己求爱了，这就红了脸，向他厚着面皮，老实不客气地向他婉言谢绝了。

"你也不用向我说那些推托之词，我明白你是爱上这个表哥罢

162

了。但是你要明白，我是真心地爱你，因为我除了你一个人外，绝没有再爱第二个女子。不像你的表哥，他还有一个花小姐哩。譬如像昨天的情景，你不是也会气得哭起来吗？所以你还得再三思维一下，究竟是我待你好，还是表哥待你好。"之新见她兀是不肯答应，遂忍住了气愤，又向她柔声地陈说着。

逸仙暗想：你知道什么？表哥所以冷待我，就是为了旁边有着你这个人啊。但她口里还是很温柔地说道："我当然很明白表哥的行为，我如何不恨他？但是现在我的年纪究竟还轻，婚姻问题实在太早。刘先生，我眼前总不会跟人家结婚，这你尽管可以放心的。"

"也好，只要你有这一句话，我就不再向你说别的话了。那么此刻你有空跟我出去玩玩吗？"之新点了点头，又向她低低地央求着。

逸仙把手腕撩上来，瞧了瞧那只金表，说道："此刻已经五点半了，你六点钟不是还有约会吗？这半个钟点又到哪儿去玩儿好？"

之新笑了笑，向她低低地说道："我哪儿有什么约会？也无非和你一样地推托着罢了。因为我知道你口里虽然这么说，心里一定是爱你表哥的，所以我感到万分的失望。"

"既然你没有约会，就在这儿吃了饭去吧。我此刻有些头痛，实在不想出去玩儿。明天下午准定伴你去玩儿好吗？至于我心里到底爱谁，你也不是我肚子里蛔虫，你如何能猜得出？所以你也不用心灰，且过了今年，我瞧你们的诚心吧。"逸仙见他因为实在也很痴心，所以一寸芳心倒也有些感动，遂握紧他的手，摇撼了一阵，很温柔地安慰他。

"那么你今天真不预备出去了吗？我当然也不能勉强你，身子不舒服还是早些休息吧。逸仙，我们再见。"之新一面说着话，一面已向外走了。

逸仙还恐怕他心里不快乐，遂叫道："刘先生，那么你明天下午准定来好了。"之新回头一招手，他已在树梢蓬中消失了。

逸仙瞧不见之新的身影，愕住了一会儿，不知怎的，忽然轻轻地叹了一口气，这才慢步地回到自己卧房里去了。坐在床边，望着梳妆台上放着的那瓶鱼肝油，心里由不得欢喜起来，暗想：表哥究竟是个多情的人，他今天送这瓶鱼肝油给我，并不是算真的给我补身子，因为鱼肝油这种东西也没有多大的效验，所以我明白表哥无非是表示爱我身子的意思罢了。虽然之新待我原也不错，不过我和表哥的爱情并非在一朝一日之间，差不多悠久的近十多年的光景了，我如何能忘情他？我如何可以再爱他人？

　　"小姐，那瓶鱼肝油是表少爷送你的吗？"阿芸走进房来，见逸仙望着那瓶鱼肝油出神，遂向她含笑低低地问。

　　逸仙回头瞟了她一眼，红晕了娇靥，点了点头，却没有作答。

　　"可不是，昨晚小姐回来伤心得这一份样儿，我不是早跟你说，表少爷不是负心汉吗？现在他送补品给你，可见他是多么地疼爱你哩。"阿芸一面低声地说着，一面抿着嘴儿哧哧地笑。逸仙没有回答什么，啐了她一口，却逗给她一个娇嗔，抿嘴也笑起来了。

　　晚上吃过饭，逸仙对镜梳洗了一回，她拿了浓铅笔画着眉毛，又拿唇膏，撮着小嘴儿，轻轻地涂抹着。阿芸瞧此情景，忍不住笑道："小姐，你还预备到什么地方去吗？"

　　逸仙因为不好意思说到慈航家里去，便回头瞟她一眼，说道："闷得很，去瞧一场电影。"

　　阿芸听了，忽然撇了撇小嘴儿，瞅了她一眼，笑道："小姐，你何必瞒我？是不是和表少爷已经约好了一同到舞场里去游玩吗？"

　　"你这妮子，别信着嘴儿胡说了。就是约好了去玩舞场，那也用不着要瞒你呀，你快把大衣取来吧。"

　　逸仙在梳了一会儿云发之后，她便回头望着她哧哧地笑。阿芸于是拉开三门玻璃大橱，取出那件灰背大衣，提了领子，给逸仙披上，说道："要不叫阿贵备车吗？"

逸仙点头说好，阿芸便走出去吩咐了。逸仙一切舒齐，对镜又照了一回，觉得自己那个脸蛋经过这么一化妆之后，实在是艳丽得好看。于是想到表哥见到了自己，一定会增加他爱我的心吧。从逸仙心中的思忖而说，可见女为悦己者容之句真是不错的了。一会儿，她又想表哥是曾经叫我夜里不要去的，因为盗匪众多，十分不便，不过白天里他上局里去办公，见面的机会到底太少了，我此刻去，可以推说瞧望姑妈身子的，那不是很有个意思吗？

　　"小姐，阿贵汽车已经备好了。"逸仙只管暗暗地思忖，却听外面阿芸在高声地喊了，于是答应了一声，一扭身子，向房外匆匆地走了。

　　在大厅前跳上汽车，阿贵拨动机件，直开出公馆的大门。约开了二十五码路远，便回头向逸仙问道："小姐，我还没问你要到什么地方去呢。"

　　逸仙正要回答，突然在前面也驶来了一辆汽车，竟在逸仙汽车前停了下来。张公馆的附近都是住宅区，所以一到晚上，除了几盏街灯之外，两旁黑漆漆的都是矮围墙。逸仙瞧此情形，芳心先是一怔，意欲叫阿贵快快避过开走，但那时候前面这辆汽车内早已跳下四个西服男子，有的头戴鸭舌帽子，有的头戴呢帽，因为帽子戴得低，所以连一些面目都瞧不清楚。他们各执手枪，喝令停车，同时伸手拉开车门，把手枪对准逸仙，低低地叱道："还不快快跳下车来！"

　　逸仙见了这一柄黑漆漆的手枪，身子早已吓得软了半截，一时还会动一动吗？因此坐在车厢里连半句话都说不出来了。为首的一个年已四十左右，戴了一副黑眼镜，人中上留着短短的一撮胡须。他见逸仙不声不响地躲着不出来，遂略俯身子，把逸仙的手儿拉住，就这么一把地拖了出来，只听后面三个喝道："他妈的，敢强一强，做掉她……识相些，快跟我们走路！"

逸仙这时半个魂灵差不多已不在身上了，哪里还敢违拗一些，因此随了他这么一拉，身子不由自主地早已跌出车厢外来了。这时众盗遂把逸仙半推半抱地拉上他们的汽车，为首的把手枪向阿贵扬了扬，喝道："你敢喊一声，他妈的要你的脑袋！"

　　阿贵眼睁着众盗绑着小姐跳上汽车，扬长远去，他兀是愕住了一会儿，然后这才如梦初醒地把汽车开回公馆里去报告了。

　　这里众盗拨动机件，向前疾驰而驶。逸仙见两盗坐在开车处，两盗坐在自己身子两旁，各执手枪，对准了自己的胸口。她明白这是他们叫自己不许声张的意思，于是一声不响地只管呆呆地坐着，心中暗暗地想着：这真是不幸到了极点的事，表哥原叫我不要夜里出来，谁知竟果然会遇到了绑匪，那可怎么办好呢？想到这里，自不免焦急了一会儿。不料汽车开到银都舞厅相近的时候，逸仙的明眸突然睁见了人行道上走着一男一女，女的不知是谁，男的却正是自己表哥李慈航。她心里这一喜欢，这就忘其所以地不禁大喊起来。旁边那个留短须的盗徒听逸仙突然大喊"表哥救命"，一时倒弄得莫名其妙，忽然他理会过来了，知道逸仙一定在马路上发觉人了，遂立刻伸手把她嘴捂住，一面向前面开车的同党说道："向西一直开，愈快愈好！"出城之后，约莫一刻钟，那个留短须的盗徒发觉后面有汽车紧紧追随，知事不好，一面叫同党速开，一面拔出手枪，对准后面那两盏车灯就砰砰的两响。只见后面的车灯早已熄灭，他笑了一笑，这才放下一桩心事般地笑道："后面的灯坏了，不妨事了。他妈的，来一个杀一个。"

　　逸仙这时被另一个盗徒抱住着，她心中暗暗地想道：这后面追上来的汽车到底是谁呀？莫非就是我的表哥吗？想到这里，心里真是喜欢得了不得。不料就在这时，忽见那留短须的盗徒竟拔枪向后连连开放，同时又听他这么说，一时把满心的喜欢早又变成忧愁起来，暗想：表哥，你千万别追了，还是快些回去了吧。你一个人怎么是他们的对手呢？万一你被他们毒害了的话，这不是好像我杀了你一样的吗？想到这里，她急得几乎要哭起来了。谁知在这时候，又听枪声大作，不绝于耳。一时逸仙吓得心胆俱碎，真不知是生是死，她差不多已吓得木然无知地僵住了。

这样子在经过十分钟之后，方才听得后面枪声没有了，这儿也不放枪了。那留短须的盗徒却冷笑道："后面的汽车一定掉到河浜里去了，自讨苦吃，真也是活该。"

逸仙听了这话，心里的疼痛又好像刀割，暗想：若真的掉到河浜里去，那我表哥不是完了吗？唉，那我真不应该向他叫喊了。虽然侥幸地没有生命危险，但至少也要受伤的。这样冷僻的地方，呼天不应，叫地不理，又有谁去救他呢？唉，表哥呀，我太害苦你了，万一你遭了不幸的话，那我一定不愿独生的。逸仙肚子里这么地想着，她眼泪早已像雨点一般地滚下来了。

又过了一刻钟后，汽车方才停了下来，那个盗徒这才放了逸仙的身子，向她冷笑道："小妮子，现在你就只管大声地喊吧。"

逸仙知道已经到了盗窟，因为横竖放在头上，所以她倒也并不害怕了，默默地跟他们跳下汽车。只见四郊黑魆魆地可怕，在黑暗之中，有几间平屋，门口似乎还等着几个人，手里拿着电筒，照射过来，说道："来了吗？"

这里有人答应一声，便把逸仙押着向平屋的门口走。逸仙跨进屋子，见里面亮着一盏暗弱的油灯，在油灯光芒下，瞧到四壁都挂着许多的枪械，心中不免暗想：这强盗莫非就是况大郎的部下了？这时那个留短须戴黑眼镜的盗徒拉了逸仙的手，一直走进里面一间屋子，这里面也亮了一盏油灯，只见东角旁尚有一个铁栅子，他把逸仙关进铁栅里，正欲上锁，逸仙便鼓足勇气问道："喂，你们把我关到这里来干什么呀？"

那盗徒听了，冷笑了一声，却拉开铁栅子门，又走了进去，不问三七二十一，伸手就在逸仙两颊上啪啪地打了两下，骂道："你这不要脸的女子，你可知道我况大郎的厉害？"

逸仙被打，吓得倒退两步，捧了两颊，可怜她已淌下泪来，哀声地道："哦，你原来就是况大郎吗？我和你无怨无仇，你何苦要加害我呀？"

"谁要加害你？我可要你的钱呀！你放心，我和你开玩笑的，不要害怕，你静静地在这儿住两天，一定送你回家是了。"况大郎说着，又向她狞笑了一笑，这回他又把身子退出，锁上铁栅子的门，他便走到外面一间去了。

逸仙待他走后，她便向四下望了一望，见地上铺着许多的稻草，靠西有块石板，暗想这地方真仿佛是监狱里一样。唉，我逸仙想不到也会尝到这样的痛苦滋味了。她叹了一口气后，便懒懒地坐到石板上，再瞧铁栅子外的四壁都破陋不堪，外面夜风呼呼从破洞内吹进来，油灯的光芒一闪一闪，只觉阴风惨惨，十分悲凉。逸仙这时心头的伤心真有无限的沉痛，她捧着脸儿，忍不住呜呜咽咽地哭了起来。时候已经子夜两点多了，外面都静得一丝声息都没有了，但逸仙如何睡得着呢？虽然她身上是穿着灰背大衣，可是她还瑟瑟地发着抖。她一会儿想后面追的汽车不知到底是否是表哥，掉下河浜去后不知有没有被人救上来。一会儿又想况大郎把我绑来的目的不知是什么，假使是为了金钱，我也许还有活命的希望，否则，岂不是要被他们活活地磨难死了吗？唉，我自落娘胎以来，也没有被人打骂过一次，不料今日却被他打了两个耳光。一会儿又想我的性命也在他们手中了，打两个耳光还有什么稀奇呢？于是她又伤心地默默地淌了一回泪。这样胡思乱想地直到东方微微地发白，她才神疲力倦地靠在壁上呼呼地熟睡去了。

也不知道经过了多少时候，忽然一阵轧轧的飞机声，夹着一阵隆隆的炮声，把她从睡梦中惊醒过来。她揉了揉眼皮，只见室中已经很明亮了。壁上破洞外透露一圈一圈的银光，显然外面的阳光还是很猛的。逸仙凝神细听，仿佛在炮声之中尚有啪啪啪的机关枪声不绝于耳，一时粉脸显出惊异的神色，暗自想道：这是怎么的一回事呀？忽然她有个感觉，立刻自言自语地说道："哦，表哥和他同学不是在局里任了大队长的职务吗？那一定他们乘了飞机来侦察盗窟了。"自语到此，她心里转忧为喜，不禁破涕为笑。

谁知就在这时，忽然听得有人在嚷道："他妈的，现在可好了，我们的炮打中了飞机的尾巴，这叫他们这两个王八可活不了呢。"

逸仙一听这话，粉脸陡然变色，芳心一阵剧痛，忍不住惨声地极叫起来了。

第七回

铁鸟侦察匪警恶斗争

在银都舞厅里的鹏飞被秋苹这么抱住了吻去了一个脸之后，他见兰君便悄悄地走了，当然很明白她是为了吃醋生气的意思，心里真有说不出的怨恨。意欲向秋苹责备几句，但自己和秋苹到底是发生过肉体关系的人，她所以这样对待我，也无非和我表示亲热的意思，我若责备了她，这固然使她要十分伤心，不过在我良心上似乎也有些说不过去。

秋苹是不知道他心中在暗恨自己，所以她在兰君走后，便笑盈盈地站起，拉了他的手儿，说道："弟弟，好多日子没和你跳舞了，快，我们去舞一次吧。"

鹏飞被她这么一拉，一时竟没有勇气向她拒绝，只好跟她一同到舞池里去了。在跳舞的时候，秋苹还噘着小嘴儿，秋波恨恨地白了他一眼，向他娇嗔着道："弟弟，你真狠心呀，就这么连一封信都不写给我？要知道我自从和弟弟分别后，我是多么地记挂你啊。"

"我怎么狠心？你不是有了个归宿之地了吗？所以我心里很安慰，也就不来信了。况且我的事情也非常忙，实在抽不出空呀。"鹏飞见她薄怒娇嗔的神情，因为别久的缘故，所以也更会感到美丽一些，仿佛她的全身都具有诱惑性的魔力。

秋苹向他呸了一声，说道："罢了，忙什么呢？无非天天陪爱人玩舞场，上戏馆子罢了。你以为我得了归宿地了吗？唉，我和这老头儿早又脱离了。"说到这里，她把那条玉臂忽然将鹏飞脖子搂紧，偎在他的怀里，把粉颊儿也贴到他的脸上去了。她还很伤心的样子，连连地叹气，因了叹气的缘故，所以胸部是一起一伏地颤动着。鹏飞感到这秋苹近来又胖了，他真有些情不自主起来了。

"秋苹，你别伤心呀。你怎么好好的又会和他脱离了呢？他虐待你吗？"鹏飞抚着她一丝不挂的背脊，因为秋苹是穿了西服，他全身都感到肉的引诱，所以他也慢慢地爱怜秋苹起来了。

秋苹这才又离开了鹏飞的胸怀，向他逗了一瞥哀怨的目光，她的颊上真有几颗晶莹莹的眼泪，说道："他家里已有了两个妻子、三个姨太太了，叫我也做他的姨太太，这倒不要说了，而且还不许我出外游玩的。你想，这不是变成死犯了吗？黄金虽多，我又如何能受得了呢？所以我是和他决裂了。我想来想去，只有弟弟最可爱，不知你肯给我一些安慰吗？"说到这里，她又把紧紧地抱住了，伸手去抹着他脸上的唇印，同时她不顾一切地把小嘴去吻他的嘴唇。

鹏飞被她的热情所融化了，他真不知该如何对付她才好，幸而这时音乐已停，于是两人只好匆匆回座了。秋苹见他并没有回答自己刚才这一句话，遂继续问他道："弟弟，你为什么不回答我？你今天夜里一定要跟我回家去的呀。"

"那怎么可以？我现在是已经有了公务的人了，回头还要上局子里去哩。"鹏飞有些胆怯，他用冷酷的理智来克服这热烈的情欲，摇了摇头，很坚决地拒绝着。

秋苹自然非常地怨恨，但她又急急地问道："你现在回北平后到底担任了什么工作了呀？怎么晚上还要去办公吗？"

鹏飞听了，遂附耳向她低低地诉说了一阵。秋苹叹了一口气，恨恨地道："你现在高升了，所以你就瞧不起我了。你真是个没良心的人。"

"并不是瞧不起你，今天晚上实在没有空，过两天不是可以来瞧你吗？"鹏飞说着话，他的眼睛向后面望，心头可在暗想：这许多时候，兰君为什么还不回来呀？他有些暗暗地焦急。

"那么你过两天一定要来，我的家是六国饭店六楼六百五十四号房间。假使你不来，我可要找到局子里来吵闹的。"秋苹一面向他告诉，一面又向他恐吓着。

"你放心，我一定来的。为什么把家住在饭店里，生活不太贵族了吗?"鹏飞嘴里虽然这么地回答，但他的两眼还是向四周很注意地望。

"这次我和老甲鱼决裂，和他闹到法庭里，法官罚他给我十万元钱的赡养费……"秋苹想到世界上独多这些色眯眯屈死的老甲鱼，她不禁扑哧一声笑起来。

"那就够你花两年了……"鹏飞说着话，他已站起来，又向她说道，"你坐一会儿，我去去立刻就来。"秋苹待拉住他，可是他已奔到舞厅外去了。

鹏飞在舞厅门外张望了一会儿，暗想：莫非兰君就此回去了吗?他急得连搓了两搓手，忽然他有了一个主意，立刻到衣服间一问，方知那件灰背大衣也取去了。他想不得了，兰君真的走了。她走到什么地方去了呢?她难道就生气得这个模样了吗?想到这里，也急忙拿了大衣，披在身上，意欲匆匆也走，忽又想到茶资还没付去，再说照情理上也该去回秋苹一声，于是他又急急奔入舞厅，向秋苹很慌张地道："秋苹，不得了，局子里发生了事情，我得先走一步了。"说着，又喊仆欧付账。

秋苹听他这样说，倒信以是真的了，遂把他身子推了两推，也很急促地催促："既然有了公务，你快去呀。傻孩子，还付什么账?难道我就不会给你付的吗?"

鹏飞听了，向她说了两声谢谢，便一溜烟似的奔出舞厅去了。在奔出舞厅大门的时候，他自己也忍不住好笑起来了，但笑过了之后，他又愁眉不展地叹了一口气，自言自语地道："兰君，兰君，你这个人的醋劲儿怎么也如此厉害呀?你此刻到什么地方去了呢?"

说到这里，暗想：莫非回家了吗?于是他又想再追到花公馆，不过仔细一想，万一没在家里，这给阿香问起来，叫我拿什么话去回答好呢？这样一想，他又不预备到花公馆去了。因为心头烦闷，所以怏怏地回家来了。谁知一到家里，叔父告诉他局子里真又发生事情了，于是他立刻又回身走出，匆匆到警察局里去了。

那时候局里只有探长王思良在着，鹏飞急问他是怎么一回事。王思良道："这件案子又是张公馆附近发生的，而且绑的人正是张公馆里的小姐张逸仙。据车夫阿贵呈报，盗匪共有四人，都穿西服，为首一人头戴呢帽，鼻架黑晶镜，人中上还留着短须。我想此人必是况大郎化装无疑的了。"

鹏飞水中捞月了这话，不禁"哟"了一声，说道："张逸仙小姐……她……她……不是李慈航的表妹吗？"说到这里，又向王探长问道，"那么这件案子局长可知道了没有？"

"我已经打电话到局长府上去过了，说局长宴会还没有回来，大概回来后总可以知道的了。"王思良向他很快地告诉着。

"那么阿贵可曾瞧清汽车的号码，并向哪一方开去的？"鹏飞沉思了一会儿，又低低地问他。

思良道："当时我亦向阿贵问过，阿贵说因时在黑夜，所以没有注意到这个。至于盗匪的汽车，是向西而开的。"

鹏飞点了点头道："我此刻到局长家里去一次，有什么消息打电话来给我好了。"

思良答应，鹏飞遂匆匆别去。鹏飞为了公事，所以硬着头皮，又只好到花公馆去了。到了花公馆，走进会客室，只见慈航躺在沙发上，兰君在旁边用红药水给他涂抹额角上的伤痕，一时心里这一奇怪，不禁"哟"了一声叫起来了，忙说道："这是怎么的一回事呀？慈航，你表妹被绑匪架去了，可知道了没有？"

兰君回眸见了鹏飞，便恨恨地白了他一眼，冷笑道："待你知道，恐怕你的外甥儿子都要长到八岁了呢！"

鹏飞明白兰君讽刺自己的原因，至少还是为了秋苹的事情，遂不理会她，依然惊讶地问道："那么你们难道也已经知道了吗？慈航的伤又是怎么回事呢？"

兰君只管用纱布和橡皮膏给慈航敷伤处，并不回答他。慈航笑了一笑，方才向他告诉道："你在银都舞厅里碰见了谁？怎么这样地肉麻，害得兰君酸溜溜地吃起醋来了呢。"

兰君听了，"嗯"了一声，恨恨地打了慈航一下，笑嗔道："胡嚼些什么！快起来吧，我已经给你敷好伤处了。"

鹏飞听了，也不禁红了脸，很不好意思地道："是一个歌女。在南京的时候，我曾帮助她一次事，所以她很感激。因为年龄比我大，所以时常呼我为弟弟。这人脾气就非常热情，其实我们原没有一些儿意思呀。"

兰君回身把红药水纱布放到台上去，向他撇了撇嘴，冷笑一声，说道："没有意思就香面孔，有意思该怎么样呢？"

鹏飞两颊热辣辣的，竟被她问住了。慈航听了这话，倒是咯咯地好笑起来，遂站起身子，伸手摸摸额角的伤处，向鹏飞道："我在银都舞厅经过，齐巧遇见兰君恨恨地走出，我问她什么事，她就说你和姓白的香面孔……"说到这里，又忍不住笑了，接着又道，"不料这时忽有一辆汽车驶来，车中大呼表哥救命……"

"那么这大概就是你表妹的呼救声了。后来怎么样了呢？"鹏飞不等他说完，就先这么地问了他一句。慈航于是把追赶的经过的情形，向他告诉了一遍，并且又道："不料一不小心，我们汽车就斜开到麦田里去了，险些把兰君的脸撞向车窗上去。我因为急忙用手去挡住，因此反把自己的额角撞破了。幸亏这时有几个乡人经过，才设法把汽车开到岸上。那么你如何又知道这一回事了呢？"

鹏飞听了，这才恍然大悟，原来两人和匪徒已发生一次战斗了。于是把自己的经过也告诉一遍。在他告诉的话中，当然带着向兰君解释并求恕的成分。兰君却故意和慈航显得特别亲热，鹏飞见了，不免有些气愤，但慈航却十分得意。

这时兰君的爸爸也回来了，他见慈航额上包纱布，惊问怎么了，慈航于是又诉说一遍，不过把兰君、鹏飞吃醋的事情自然不曾提起。

花紫英听了，很愤慨地说道："况大郎如此作恶多端，那可怎么办呢？"

"我想明天准定和鹏飞坐飞机去侦察，因为刚才虽然没有把他们追获，但至少已可以明白他们的盗窟是在城西的郊外了。"慈航向紫英很沉重地陈说着。

"很好，那么我决定向军间去呈请，把他飞机借用一下。"紫英在室中来回地踱着步，他连连地吸着烟卷，听慈航这样说，便点了点头，表示很赞成的神气。这晚他们商议的结果是这样决定了，于是鹏飞和慈航也就匆匆地回家去了。

第二天清早，慈航匆匆地起身，先到张公馆里去安慰。张公馆里昨晚是闹了一夜，张太太还没有睡过，邦杰也在室中团团地打转，连连地叹气。慈航一脚跨进上房，只见刘之新比自己还要早地也在着了。张太太见到了慈航之后，便叫了一声，又呜呜咽咽地哭起来了。邦杰忙向慈航问道："慈航，你表妹昨晚被匪徒绑去了，你知道吗？哟，你……你……这额角怎么受伤的呀？"

慈航笑了一笑，说道："表妹昨晚被绑，我如何不知道？而且我还亲眼瞧见的呢。"

邦杰夫妇听他这么说，不约而同地叫道："什么？你亲眼瞧见的吗？你为什么不救她一救呢？唉，这孩子被他们绑到什么地方去了？不是叫人太痛心了吗？"

"还不是为了想救表妹，所以才把额角都撞伤了吗？"慈航摇了摇头，却微微地叹了一口气。

刘之新在旁边听到这里，遂也插嘴问道："李先生，这到底是怎么一回事，你快告诉我们知道啊！"

慈航于是把昨晚的事情又向众人告诉了一遍。张太太听了，便走上来拉了慈航的手，说道："好孩子，你真热心极了，我实在非常

175

地感激你。假使你能把表妹救出的话，我一定配给你做妻子，而且把家中的财产也给你承继。慈航，你不是该努力地救她吗？"说着，不免眼泪鼻涕地又落下来了。

慈航听舅妈这样说，一时倒很不好意思，微红了脸，忙说道："舅妈你快不要这样说吧，匪徒横行不法，我们为地方上除害，这是我们应尽的责任。当然我们是要竭力地破此绑案的，况且盗案不止一处，况大郎这样可恶，岂能给他久留人世？我们局长已呈请军部，借用飞机一架，我和鹏飞一同于今天就得到城西郊外去侦察。"

刘之新一听这些话，便猛可站起身子来，忽然也道："这是好极了。我想回头也带些人，一同去窥探匪窟，说不定我也可以把张小姐救出来呢。"

邦杰就连连摇手，说道："刘先生，你怎么可以轻易地去冒险呢？那你如何是他们的对手？这个你千万去不得。"

慈航听之新这么说，心中早明白他是想夺表妹做妻子的意思，这就忍不住暗暗地好笑。只见之新又说道："那怕什么？我不是也有自备手枪吗？"

慈航见他为了一个女子要去冒这个危险，意欲劝他几句，但仔细一想，我好意劝他，他必定恶意猜我的，那我又何必去遭他抢白？假使他被匪徒杀死，也不是自寻死路吗？这样想着，遂不言语。因为时已不早，所以他便先匆匆地告别，回局里来了。

慈航到了局里，见鹏飞也在，紫英道："军部已把飞机驶到飞机场，顺便还借给我们一架轻机关枪。那么你们此刻可以动身出发了。"

鹏飞答应一声，遂又拣了两柄来福枪，正欲动身出发，忽见兰君也匆匆地到了，说要一同前去。紫英劝阻她道："你不要去了，人多了，不是反累赘吗？"

鹏飞、慈航也劝她不要去，兰君一定不依，于是只好答应了她。三人一同到飞机场，只见飞机上已装好一架机关枪。鹏飞道："我驾驶，你们坐在后面吧。"

慈航点头说好，三人一同跳上飞机，机场里的人把机身推了几步，那飞机就向前慢慢地升到上空去了。约莫一刻钟后，飞机早已驶到城西郊外的上空中了。慈航用望远镜照了下去，只见一块一块的全是麦田，忽然瞧到有一处布满了树林，树丛中隐现数间屋顶，这就向鹏飞道："你把飞机降低一些，看来这儿可疑得很了。"

鹏飞点头，遂把飞机降低一百公尺。不料正在这时，忽然听得一阵炮声，接连不断地响了起来。鹏飞笑道："想不到他们早有防备了。我们快开机关枪。"

说时，他把飞机降得更低，一面在四周团团地打圈子。慈航这时在望远镜里也早已瞧到下面树林内有许多匪徒埋伏着，于是他把机关枪一阵子紧摇，只听啪啪的一阵狂响，弹丸好像如飞一般地放射出去。兰君拿了来福枪，也一排一排地放射下去。鹏飞一面也开着来福枪，一面把飞机还降低下去。兰君见了，忙道："别降低了，炮声很密，怕防危险……"

不料话声未完，突有一颗炮弹击中在飞机的尾端上，鹏飞见机身左右摇了一下，知事不好，连忙又向上高升。兰君忽然叫道："不好了，后面冒烟了。"

鹏飞听了，遂把飞机向南加紧飞驶，逃出炮位的圈内，向慈航、兰君两人说道："你们快带降落伞下去，我把飞机慢慢地降下去吧。"

慈、兰两人听了，也觉不错，遂各带降落伞，开了机门，跳下去了。鹏飞于是很快地把飞机逐步地下降，待到了草地之上，他便安然跳下，幸而没有燃及汽缸，于是急将浓烟扑灭，向四周望了望，只见倒是个很幽静的境地，一时暗想：他们两人不知降到什么地方去了。

不料正在这时，忽然听有人叫道："鹏飞，鹏飞，你快来放我下树吧。"

鹏飞听是慈航的声音，遂急向四周瞧了瞧，却不见他的人影。

这就向前奔了几步，高声喊道："慈航，你在哪儿呀？"

"你向西瞧吧，我不是在树上吗？"慈航很急促地说着。鹏飞听了，急抬头向西望去，果然见慈航落在一株大树的丫枝上，好像荡秋千似的坐着，一时忍不住咯咯大笑起来。慈航急道："别笑了，别笑了，快放我下来是正经呀。"

鹏飞因为他愈着急也就愈加要刁难他，遂在草地上坐下，在袋内取出一支烟卷，燃着了火，很安闲地吸起烟来了，望着树上的慈航笑道："我问你，你昨天为什么在兰君面前说我的丑话？"

"天晓得的事情，我只有给你辩护呢。"慈航笑嘻嘻地回答。

"谁相信你的话？你是好人？"鹏飞低了头吸烟。

"你当真不放我下来，我就开枪了……"慈航脸上显出愤怒的样子。说时迟那时快，谁知他真的在腰间拔出手枪，对准鹏飞砰的一声开射出去。鹏飞冷不防听此枪声之后，他心里这一吃惊，不免急得真跳起来了，抬头怒责他道："慈航，你竟真欲伤我的性命吗？"

慈航听了，却忍不住又大笑起来，把手向后一指说道："鹏飞，你别发怒，瞧瞧身后这是什么东西。"

鹏飞听了，慌忙回头去望，显在眼帘下的竟赫然一条毒蛇倒卧在草地上，鲜血汩汩而出。鹏飞这才恍然大悟，一时深感其情，遂急将慈航救下树来，握了他的手，紧紧地握了一阵，说道："慈航，我亲爱的好兄弟，我真太感激你了。"

"别这么说，我们快去找兰君吧，兰君降在什么地方呀？"慈航笑着回答，他显出毫不介意的样子，这句话把鹏飞提醒了，两遂分头大喊兰君。只听兰君在老远地答应道："我在飞机这儿，你们在哪儿？快到这里来吧。"

慈航、鹏飞两人听了这话，遂循声而往，果然见兰君在草地上正收拾着降落伞。三人见面，俱各大喜。兰君道："现在我们既知道盗窟的所在，明天就可以派警察前去包围盗窟了。此刻我们快快地回去了。"

慈航、鹏飞听了，点头称是，于是三人依然跳上飞机，开回机场里去了。

三人回到警察局里，时已在下午三时了。紫英见了三人，急问侦察所得的情景如何，慈航、鹏飞遂告诉了一遍，并说盗势浩大，明天得多带警察前去破获。紫英点头称是，一面叫三人快快到附近光明咖啡室去用了午饭再说，于是三人告别走出。

兰君笑道："那么我们就到光明咖啡室去好好饱餐一顿吧，肚子饿到现在真也叫苦连天的了。"慈航、鹏飞含笑赞成，遂大家走到光明咖啡室坐下，吩咐拿上三客精美西餐并一瓶美国洋酒。大家一面谈笑一面欢饮，不知不觉天已入暮。

这时忽有一个警士匆匆前来向慈航报告道："刚才张公馆有电话到局里来找大队长，说他们小姐已经脱险，请大队长快快去一次。"

慈航听了这个报告，心中不胜惊异，遂说道："这就奇怪了，她如何有本领逃回？你们坐一会儿，我先走一步，去瞧个仔细。"

"好的，那么你快去吧。"鹏飞向他低低地催促着。慈航和两人一点头，他便急急地坐车到张公馆去了。

到了张公馆，果然见逸仙已在家里了。她见慈航到来，便握住了他的手儿，很感激地叫道："表哥，晚上后面那辆汽车果然是你吗？我也早料到的，那时我心里忧愁得真要哭起来。今天我在盗窟听机声轧轧、炮声隆隆，也知道是你和那个同学来侦察了。不料又听盗徒们在外面说你们飞机中了弹，唉，那时我心中疼痛好比刀割。谁知道这时却见之新悄悄地走进来救我，说乘他们正在应战之时偷进来的，于是我们就在草丛中里爬逃出来的呢。之新的胆子真也大极了，他竟会冒此危险来救我，真使人也感激哩。"

慈航听她这样说，一面很替她庆幸，一面问道："之新现在这个人呢？"

逸仙道："他因救我，脚也中了枪伤，所以刚才他已回去到医院里诊治了。"

邦杰和张太太也连连称赞之新勇敢，真是一个有胆量的青年，将来的前途可远大哩。慈航听了，心里十分不快，遂匆匆地告别，说道："表妹既已脱险，当然令人欢喜。不过现在千万小心才是。我局中尚有事情，改天再来吧。"说着，匆匆走出房来。

逸仙知道表哥一定十分生气，所以一路送了出来，在大厅前把慈航拉住了，说道："表哥，你怎么啦？心中恨我吗？"

"不，我没有恨你。早晨舅妈对我说，假使你能救出表妹，便配我为妻，那时之新也在，所以他竟奋不顾身地前来相救表妹，可见他实在也是爱你到了极点。此刻我见舅父母的态度，当然很有把你嫁他的意思。我想他既救你性命，表妹自然也理应报答他的，所以你还是别执拗吧。"慈航望着她粉脸儿，低低地说。

逸仙因为刚才爸妈对自己也曾经说过这一句话，现在听了慈航的话，心中真有无限的难受，不禁淌下泪来，说道："不，爸妈虽有这个意思，但表哥昨夜追踪前来，不也是舍命相救吗？所以救出救不出是一个问题，情义总是一样的。所以表哥你别这么说，叫我听了难受。况且他所以能够偷进来相救，还不是全仗你们在上空和盗徒激战吗？表哥，你难道不知道我的心事吗？"说到这里，伏在慈航肩上，不禁泪如雨下。

慈航至此，觉得表妹爱我之情真是无可再比拟的了，遂抱着她身子，也只好安慰了一番，叫她不要伤心，我总明白你的心的。说着，温存了一回，也就分手作别回去了。

这时外面天已昏黑，忽然狂风大作，飞沙走石，令人睁眼不得。慈航出了张公馆的大门，抬头见天空中竟飘飞鹅毛般的大雪了，一时暗暗叫道："天竟落雪了，明天去破盗窟，不是又多一种麻烦了吗？"不料话还没有说完，突然嗒的一声，有一样东西从远处抛到自己的面前来，低头一瞧，见脚跟旁有个纸团，俯身拾起，透到纸儿，见里面有块石子。慈航把石子丢了，展平纸儿，见上面写道：

慈航小子，上次劝你不要与我作对，你敢忠言逆耳？今日二次劝告，若再不醒悟，你的性命早晚不保。你若不信，快去瞧你同伴，已被我所杀矣。

　　　　　　　　况大郎白

　　慈航瞧了这张字条，心中大惊失色，遂急坐上街车，到警察局来问讯。只见紫英连声叹息，大骂况大郎可杀。慈航听了，更加惊慌，急忙把字纸交与紫英瞧。紫英道："并没有被杀，只不过兰君被劫，鹏飞受伤。幸而被白秋苹瞧见，业已送入克伦医院去了。你想，那可怎么办？那可怎么办？"
　　慈航听了忙道："那么我此刻上医院去先瞧瞧鹏飞吧。"说着，遂回身奔出警察局的厦门，便在雪缝中消失了。

第八回

阴谋多端击晕十字街

　　鹏飞和兰君在咖啡室中见慈航走后，两人便议论道："她表妹会逃回来？这不是太奇怪了吗？不知她是怎么样地逃回来的，难道这班匪徒被我们机关枪都打死了吗？"

　　鹏飞笑了一笑，说道："可不是？我也很是奇怪。等会儿慈航回来，他当然知道详细的情形了。"说到这里，把酒瓶拿过去，笑道，"兰君，你再喝一杯吗？"

　　"我已经喝得不少了，再喝怕醉了。时候也不早，我们也该回家去了。妈回头又要记挂我。"兰君微蹙了翠眉，摇了摇头，低低地说。

　　"再喝一杯，我们准定回去了。这美国洋酒和葡萄酒差不多，不会醉人的。"鹏飞拿了酒瓶，含了笑容，却向她柔声地劝说。兰君不忍拂他情意，遂把酒杯又递了过去，但嘴里却说道："不要太满，半杯也差不多了。你瞧我脸儿绯红，头脑也有些涨了呢。"

　　鹏飞点了点头，遂在她杯是倒了半杯，望着她玫瑰花样的娇靥，觉得真有说不出的妩媚可爱，遂轻声地说道："兰君，昨天的事情请你千万不要误会。我和白秋苹实在是没有什么意思的呀。"

　　兰君听他提起昨夜这件事情，遂又鼓着小腮子，恨恨地白了他一眼，说道："你不提起，我倒也忘记了，被你一提，我心里就觉得生气哩。既然没有什么意思，她会跟你显出这样肉麻的举动来吗？

我倒一向认为你是个忠实的青年，谁知你也这么地无赖呢！"

　　鹏飞被她这么地一责骂，他的良心果然受到了正义的谴责，使他感到有些隐隐地作痛，他全身一阵子热燥，两颊便绯红起来。幸亏此刻正是在喝酒的时候，所以鹏飞的脸红总以为是醉了，于是他又赔笑说道："说句天地良心的话，白秋苹确实热烈地要爱上我，不过我如何肯接受一个已嫁女子的爱呢？兰君，请你相信我，我对你的情，此生是至死都不变的。但愿慈航的表妹真已平安脱险回家了，那么我们不是可以实现理想中的美梦了吗？"

　　兰君听了，芳心也是一动，笑道："你要我爱你也可以，但是你得从实地告诉我，你和秋苹到底可曾……"说到这里，秋波逗给他一个神秘的媚眼，红晕了娇靥，也不禁赧赧然地微笑起来了。

　　鹏飞暗想这话如何可以向她告诉呢，遂摇了摇头，显出很正经的神气说道："兰君，你想，我是不是这种糊涂的人？你放心，我实在并没有和她发生过爱情呢。"

　　"可是我总觉得不相信。舞厅里有多多少少的男子，她为什么不和别个男子去吻脸，难道偏来吻你的脸吗？"兰君撇了撇嘴，兀是逗给他一个妩媚的娇嗔。

　　"那我不曾对你说，她确实想热烈地爱上我吗？"鹏飞见她娇嗔的意态，实在感到美丽，望着她忍不住微微地笑。

　　"难道说像你这么一个有情有义的青年会没有接受过她的爱吗？你赖得愈清爽，我就愈不相信。你只管实说，我并不怨你的。"兰君乌圆眸珠一转，掀着酒窝很温和地说。她一定要向鹏飞问出一个真情来。

　　鹏飞支吾了一会儿，忽然他伸手把兰君握住了，很羞惭地道："兰君，我告诉了你，但你要原谅我。这并不是我的罪恶，实在是秋苹自己太浪漫了。我在她热情的手腕下，我已没有了挣扎的勇气，因此我在昏迷之中确实干过一件有伤道德的事情。不过我是深深地后悔着，我觉得我那颗纯洁的心灵已沾了一点污迹了。我为了这件事，我曾经淌过眼泪，所以昨天我就很早地离开了她，因为她的热情太厉害了，同时她对我的痴情也太可怜了。我在她柔媚而又可怜的手腕下，我感到不忍。我是曾经被她驯服过的……唉，兰君，你恨我吗？你同情我吗？我想古来圣贤人也有错处，我虽然是做错了一件事，不过我到底还可以自新啊！"说到这里，他忍不住淌下一滴英雄泪来。

兰君暗想：果然不出我之所料，英雄难过美人关，这句话真是不错。不过鹏飞的荒唐确实是被动的，照昨晚那情形而猜想，我也早知道是秋苹去爱上他的。今见鹏飞也淌起泪来，一时芳心愈加不忍，遂向他正经地道："知过能改，这还不失是个有勇气的青年。虽然我明白一个人有一个人的环境，在你和秋苹的环境里，说起来自然也不免有情，但你们这个情到底是次一等的了……"

"兰君，你这话不错。知过能改，那还不失是个好人。从今以后，我将努力我的事业，绝不使你芳心里有所感到失望的。但是你的芳心中，不知是否也肯原谅我的罪恶呢？"鹏飞见她并没有怒责自己，而且在这两句话中至少还带有些劝慰的意思。他明白兰君是已谅解自己的遭遇了，同情自己的罪恶了，他心里感激得忍不住又淌下眼泪来。

"鹏飞，别淌泪，淌泪是弱者的表示。你觉悟了，你改过了，我心里感到快乐。我们一同喝完了这半杯酒，我们回家去吧。"兰君听他这样说，芳心感到一阵安慰，遂笑盈盈地举起杯子，向他提了一提。

鹏飞这才破涕为笑，把杯子向她碰了一碰，两人凑过嘴旁，一饮而干了。

鹏飞和兰君携手出了光明咖啡室的大门，见天空已经灰暗，寒风呼呼，已在飘着片片的雪花了。两人在冷静的街道旁走了十余步路。兰君道："我有些头重脚轻,还是坐街车回去吧。你怎么样?"

鹏飞方欲回答,忽然他觉得头上有一件什么东西猛击了一下,顿时头晕目眩,不能自持,遂向后扑地而倒。兰君急忙去瞧,谁料身后已站了三个大汉,手握枪对准了兰君,喝道:"别动!"

兰君心中一惊,那两脚更软了起来,几乎也跌倒在地。但她究竟竭力镇静了态度,把两手举起,明眸望了望躺在地下的鹏飞,她心中真有说不出的难受。就在这个当儿,前面驶来一辆汽车,在他们面前停下,一个大汉拉开车厢,两个把枪头在兰君的背上一指,低喝了一声"上车",兰君事到如此,还敢倔强吗?遂只好跳上汽车。三个匪徒关上车厢,只听呼呼的一声响,汽车就向前直开去了。

汽车开去之后,忽然在远处树后走出一个女子来,大喊强盗。经她这么一喊,十字街口的警察便握枪奔来了,急急地问道:"强盗在哪儿?强盗在哪儿?"

"强盗已绑了一个女子去了,你瞧那边人行道旁不是倒卧着一个男子吗?"那女子向警察慌张地告诉着,她和警察已一同奔过去了。

警察走到鹏飞的身旁,蹲下身子,把鹏飞扳过肩胛一瞧,这就"啊哟"了一声,说道:"这可是我们马大队长呀!那么这被绑的女子准是我们局长的女少爷了!"

"什么?这是马大队长吗?"旁边的女子听了这话,也惊异地俯下身子去。忽然她瞧了鹏飞的脸,这就顾不得地把他的身子抱住了,说道:"你快打电话到医院去,叫他们立刻把救护车驶来吧。"

那个警察一听,遂起身匆匆地去了。原来那女子就是白秋苹。秋苹此刻抱着鹏飞的身子,心里真是万分忧煎。她伸手去摸他的额角,忽然从鹏飞的头顶上淌下许多血水。秋苹以为鹏飞已被强盗枪杀了,芳心一阵悲痛,叫声鹏飞,她忍不住哭起来了。

不多一会我,救护车已到,警察见秋苹哭泣,心中奇怪,遂问她和马大队长认识吗。秋苹谎说:"是亲戚。我伴他上医院去,你快

185

去报告局长吧。"

警察一面命院役把鹏飞抬上救护车，一面问了秋苹的姓名，遂匆匆自去。

这儿秋苹伴送鹏飞到克伦医院，先抬到诊治室，经医师视察之下，方知他头部的血水并非被枪弹所伤，原是被枪柄所击碎头皮，以致流血。这是一些皮伤，原不要紧。秋苹听了这话，这才落了一块大石。不过要敷伤药，非得把头发剃去不可，因此留着一头菲律宾式美发的鹏飞，霎时之间竟变成一个光头和尚了。

鹏飞经过他们这一阵子剃发之后，他倒悠悠地醒转来了。既醒转了来，他就觉得非常疼痛，连声呻吟道："好痛啊！好痛啊！"

医师嘱他别动，遂给他涂上了止痛药水，然后用纱布包扎舒齐，问秋苹道："住院还是回家里去休养？这伤是没有关系的。"

秋苹道："住院好了，你把他送到特等病房去吧。"

鹏飞起初还道是兰君，今听话声不对，遂向秋苹望了一眼，这就"咦"了一声，叫道："秋苹，你怎知道我受伤的？兰君到什么地方去了呢？"

秋苹不知他问的兰君是谁，不过照自己的猜测，准是那个被绑的女子了，遂向他说道："我们到了病房，好好地告诉你吧。"

于是秋苹随院役把鹏飞抬到特等病房，把鹏飞放在病床上，然后都匆匆地走了。这时病房内已亮了一盏淡蓝色的灯泡，秋苹坐到床边的凳子上，望着他笑道："我的好弟弟，你真把我急死了。你被强盗打倒，你自己可知道吗？"

"啊哟，原来我是被强盗击倒吗？那么我的兰君呢？她……她难道是被强盗劫去了吗？"鹏飞骤然听此消息，他大吃了一惊，便从床上直坐起来了。

"你别忙呀，现在既已劫去，你急又有什么用呢？总得慢慢设法把她救出来才是呀。"秋苹见他这么着急的神情，可知他和那女子爱情的深厚了。虽然心中有些醋意，但她还是把他身子扶下来，向他柔声地劝慰着。

"唉，这强盗这样可恶，我誓必杀之……"鹏飞因为头部有些疼痛，所以也只好躺了下来，却深深地叹了一口气。接着又问道："秋苹，那么你如何地知道我被击倒在地呢？"

秋苹遂把刚才经过的情形，向鹏飞细细地诉说了一遍。鹏飞听了，自然非常地感激，握了她的纤手，抚摸了一会儿，说道："秋苹，我真感谢你。那么现在局长大概也知道了吧？"

"是的，已经去报告过了。弟弟，你和我干吗还要说这样感激的话呢？可怜我刚才见你头上淌下来的血水，我还以为你是被盗匪杀了，唉，我真的会痛心得哭起来……及至医生告诉说是被枪柄击伤的，我的心中才算放下一块大石呢。"秋苹紧锁柳眉，告诉到这里，她显出很伤心的样子，但说到末了的时候，秋波一转，她又妩媚地笑起来了。

鹏飞听她这么说，心头实在是非常感动。他觉得秋苹的爱我，至少也是出于至性流露，并非完全是贪肉欲上的爱，所以把她的纤手握得紧紧的，点了点头，望着她微微地笑。

秋苹这时忽又想起了兰君这人，遂悄声问道："鹏飞，兰君是个怎么样的女子呀？是不是你的爱人哪？"

鹏飞笑了一笑道："昨天晚上你们在银都舞厅不是已经碰见过了吗？她是局长的女儿呀。"

秋苹这才"哦"了一声，笑道："原来就是这位花小姐，真是个多美丽的人儿啊。鹏飞，我的弟弟，这就怨不得你要不爱我这个姐姐了。"

"秋苹，你错了。我和花小姐在南京航空学校里就同学了四年。我们的交谊实在与普通不同的，我也并不是不爱你，我实在很爱你，只不过为了良心问题，所以我不敢以爱之一字作为占你身子的烟幕。

我很惭愧，我很羞耻，确实，秋苹，我是太对你不住了。"鹏飞说到后面，情感是很浓厚的。他望着秋苹媚人的粉脸，他的话声有些颤抖的成分。

秋苹听了他这两句话，她心中有些悲酸，眼皮儿一红，粉颊上竟展现了数颗晶莹的泪水。她哽咽着道："弟弟，你别这说样话，我觉得太伤心了。过去的一切，这不是你的罪恶，这乃是我的罪恶。我觉得很对不住你，因为我是侮辱了你。不过，弟弟，我在别人那儿的爱情全是假的，只有见到你之后，我是真正地爱上了你。假使你要我的心，我也肯挖出来给你。我并没有对你有一点虚伪的情意。不过我太低贱，我太渺小了，我是不足以你的爱恋吧。"秋苹说到这里，她已失声哭泣起来。

鹏飞是个情感浓厚的人，他听了秋苹这几句感人的话，他也伤心了。他觉得秋苹也没有罪恶，她是可怜的，她是可爱的，真如兰君所说，一个人有一个人的环境，在我和秋苹的环境里，秋苹是太使我感动了。于是他忍熬多时的眼泪也落下来了。

正在这个时候，忽然听得一阵皮鞋声响进来，两人于是慌忙收束眼泪，回眸望去。鹏飞一见，先叫着道："慈航，你到局里去过了吗？"

慈航听鹏飞会向自己叫喊，知道他的伤势一定很轻，这才放下了心，遂也说道："鹏飞，你伤得怎么样？想不到况大郎竟有这样的神通，使人感到棘手。你瞧这是张什么纸条。"他说着话，遂把刚才路上拾起的纸条拿给鹏飞瞧。

鹏飞接过瞧了一遍，不免吓得打了一个寒噤，急问道："你在何时何地拿到这张纸条的？"

慈航遂把走出张公馆后的情形向他告诉，并且说道："我一到局中去问，不料局长说兰君被劫，而你果然被打伤了呢。这到底怎么一回事，你也说给我听吧。"

鹏飞于是又告诉一遍，并且给秋苹和他介绍了。慈航这才知道那女子就是白秋苹，遂和她点了点头，含笑叫声白小姐。秋苹瞟他一眼，也叫了一声李先生。慈航望着鹏飞又低低地问道："那么你这个伤大概没有什么要紧吧？"

　　"是一些皮伤，睡过夜就好了。"鹏飞点了点头，毫不介意地说道。

　　"不过既然受了伤，你就该多休养几天。"慈航说到这里，回眸又向秋苹望了一眼，说道，"鹏飞睡在医院里，一切的饮食当然是需要白小姐尽些义务照料了。"

　　秋苹听了，嫣然地一笑，说道："那是当然的事，李先生尽管放心吧。"

　　慈航又向鹏飞道："你的伤很轻微，我就放心了许多。那么你就安心地静养着，我此刻回家去了。"说时，又向秋苹叫声白小姐再见，便向房门口走了。

　　"慈航，你慢些走，我还有话要问你呢。"鹏飞见他要走了，遂又急急地喊住他。

　　"鹏飞，你还有什么话要跟我说啊？"慈航已走到门口了，他又回过身子来，低低地问。

　　"局长可曾吩咐过明天什么时候动身出发啊？"

　　慈航很正经地说："还没有对我说过，即使明天出发，你也不能去呀。"

　　鹏飞摇了摇头，回答道："我如何可以不一同去？这一些轻微的伤算得了什么？说起来你额角上不是也受了伤吗？"鹏飞听他说自己不能去，他倒急了起来，遂连忙向他辩白着。

　　"那么明天一有消息，我就来告诉你好了。今夜多休养一会儿，别东思西想。兰君虽然被劫，想来也不会遭到什么危险的。我走了，明儿见吧。"慈航知道他不管受伤地要去，当然是为了兰君的缘故，遂含笑向他安慰了两句，和他们招了招手，这回真的向房门外奔出去了。

秋苹待慈航走后，向鹏飞也低低地劝阻道："李先生这话是不错的，你是有了伤的人，怎么可以去捕盗呢？我瞧你还是多休养几天吧。"

"你们意思虽然很为我的好，不过我一个人若留着不去，我的心里是多么地焦急呢。"鹏飞皱了眉毛，低低地说着。

这时院役已经开上饭来，秋苹道："我服侍你吃好吗？"

鹏飞笑道："我的晚餐原吃过了，这饭就你自己吃吧。不知这儿菜还可以吃上口吗？"说着，把眼睛又瞧到桌子上的菜盘里去。

秋苹说声"还不错"，遂拿了饭碗吃了。在秋苹吃饭的时候，她又喂了鹏飞几口。鹏飞见她柔情蜜意令人感动，于是也就吃了几口。

这天晚上，秋苹是伴着鹏飞在病床边，直到十时敲过，方才各自闭眼就寝了。

第二天早晨九时左右，鹏飞一觉醒来，只见秋苹在对面那张床上犹拥被酣睡，因为秋苹对自己确实情深，所以自不免微微叹气。就在这时候，忽见慈航匆匆进来，向鹏飞告诉道："局长已派我领警探十二名前去破获盗窟，并嘱你留院养病，不准同往。这是局长的命令，你可不要违拗才是。我是向你告诉一声的，此刻就得动身了。"

慈航说着，回身就走。鹏飞"啊哟"一声道："慈航，你别走呀！局长为什么不准我同往呢？我的伤可完全地好了呀，你快去给我求求局长吧！"

慈航已不及向他回答，早已奔出医院大门外去了。

昨天落了一夜大雪，直到今天早晨还没有停止。满街道满树枝上全都一片雪白，而且天空中还不停地狂飘着雪花。那时医院门口候着六名警察、六名探员，全身武装。旁边尚有十三辆脚踏汽车。

190

他们一见慈航走出，便都纷纷跳上汽车，慈航说声前进，便在前面领路。只听一阵噗噗的响声，那十三辆脚踏汽车便在雪地里直驶了。驶出了西城之后，速力愈快。慈航见两旁田野之中白茫茫的一片，仿佛是白银世界。因为风势紧猛，所以雪花愈大，满头满身乱扑。这时大家的心中充满了勇气，所以倒也不觉其寒，反而十分兴奋地向前疾驶。就在这时，突然见前面雪缝中飞驰来一匹白马，马上伏着一个身着航空服装的少年，神情十分慌张。因为雪花太大，慈航瞧不清楚他是谁，但那少年一见了慈航等人后，便举起一条臂膀高声地欢呼起来了。

第九回

雪地破盗窟凯旋来归

　　一间破陋的屋子里，冷气森森，阴风惨惨，四周的空气包含了无限的凄凉。这时那个铁栅子内踱着一个戎装的少年，低了头，反剪了两手，好像正在沉思的样子。他的头发是长长的，而且还有些波纹的，从这点子瞧，知道他不是个少年，而且还是个少女。原来这少女不是别人，就是咖啡室门口被况大郎绑来的花兰君。

　　兰君因为没有到过家，所以她身上的戎装当然也没有换去。此刻被关在这样凄惨的室中，虽然她里面是穿着羊毛衫裤，但是听着外面的风声宛如千军哭喊，犹若万马奔腾，因此她也不免感到寒冷起来。同时她心中尚在暗暗地细想：昨晚鹏飞被他们击倒，不知生死如何。我在这儿若再关几夜，恐怕也要冷得受不住病起来了。不过我们原商定今天前来破盗窟的，但今天这么大的雪，他们不知会不会再迟几天来呢？我想不会的，爸爸一听我被绑，他老人家心中的焦急恐怕比任何人还要难受吧，那么他今天一定会派探捕来救我的。

　　兰君这样自己安慰着自己，一颗芳心才算宽慰了一些。不过身子寒冷那是目前一个最需要解决的办法，万一他们今天不来救我，我还能受得了吗？于是她眸珠转了转，在暗暗地思忖她的计划。经过十分钟之后，兰君把身子挨到铁栅子旁边来，两手握着铁档，望着外面坐在那把木椅子上的盗徒，出了一会儿神。那盗徒是个二十八岁的小伙子，跷起了一条腿，很安闲地吸着烟卷。他偶然抬头瞥见兰君的神情，便含笑说道："喂，小姑娘，你望着我干什么呀？"

"我望着你，我想瞧中你呀。"兰君掀着笑窝儿，秋波逗给他一个妖媚娇笑。

"瞧中我？你愿意给我做老婆吗？他妈的，况大哥要跟我吃醋哩。"他两条浓眉扬了扬，露出满口焦黄的牙齿，笑了起来。

"喂，正经的，你这位大哥叫什么名字呀？"兰君显出娇媚的意态，接着又向他低低地问。

"我叫毛小四。小姑娘你问这干吗？"毛小四斜乜着眼，嘴里喷去一口烟。

"小四哥，你过来呀，我跟你有话说。"兰君亲亲热热地叫了一声，纤手伸出铁栅子外来，向他招了两招。

"你这小姑娘真麻烦，有什么话呀？"毛小四被兰君这一声叫，他骨头便轻松了许多，笑了一笑，站起身子，把两手按了按腰间的手枪，已走近铁栅子旁来了。

"小四哥，真的，我心里爱你……"兰君见他走近来，遂向他轻声地媚笑着。

"小姑娘，你别跟我找开心，我配你爱吗？"毛小四拉开嘴儿，嘻嘻地笑。他耸了耸肩膀，心里感到有些甜蜜。

"小四哥，你假使能救我出去，我一定嫁给你。"兰君秋波斜乜了他一眼，显得十二分的正经。

"并不是我不想娶你，实在我有些怕你……"毛小四摇了摇头，也低低地说。

"怕我做什么？"兰君粉脸儿显现出惊异的神色。

"因为怕你爱了我，我会被况大哥杀死的。"毛小四很胆怯地回答。

"哦，那个况大郎这样厉害吗？但是你别怕，我可以帮助你呀。"兰君拿话去打动他的心弦。不料毛小四摇了摇头，他却鼓不起这个勇气，又欲向椅子旁走了。

"小四哥，那么你别走，我还有话跟你说呢。"兰君见他畏况大郎如虎，心中很忧愁，微蹙了眉尖，又向他轻声地唤。

"你还有什么话？你就说吧。"毛小四回过身子，却有些不耐烦的神气。

"我有些口渴，请你给我一些茶喝。"兰君向他央求着。

"不……况大哥不准许的。"毛小四摇了摇头。

"小四哥，谢谢你，我给你一些好处好了。"兰君向他逗了一个诱惑的娇笑。

"好处？什么好处？要么给我亲一个嘴。"毛小四有些涎皮嬉脸的样子。

"也好……我就给你亲个嘴吧。"兰君显也万分娇羞，她芳心里已有了一个主意。

"那么你把嘴儿凑过来呀。"毛小四想不到她会答应自己，一时望着她那殷红的小嘴儿，他乐得心花也开起来了。走近铁栅边，他真想尝尝这个甜蜜的滋味。

"你把铁栅子开了，我们抱住着亲一个嘴，不是更够味吗？"兰君红晕了两颊，掀着笑窝，秋波逗给他一个倾人的媚眼。

"不过……你会逃吗？"毛小四心中倒是一动，但是他又浮上了这个忧虑。

"傻子，你有手枪，况且我是个女孩儿，怕我逃到什么地方去？我真心地爱上了你，你偏喜欢这么多心，瞧你高高的个子，谁知胆子还不及一只耗子呢！"兰君秋波白了他一眼，神情有些生气的成分。

毛小四听了，心中暗想：不错，我是一个大汉，况且又有手枪，难道还怕一个女孩家吗？这小姑娘既然这么地爱我，我也就乐得把她亲亲热热地吻了一回。他妈的，我毛小四活了二十八年，还没有妻子呢，今天有这么一个美人要给我亲嘴，这不是太快乐了吗？说不定一到夜里，她还会允许我跟她乐一回哩。

想到这里，他已被色所迷，于是低声说道："小姑娘，你别生气，我就给你开了铁栅子，大家乐一乐吧。"

"哎，我的小四哥，这话才对哩。"兰君方才回过笑脸来，柔声地叫。

"小姑娘，你不要高声吧。"毛小四走到铁栅旁，拿钥匙开锁的时候，他又回头向外望了望，低低地嘱咐着。

兰君点了点头，心中暗暗地欢喜着。不到一分钟，毛小四已推进铁栅子的门，他悄悄地走进去。兰君跳了跳脚，伸开两手扑上去，抱住他的脖子，小嘴在他颊上喷喷先吻了两下，笑叫道："小四哥，我真爱你呀。"

"小姑娘，你太可爱，我……我也太爱你了。"毛小四被她这么一吻之后，他全身已软绵起来，神魂也有些飘荡了。

兰君笑道："你别动，我再给你亲嘴。"说着两手捧着他的脸，秋波望着他，甜蜜地笑。毛小四听她这样说，又见她这个神情，以为她小嘴儿一定也会自动地吮到自己的嘴上来，所以一动也不动地静静候着她，心里是微微地荡漾着。不料兰君就在他冷不防之间，把两手捧着的脸向后面距离一寸不到的铁档子狠命地撞了过去。毛小四的头竟和铁档子在比较谁的硬，这当然是一件有趣的事。毛小四只觉眼前一阵昏黑，就跌倒地下去了。

兰君见了大喜，立刻蹲下身子，把他手枪拔出，用枪柄在他头上再是闷声的一记，冷笑了一声，她遂悄悄地跨出铁栅子外来。这间屋子靠东有一扇小窗，玻璃都已敲碎，用木板钉住着，权作玻璃片。兰君向外望了一望，遂挨身走到窗旁，伸手轻轻地推开，才把窗户启开，外面就有一阵狂风吹来，夹着片片雪花。兰君由不得颤抖了一下，定睛向四周望了望，只见远近白茫茫的一片，天空大雪像搓棉一般地狂飞。平原上积起的白雪，因风势紧猛，也都被吹卷起来，和天空落下的雪花打成一片。远远望去，如烟如雾，又似白浪银涛，滚滚地翻了过来。兰君心中暗想：好大的雪，我此刻就是逃了出去，这么冷僻的荒野，又如何能赶得回城里去？想到这里，不免暗暗地焦急。

不料这时她忽然瞥见到外面院中有一个木棚，棚中木柱上正拴有一匹马。她心中这一欢喜，立刻把锁紧的眉头又扬了起来，笑道："这就好了。"于是她把手枪插入腰间，就爬了出去。兰君悄悄地走到木棚下，解了马缰绳，轻轻地牵出院子。这时她那颗芳心是跳跃得厉害，仿佛是十五只吊桶般地七上八下地乱撞着。等她跨上马背向前疾驰的时候，方才把那颗心又安定了许多。

也不知驰骋了多少路程，忽然兰君耳朵旁听得一阵噗噗的响声，她慌忙抬头向前望去，只见是许多的脚踏汽车飞样地驶来，那不是救兵到了吗？她心里这一快乐，自不免扬着手向他们高声地狂呼了。

"啊哟，原来是兰君吗？你怎么会逃出来呀？"慈航待马驰到眼前，他一见竟是兰君，心里欢喜得了不得，遂把手向右一拦，于是后面的脚踏汽车也就一齐停下来了。

"慈航，那真是好危险啊！"兰君慌忙把缰绳勒住了，叫了一声慈航，粉脸犹显出惊喜的神色。于是把自己脱逃的经过向慈航约略地告诉了一遍，并且又向他问道："鹏飞昨天被击倒在地，不知生死怎样？"

"没有关系，是一些皮伤，睡两天也就好了。兰君，你知道盗窟内有多少盗徒啊？"慈航一面向她告诉，一面又低声地问她。

"昨晚我被他们绑去的时候，连车夫一共四个人。到了盗窟，却见里面有二十多个，在一盏油灯下瞧到一个年约五六十岁的盗徒，他们都唤他为况大哥。想来此人便是况大郎了。"兰君遂向他告诉着。

慈航听了，微蹙了眉尖，说道："表妹告诉我说况大郎是个年约四十左右的戴黑眼镜男子呀？怎么你瞧到的却已有五六十岁了呢？"

"我想一定是他故意化装的。慈航，来吧，我领你们去破盗窟。"兰君说着话，把马头已掉了转去。

"我想你不要冒这个危险了，还是先回家去休息吧。"慈航爱惜兰君的身子，向她低低地劝阻着。

兰君在马上回头道："不，那边路我已熟悉，如何可以不一同去？"说时，扬起一鞭子，她先纵马前驰。慈航只好把手一招，于是十三辆脚踏汽车又向前行进了。

在将到盗窟的时候，不料前面树丛中已经有了埋伏。原来毛小四被击晕在地，被一个盗徒发觉，所以便去报告况大郎。况大郎知道兰君已乘马逃走，遂将毛小四一枪打死，吩咐众盗执枪深伏林中。因为他已算定兰君回去报告后，必有大批警探前来的。

兰君在大雪中挥鞭前进，她当然没有防备到前面已经有了埋伏。这时就有一阵连珠似的枪声向前发了出来。兰君知事不好，遂急忙勒住缰绳，停马不前。不料一弹已中在马脚，马儿负痛，向前直跳，兰君收不住身子，几乎被马掀了下来。慈航这时早已跳下汽车，奋勇上前，把兰君从马上抱下。谁知前面又有枪弹飞来，慈航左臂上一阵疼痛，这就"啊哟"了一声，说时迟那时快，这匹马儿已向前狂奔，后面十二名警探也就趁势掩护前进。一霎那间只听枪声大作，噼啪不绝。慈航抱了兰君，向后而退。只见前时的那一匹马早已倒在地上，血流满地，把雪都染得鲜红了。

兰君见了，暗暗叫声好险，遂向慈航说道："慈航，我若没有你相抱下马，恐怕性命已没有了。"

话还未完，忽然瞥见慈航左臂有鲜血流出，这就吃惊道："慈航啊，你救了我，反把自己受了伤……"

"兰君，不要紧，这些微伤算得了什么？"慈航咬着牙齿，把方手帕紧扎在伤口上，他叫兰君退后，两人伏在脚踏汽车的后面，拔出手枪向前猛击。这时那十二名警探也把脚踏汽车作为沙袋，举枪向林中密密开放。

约莫战有半个钟点，慈航等枪弹将完，正在暗暗焦急的时候，忽然听得后面一阵汽车喇叭声响，兰君回头一瞧，原来鹏飞带了两辆警备车的警探前来接应了，一时大喜，向慈航道："不要怕，鹏飞领了救兵到了。"

原来鹏飞在医院里见慈航走后，他心里便焦急万分，遂匆匆地起床。那时秋苹亦已醒来，见鹏飞起身，遂急问做什么，鹏飞道："慈航已领警探前去破盗窟了，局长不准我同往，这如何是好？我立刻去面见局长，请求他给我也前去助战，你瞧怎么样？"

秋苹说道："你这人也真执拗，局长既叫你休养，你为什么一定要去呢？"

"不，这样要紧的大事，我如何能不去？"鹏飞不听秋苹的劝告，便向外面走了。他一口气跑到警察局，匆匆走进局长室。紫英见他头上还包扎着纱布，遂惊问他做什么来。

鹏飞道："我伤已好了，局长为什么不准我同往？不知局长给慈航领去多少警探？"

紫英道："十二名警探呀。"

鹏飞听了，"哟"了一声，跌足道："局长，你如何给他带去这一点儿人？那不是叫他们白白地去送死吗？这个盗窟可不是等闲之辈，里面枪械众多，十二名警探如何是他们对手？请局长快快再给我带领五十名警探前去助战，不然，兰君、慈航等性命恐怕都难保了。"

花紫英听了这话，也觉自己太以轻敌，遂立刻传令下去，吩咐五十名警探跟随鹏飞前往。鹏飞心中大喜，于是带了五十名警探，分乘两辆警备车，前往西城外开去。在警察局门口，却遇到了秋苹急急赶来，她见了鹏飞，也要同往，鹏飞劝阻她不住，只好答应。于是两辆警备汽车，在雪地里疾驶前进。

当时慈航听了兰君的话，遂回眸去望，早已见警备军到了面前，上面跳下五十名警探，拔枪一齐助战。那时枪声继续狂响，几乎震耳欲聋。慈航和兰君携手跳上汽车，向鹏飞、秋苹见面。

慈航道："何不把汽车直开进去，不入虎穴，焉得虎子？"

鹏飞一听不错，于是吩咐把两辆汽车开了进去。他们在车上举枪向前猛击，五十名警探和前十二名警探在警备车掩护之下，也就一齐冲杀进去，势如破竹。众匪见此情景，大家心寒，也就纷纷向屋子里奔逃。

这时秋苹见前面屋顶上伏着一个老者，举枪向鹏飞打来。她一面叫喊，一面把鹏飞身子拉开，不料子弹竟中在自己的胸部。秋苹"啊哟"一声，身子就倒在车中。鹏飞一见慌忙伏了下去。慈航却瞧清楚那个老者，遂也举枪开去，齐巧中在那老者的腿部。慈航见他站脚不住，已从屋顶上翻了下来，兰君急道："况大郎就是他，就是他。"

慈航一听他就是况大郎，遂飞身跳下车去，正跳在况大郎的身旁，两人这就扭成一团，在雪地中滚来滚去地大打起来。慈航因为伤在左臂，况大郎也伤在腿上，所以两人还是半斤八两地不分胜负。这时两辆警备车已到屋前，六十多名警探也都向屋中冲杀进去。兰君见慈航和况大郎激斗得十分厉害，慈航因左臂受伤，到底吃亏三分，所以便被况大郎压倒在地。兰君情急，遂向况大郎拔枪放去。齐巧击中况大郎头顶那个毡帽上，于是帽子也就落了下来。况大郎心中一惊，被慈航奋力掀倒地下，反而跨身骑了上去，伸手在他面门上就是狠命的一拳，谁知经此一拳，把况大郎人中上的胡须也打了下来。慈航定睛向他脸上仔细一瞧，这就"啊哟"一声大叫起来。诸位，你道这个巨盗况大郎是谁？原来就是慈航的舅父张邦杰认为得意快婿的刘之新。当时刘之新被他击中一拳，连牙齿血也淌了出来。

慈航冷笑道："原来况大郎就是你呀！怪不得有此神通，一会儿把表妹劫去，一会儿又把表妹救回。"说到这里，举拳在他下颚上又是闷闷的一拳，刘之新把头一摇，眼睛闭上，也就晕厥过去了。

第十回

蜜月共欢度珠还合浦

破获巨盗机关盗魁况大郎实乃冒称之华侨刘之新
大队长李慈航奋勇格斗受伤入院

昨日早晨九时四十分，大队长李慈航率领警探十二名冒雪出城，赴西村前去破获盗窟，途遇警察局长花紫英之女公子骑马由盗窟乘机逃回，于是作为向导，向前进行。不料匪徒早有预备，深伏林中，与警探抗拒。一时枪声大作，历半小时许。李大队长所携之枪弹将尽，正在千钧一发之间，幸有马鹏飞大队长率领警探五十名，分乘两辆警备车前往救应。盗匪因寡不敌众，遂即纷纷逃窜。时李大队长与盗魁况大郎奋勇格斗，结果被李大队长击晕倒地，细认之下，方知况大郎者，实乃南洋华侨大富翁刘之新也。此真使人所意想不到。今晨九时，由局长二次审问，之新从实招认，计犯杀人案六十四件，盗案八十五件是实。局长一一记录，定明日下午解送法院。计盗徒共二十一名云。

张逸仙早晨起来，吃过牛奶，拿起报纸来瞧的时候，就发现了这则惊人的新闻。她芳心这一吃惊，不免"啊哟"一声喝叫起来了，遂拿了报纸，三脚两步地奔到上房，向邦杰气急败坏地说道："爸爸你瞧呀，原来况大郎就是刘之新呀！"

200

"什么？你这是打哪儿说起？"邦杰坐在沙发上，也正吃着早点，听女儿这么一说，他不禁面无人色地直跳起来了，急急拿过逸仙手中的报纸，细细地瞧了一遍，一时目瞪口呆，半晌说不出一句话来。张太太还躺在床上，她听刘少爷就是巨盗况大郎，这就吓得浑身乱抖，不问情由地先向邦杰带哭带骂地说道："唉，你这人真正是个老糊涂，怎么和强盗交起朋友来，而且你还要看中他做女婿，难道你把女儿要嫁给强盗吗？现在那可怎么办？他……他……回头若来了，我们不是都要遭他的毒手了吗？"

逸仙听母亲这样乱骂乱嚷，倒又忍不住好笑起来，遂忙向她说道："妈，你别说这些话了。刘之新已被表哥在盗窟里捉获了呢。"

"哦，原来已被慈航这孩子捉获了吗？我原说慈航这孩子有胆量、有勇气，他真是一个好孩子呀。"张太太这才听明白了，不禁破涕为笑，又向逸仙连连地称赞着慈航。

邦杰有些听不入耳，遂回头向她啐了一口，说道："你这人也别放马后炮，倒来倒去，真是一个钱都不值的东西。"

"放你的屁！我一个钱都不值吗？我瞧你连半个钱都不值哩！慈航和逸仙从小一块儿长大，我原早预备给他们配成一对的。谁知你贪了财，就看中一个好女婿哩，好得来，就是一个大强盗，那不是笑话？"张太太不甘示弱，也向邦杰大声地叱喝着，最后她的话还带有了讽刺的成分。

逸仙见爸妈争吵，真是又好气又好笑，遂也不给他们劝解。因为报上没有登着慈航进什么医院，所以她便立刻坐车先到警察局里去询问了。在警察局的门口，齐巧见了鹏飞，于是便向他含笑叫道："马先生，你知道李慈航住在什么医院里呀？"

"哦，原来是张小姐，我此刻也到医院里去望慈航，你和我一块儿去吧。"鹏飞向她望了一眼，认得是慈航的表妹，遂也微笑着回答。于是两人坐车，匆匆到克伦医院，一同步进特等病房。

慈航这时倚在床栏旁，望着窗外的雪景，仿佛在做沉思的样子。

他听见脚步声，遂回眸来瞧，一见两人，便很欢喜地叫道："鹏飞，表妹，你们怎么在一块儿呀？"

"我在局门口碰见张小姐，她问你住在哪个医院，所以我把她带来了。你伤好些了吗？"鹏飞一面含笑告诉，一面向他又很关怀地问。

慈航听了，明眸在望过逸仙一瞥之后，方向鹏飞说道："好些了，多谢你。白小姐今天怎样了？你可曾去瞧过她？"

"我正欲去瞧她，那么再见吧。"鹏飞听他这样问，遂向他们一点头，又向门外匆匆地走出去了。

逸仙见鹏飞走后，她方才在床边坐了下来，秋波脉脉含情地凝望了他一眼，柔声叫了一声表哥，她却连一句话也没有说出来。

"表妹，你怎么知道我受伤了？是在报纸上瞧见的吗？"慈航见她微蹙翠眉，好像很替自己难受的样子，遂把右手去拉她的纤手，含笑向她低低地问。

逸仙点了点头，她把两手合着慈航的右手，很亲热地抚摸着，问道："表哥，你这个伤大概没有什么妨害吧？医生说不知会不会成残疾的？"

慈航听她这样问，一时便疑心她有什么作用的了，遂立刻皱了眉尖，很忧愁的样子，微微地叹了一口气，说道："子弹虽已钳出，不过是否要成残疾，这还没有知道。我想那条臂膀大概是不中用的了。"

逸仙听他这样回答，心里自然代为他悲酸万分，这就眼皮儿一红，忍不住淌下眼泪来。

慈航见她淌泪，因此愈加疑惑，遂故意又叹息着道："假使成了残疾之后，我觉得我的前途一切全都很暗淡的了。"

"表哥，你这是哪儿话呀？即使成了残疾，幸亏是在左手，那也不妨事的，如何能影响到你的前途上去呢？"逸仙听了，把纤手揉擦一下眼皮，含了妩媚的娇笑，又向他低低地安慰。

慈航因为要试试她的芳心，所以又望着她很忧愁地道："比方单拿配偶上说，人家一个姑娘……"

逸仙也是个极顶聪明的女子，她不等慈航说下去，就急忙伸手把他嘴捂住了，急急地道："表哥，你怎么说出这些话来呢？难道你怕我因表哥手臂成了残疾而变了心吗？唉，那你也太把我看轻了。表哥，假使我有三心二意，我一定没有好死的。"说到这里，眼泪忍不住又夺眶而出了。

慈航听她这样向自己声明，方知是自己太多心了，一时心头当然万分地感动，遂忙把她的嘴也按住了，说道："表妹，你何苦说死活的话？我并不是疑心你呀。"

逸仙自然明白表哥这句话是推托之词，她心里很悲哀，因为她觉得表哥并不信任她，所以她至少感到有些失望，眼泪便更像雨点一般地滚下来了。

慈航见她这样伤心的神气，他不免深悔自己的不该，遂又对她柔声说道："表妹，这原是我的不该，请你不要太伤心。因为这给我瞧了不是也很难过吗？"说到这里，便在枕下取出一方手帕，亲自给她去拭泪。

逸仙这才停止了淌泪，秋波逗给他一个妩媚的娇嗔，嫣然地道："我想不到表哥这人竟有这么多疑。为了你的多疑，使我在这一年之中，真不知多淌了多少的眼泪呢。唉，女子终是痴心的……"

慈航从她这几句话中猜想，觉得表妹对我实在是非常痴心，遂望着她笑道："那么你恨我吗？"

"当然恨你了……"逸仙噘了噘小嘴，白了他一眼，又恨又爱地说道。

慈航见她挂了眼泪后的微笑实在太醉人了，因此也不禁微微地笑了。两人柔情蜜意相对凝望了一会儿，慈航想到了刘之新，这就又笑道："表妹，况大郎就是刘之新，这在你真是梦想不到的事情吧？"

"不过我早就猜到他不是个好东西。"逸仙鼓着小腮子，恨恨地说着。因为她想到在盗窟里被刘之新打耳光的事情，她芳心中真有说不出的愤怒。

两人谈了一会儿，逸仙和慈航柔情若水、蜜意如云，真有说不出的恩爱，但哪知道隔壁病房里的秋苹和鹏飞却生离死别地在痛断肝肠呢。

鹏飞走进秋苹的病房，先遇到了看护王小姐，因为床上的秋苹闭眼睡着，所以向王小姐低低地问道："白小姐今天的伤势怎么样了？"

王小姐听他这么问，那两条柳眉就微蹙起来，低低地道："马先生，你来得正好，白小姐刚才已记挂过你。她这次的伤太厉害了，肺部已经坏了，热度已升到一百零七度，所以医生说危险……"她说到这里，再没有说下去，摇了摇头，轻轻地叹了一口气，已走出病房外去了。

无限沉痛激起了他无限的伤心，鹏飞那颗心仿佛有刀在割一般地痛苦。他已忍熬不住满眶子的悲酸的热泪，让它纷纷地滚了下来。忽然秋苹把她的明眸圆睁开来了，她脸上是涨得绯红的，神情是显得非常可怕。她伸张了两手，仿佛要抱什么似的叫道："啊哟，我痛死了……鹏飞，我的弟弟，你为什么还没有到来？……恐怕我们是没有再见面了……"

鹏飞听了这话，同时瞧此惨状，他那颗心是激荡得厉害，好像鲜血已染遍了他的心房，猛可地伏到她的床边，捧着的手，淌泪叫道："秋苹姐姐，鹏飞已在你的床边了，你……你……你怎么啦？唉，我太害苦你了。"

秋苹明眸突然瞥见了鹏飞，她那颗垂死的芳心中仿佛犹得到了深深的安慰，她惨痛的粉颊上已浮现了一丝浅浅的苦笑，把她颤抖的纤手去抚摸鹏飞的脸，淡白的嘴唇掀动了一下，低低地叫道："弟弟，你来了。你别这么说吧，我很欢喜……虽然我们是已到永别的

204

时候了……"说到这里，她咬紧银齿，把手又按到她的胸口去。

鹏飞瞧此情景，他的心是片片地碎了，摇了摇头，不觉哭出声音来，说道："姐姐，你为了救我，竟牺牲了你的性命，这叫我如何对得你住？唉，我有什么脸能独个地活在世界上啊？姐姐，我们还是一块儿去好吗？"

秋苹听他这样说，她立刻又兴奋起来，微微地一笑，说道："弟弟，有这两句话，也就是了。可见我这次的死，至少还有些价值……"说到这里，忽然又沉着脸，很认真地道，"弟弟，你是一个勇敢的青年，在我心灵中认为你将来必定是个为国为民的时代伟人。所以我一见了你，我就不顾羞耻地立刻热情地爱上了你。我虽然今日是牺牲了性命，不过我到底是救了一个有勇敢有抱负的青年了。所以我是多么欢喜啊。因为救了你，也不啻是救了整个的社会，说得更伟大些，也是救了整个的国家。你想我对你的期望是何等浓厚啊！那么你应该了解我的意思，就是因了我的牺牲，使你可以更努力一些，你他日奋斗的成就，也就是我今日牺牲光荣的代价。虽然我的人已不在世间了，但是我很明白，我很安慰，到那时候，你在我墓地来凭吊的时候，也许使我可以兴奋得复活起来。唉，弟弟，你明白我的意思吗？对于你刚才这两句话，虽然我很感激你的情深，然而到底使我太失望了啊！"

秋苹一口气地说到这里，她有些上气不接下气地喘吁着。鹏飞听了她这一番话，感动得说不出一句话来。他只有流着悲哀沉痛的热泪，他明白秋苹的爱我是至性流露的。他深悔自己误会了她是一个浪漫的女子，因为她有这一番见解，她不但多情，她实在是个不平凡的女性呀。

秋苹见他并不回答，只管哭泣着，遂又说道："弟弟，你为什么老是哭泣呀？你应该回答我，你应该努力奋斗你应该做的事情呀……"

"是的，姐姐，我听从你的话，我唯有努力我应干的事情，来安

205

慰你那颗凄怆的心灵。姐姐，你对我太好了……"鹏飞说完了这两句话，便又哭起来了。

"别哭，别伤心，想我无爹无娘，既没兄弟，又没叔伯，在这黑暗的社会上飘零了二十七年，谁是我的亲人？谁是我的知音？人生最难得者唯知己而已。今日我得弟弟这么一个知己，我心灵是安慰的。士为知己者死，我不是死得太有价值了吗？弟弟，请你相信我，我是个被环境压迫下的弱者，我不是个淫荡可耻的贱女子……"

最后，秋苹在血泪交流中又说出了这几句话，因为她感到一生中所认识的都是些魑魅魍魉，她觉得自己是太可怜了。但鹏飞听了这两句话，在他心头是更激起了无限的羞惭和沉痛，他呜咽着哭道："姐姐，我知道……我知道……你是个心灵纯洁者……我负了你……"他说到这里，再也说不下去，泪水似江潮般地涌上来。

"为什么又痛哭了？弟弟，你明白我，你知道我，我瞑目了……最后，我希望你给我一些安慰……"秋苹脸上由红变成惨白了，但她已得到了一种很深的安慰，她还显现了一丝浅浅的微笑。鹏飞明白她的意思，当他低头把嘴吻到她嘴唇上去的时候，鹏飞的感觉已经是凉的了。他慌忙抬头去瞧她，见她已合上了眼睛，很安静地永远地长眠了。

鹏飞没有哭，他含了惨痛的悲泪，望着秋苹宛如生前的芳容，他耳际犹流动着这两句话："我救了你，不啻是救了整个的社会和国家……你他日努力奋斗的成就，也就是我今日牺牲光荣的代价……"鹏飞默默地说道："秋苹不死！"

秋苹死了，鹏飞那颗创伤的心灵是更需要有一种切实的安慰，所以他在一星期之后，便匆匆地到兰君那儿去求婚，希望她能填补自己心灵上的空虚。不料阿香告诉说，小姐自回家后也病倒了，直到今天才起身，她已经到医院去瞧李队长的伤去了。

鹏飞听了这话，心头又感到空虚了。他明白慈航救过兰君的性命，兰君是一定要报他的恩了。那么我向她求婚，恐怕又是失望了吧？于是他不免又怀念起秋苹来，心中暗暗地想：是的，秋苹为我死了，我虽然不从死于地下，那么在事业未成就之前，我总不应该有所负她。秋苹，我应该不强求恋爱了，我应该为我的事业而奋斗啊。想到这里，他把预先带来的一束鲜花交给阿香，他便回身匆匆地走了。

鹏飞的猜测是对的，兰君因为慈航救了她的性命，所以她在一度郑重考虑之后，她便决定嫁与慈航为妻了。这天她兴冲冲地走到医院里去望慈航。慈航见了兰君，心里非常地欢喜，遂握了她的手，问道："你怎么直到今天才来呀？"

"你不知道吗？我自回家后就病了，直到今天才起床。你的伤可完全地好了？"兰君掀着酒窝，抚摸着他的臂膀，很欣慰地笑。

"原来你是病着吗？哦，怪不得我道你怎么竟不来瞧望我一次。说起来你的脸真清瘦得多了。那么现在是完全复原了？"慈航望着她秀娟的粉脸，也柔和地说。

兰君秋波斜乜了他一眼，笑道："复原了。我想你心有些恨我没情没义吗？其实在我的病中，每天总要把你想上几遍的。"说到这里，又不免赧赧然起来。

"我没有恨你，兰君，我真感激你……"慈航心里在荡漾，但是也在暗暗地发愁。

"你干吗感激我？"兰君抬起娇靥，又向他不解似的问。

"你不是在病中每天想念我好多遍吗？"慈航忍不住得意地笑起来。

"因为你奋勇救了我的性命，而且你自己又受了伤，我如何不想念你？慈航，你几时可以出院？"兰君很柔和地望了他一眼，也红了脸微笑。

"院长说在下星期可以出院了。"慈航轻声地告诉。

"那么在出院之后，我们就订一个婚，因为我的身子今后是属于你所有的了。"兰君毫不羞涩地说，因为她已下了一个决心。

"兰君，你这话是真的吗？是真的吗？"慈航做梦也想不到她会说出这话来，他猛可把兰君身子抱住了，心中是感到意外的惊喜。

"当然真的。你感到太兴奋了吧？"兰君偎在他的怀里，抚着他的肩胛，低低地说。

"确实，兰君，我是太兴奋了……不过……我也太愁苦了……"慈航抱着她身子，轻声地回答。

"你……愁苦什么？"兰君惊奇得推开他的身子，望着他发怔。

"因为……我怕鹏飞会感到失恋的痛苦，会疯狂起来的。"慈航语气是特别低沉。

"唉，那也没有办法，我没有两个身子呀。因为你是救我性命的恩人……我是应该以身相报的。"兰君听他这样说，她想起了鹏飞屡次的求爱，她觉得鹏飞的痴心和可怜，她忍不住垂了头儿，轻轻地叹了一口气。

慈航听她这样说，又见她这样悲哀的情形，他明白兰君所以欲和我订婚，实在是因为报答我的救命之恩的意思。她虽然爱我，但她实在也难忘情于鹏飞。于是他决心成全他们的一对，因为自己实在也不忍心有忘表妹的痴心呀。所以他握了兰君的纤手，轻轻叫了一声，说道："我明白你心中一定很痛苦的，因为你的心中确实是爱我们两人，不过你和鹏飞的友爱自然更要深厚一些。而且我和鹏飞也是个生死之交，我不忍鹏飞为我而坠入苦海，所以我愿意成全你们一对。"

兰君不等他说完，她惊奇得抬起头来，明眸望着他，怔怔地愕住了，说道："你不爱我吗？我不明白你这是什么意思，难道你不相信我的爱你吗？"

"不，不，我实在很爱你，而且我完全相信你是真心爱我的。不过我正为了爱你，所以使你心中免去许多的痛苦，成功你们的一对。"慈航握了她手，向她急急地辩解着。

"但是我虽不负了鹏飞，可是我总要负一个人，所以我心里还是免不了痛苦的。"兰君觉得慈航爱的伟大，她感动得眼皮儿有些发红。

"兰君，我太感激你，我太爱你了，你真是天地间的多情人。不过你并不负我……因为我心里的困苦，正和你心里一样。你忘不了鹏飞，我也忘不了逸仙。因为逸仙的痴心，也正和鹏飞一样。你忘鹏飞，使鹏飞要发疯，我忘逸仙，使逸仙也要发疯。唉，我们如何忍心两个人都为我们而发疯呢？兰君，所以我们虽然相爱，但我们到底太不忍了。爱的范围很大，我现在的意思，就是我们不妨结个兄妹的爱，那么有情人对对成眷属，这岂不是一件快慰的事吗？"慈航当然很感动，最后，他向兰君终于说出了这几句话。

兰君听了他这一篇话，使他想起银都舞厅鹏飞对自己说的一篇话，方知慈航对于逸仙实在也很有情，成人之美，原有同心，于是破涕笑道："慈航……不……我的哥哥，你的爱太伟大了，我听从你的话……我希望大家都有光明的前途，幸福的乐……"

"妹妹……"慈航抱住了她的脖子，也不禁亲热地叫，他得意得嘴也合不拢了。

正在这时，忽然门外走进一个少女，手里捧着一束鲜花，她骤然瞧此情景，就不禁呆呆地怔住了。慈航早已瞧见，遂忙放了兰君，含笑叫道："逸仙，你快过来，我给你们介绍……"

"表哥，不用介绍了，这位不是花小姐吗？"逸仙听了，只好走近前去，也含笑说着。

"不，你错了，我再给你介绍，这位是我的亲妹子……"慈航得意忘形地说着，回头又向兰君笑叫道，"妹妹，这位是你哥哥的未婚嫂子……"

兰君忙笑盈盈站起，和逸仙握住了手，叫道："嫂嫂……"

逸仙听他们这么地说，一时真弄得丈二和尚摸不着头脑了，两颊羞得像一朵鲜艳的玫瑰，真不知如何是好了。

慈航于是把其中之曲折向逸仙告诉。逸仙感兰君成全之情，自然也不免感激涕零，永永无穷尽的了。

兰君坐了一会儿，遂匆匆先行回家。这时阿香捧过一束鲜花，说马少爷来望过你了。兰君一听这话，心中好不喜欢，遂在鲜花上吻了一下，便急急坐车到鹏飞那里。

到了鹏飞的家，他的叔母向楼上一指，说："花小姐请楼上坐，鹏飞在楼上呢。"

兰君于是三脚两步地奔到楼上房中，只见鹏飞站在桌旁，正在整理提箱中的衣服，于是悄悄走到他的身旁，拍了他一下肩胛，叫道："鹏飞，你整理衣箱，可是要到什么地方去吗？"

鹏飞突然听了兰君的声音，这就猛可地回过身子来，说道："兰君，我想不到你会来，你不是在慈航那儿吗？"

"是的，我要和慈航结婚，因为我要报他的恩。不料慈航对我说，鹏飞是痴心爱上了你，你应该去爱你的鹏飞，因为鹏飞是我忠实的好友，所以我不忍夺他的爱。鹏飞，你……你为什么淌泪了？你恨我吗？你要离开北平吗？"兰君说到这里，忽然她见鹏飞淌泪了，于是她扳住他的两肩，很急促地问。

"妹妹，我没恨你。我现在不离开北平了，我爱慈航，我爱妹妹。妹妹，你太使我感激了。"鹏飞太感动了，太喜欢了，终于猛可地抱住了兰君的身子，他的嘴凑在兰君的嘴，两人紧紧地吻住了。窗外淡淡的阳光从雪缝中透露出一线温意的光芒，爬过薄薄的镂花的纱幔，照临在他们的头上。

附　录

从鸳鸯蝴蝶派谈到冯玉奇小说

裴效维

《民国通俗小说典藏文库·冯玉奇卷》将收录冯玉奇的百余种小说作品，此举极其不易。现在，我愿以这篇文章给出版者呐喊助威。尽管我人微言轻，但我毕竟是一个中国文学的研究者，为鸳鸯蝴蝶派说些公道话是我的责任。

冯玉奇是一位鸳鸯蝴蝶派作家，因此我们要想了解冯玉奇，必须首先厘清有关鸳鸯蝴蝶派的一些问题。

一、何谓鸳鸯蝴蝶派

鸳鸯蝴蝶派作家平襟亚在《关于鸳鸯蝴蝶派》（署名宁远）一文中对鸳鸯蝴蝶派的来历说得很清楚：

> 鸳鸯蝴蝶派的名称是由群众起出来的，因为那些作品中常写爱情故事，离不开"卅六鸳鸯同命鸟，一双蝴蝶可怜虫"的范围，因而公赠了这个佳名。
>
> ——载香港《大公报》1960 年 7 月 20 日

可见鸳鸯蝴蝶派并不是一个有组织有宗旨的小说流派，而是因为当时流行的言情小说多写一对对恋人或夫妻如同鸳鸯蝴蝶般相亲相爱，形影不离，因而民间用鸳鸯蝴蝶小说来比喻这种言情小说，那么这种言情小说的作家群当然也就是鸳鸯蝴蝶派了。这种说法应该是可信的，因为民间常用鸳鸯和蝴蝶来比喻恋人或夫妻，很多民间文学作品中不乏其例。这一比喻非常形象生动，但并无褒贬之意，因此不胫而走。

传到新文学家那里，便加以利用，并赋予贬义，作为贬低对手的武器。但新文学家对鸳鸯蝴蝶派的界定并不一致，大致有两种看法。

一种看法认同民间的比喻说法，即将鸳鸯蝴蝶派小说局限为通俗小说中的言情小说，将鸳鸯蝴蝶派局限为言情小说作家群。鲁迅是这种看法的代表，他在 1922 年所写的《所谓"国学"》一文中说："洋场上的文豪又作了几篇鸳鸯蝴蝶派体小说出版"，其内容无非是"'卿卿我我''蝴蝶鸳鸯'"（载《晨报副刊》1922 年 10 月 4日）。又于 1931 年 8 月 12 日在社会科学研究会做了《上海文艺之一瞥》的长篇演讲，其中对鸳鸯蝴蝶派小说更做了形象而精辟的概括：

> 这时新的才子＋佳人小说便又流行起来，但佳人已是良家女子了，和才子相悦相恋，分拆不开，柳阴花下，像一对蝴蝶、一双鸳鸯一样。

——连载于《文艺新闻》第 20、21 期

此外，周作人、钱玄同也持这种看法。周作人于 1918 年 4 月 19日在北京大学文科研究所小说研究会做《日本近三十年小说之发达》的演讲中，就说现代中国小说"还有《玉梨魂》派的鸳鸯蝴蝶体"（载《新青年》第 5 卷第 1 号）。次年 2 月，周作人又发表《中国小说里的男女问题》（署名仲密）一文，认为"近时流行的《玉梨魂》，虽文章很是肉麻，（却）为鸳鸯蝴蝶派小说的鼻祖"（载《每

周评论》第5卷第7号）。与周作人差不多同时，钱玄同在1919年1月9日所写的《"黑幕"书》一文中也说："人人皆知'黑幕'书为一种不正当之书籍，其实与'黑幕'同类之书籍正复不少，如《艳情尺牍》《香闺韵语》及'鸳鸯蝴蝶派小说'等等皆是。"（载《新青年》第6卷第1号）这种看法后来被人称之为"狭义的鸳鸯蝴蝶派"看法。

另一种看法却将鸳鸯蝴蝶派无限扩大，认为民国年间新文学派之外的所有通俗小说作家都是鸳鸯蝴蝶派，他们的所有通俗小说都是鸳鸯蝴蝶派小说。这种看法的代表人物是瞿秋白和茅盾。瞿秋白从小说的内容方面来扩大鸳鸯蝴蝶派小说的范围，他在《财神还是反财神》一文中说，"什么武侠，什么神怪，什么侦探，什么言情，什么历史，什么家庭"小说，都是鸳鸯蝴蝶派小说（见人民文学出版社1953年10月版《瞿秋白文集》）。茅盾则从小说的形式方面来扩大鸳鸯蝴蝶派小说的范围，他在《自然主义与中国现代小说》一文中认定鸳鸯蝴蝶派小说包括"旧式章回体的长篇小说""不分章回的旧式小说""中西合璧的旧式小说""文言白话都有"的短篇小说（载1922年7月《小说月报》第13卷第7号）。这种看法后来被人称之为"广义的鸳鸯蝴蝶派"看法，而且逐渐成为主流看法，以致后来的文学研究者都接受了这种看法。

新文学家不仅在鸳鸯蝴蝶派的界定问题上分成了两派，而且在鸳鸯蝴蝶派的名称上也花样百出。如罗家伦因为徐枕亚等人好用四六句的文言写小说，便称其为"滥调四六派"（见署名志希的《今日中国之小说界》，载1919年《新潮》第1卷第1号），但无人响应。郑振铎因为《礼拜六》杂志为鸳鸯蝴蝶派的主要刊物之一，便称其为"礼拜六派"（见署名西谛的《新文学观的建设》一文，载1922年5月21日《文学旬刊》第38号）。这一说法得到了周作人、茅盾、瞿秋白、朱自清、阿英、冯至、楼适夷等人的响应，纷纷采用，以致使用频率越来越高，知名度越来越大，终于成为鸳鸯蝴蝶派的别称了。于是"鸳鸯蝴蝶派"和"礼拜六派"两个名称便被新文学家所滥用。如郑振铎在《新文学观的建设》一文中称"礼拜六派",而在《〈文学论争集〉导言》一文中却称"鸳鸯蝴蝶派"(见上海良友图书公司1935年10月出版的《新文学大系·文学论争集》卷首)。还有人在同一篇文章里既称鸳鸯蝴蝶派,又称礼拜六派。如阿英在1932年所写的《上海事变与鸳鸯蝴蝶派文艺》一文中说:张恨水的所谓"国难小说",与"礼拜六派的作品一样,是鸳鸯蝴蝶派的一体","充分地说明了鸳鸯蝴蝶派的作家的本色而已"(见上海合众书店1933年6月出版的《现代中国文学论》)。

茅盾在20世纪70年代觉得统称鸳鸯蝴蝶派或礼拜六派都不合适,于是提出了一个折中的看法,他在《紧张而复杂的生活、学习与斗争(上)——回忆录(四)》中说:

> 我以为在"五四"以前,"鸳鸯蝴蝶派"这名称对这一派人是适用的。……但在"五四"以后,这一派中有不少人也来"赶潮流"了,他们不再老是某生某女,而居然写家庭冲突,甚至写劳动人民的悲惨生活了,因此,如果用他们那一派最老的刊物《礼拜六》来称呼他们,较为合式。

> ——载1979年8月《新文学史料》第4辑

事实是该派在"五四"前后没有根本变化,都是既写言情小说,又写其他小说,将其人为地腰斩为两段,既显得武断,又无法掩盖当时的混乱看法。

这些混乱的看法导致后来的文学研究者无所适从:或沿用"鸳鸯蝴蝶派"的说法(如北大本《中国文学史》和《中国小说史稿》、复旦本《中国文学史》和《中国近代文学史稿》等);或沿用"礼拜六派"的说法（如山东师院本《中国现代文学史》等）；或干脆别出心裁地称之为"鸳鸯蝴蝶—礼拜六派"（见汤哲声《鸳鸯蝴蝶—礼拜六小说观念的价值取向及其评价》，载《苏州大学学报》1992年第2期）。这可真算是中国小说史上的一出有趣的滑稽戏了。

二、如何评价鸳鸯蝴蝶派

鸳鸯蝴蝶派的开山作品是1900年陈蝶仙的言情小说《泪珠缘》，因此鸳鸯蝴蝶派应该是指言情小说派，这也就是后来的所谓"狭义的鸳鸯蝴蝶派"，但被新文学家扩大为"广义的鸳鸯蝴蝶派"，实际上也就是民国通俗小说派。

鸳鸯蝴蝶派与同时期的"南社"不同，既没有组织，也没有纲领，而是一个在思想倾向和艺术风格上大体相同或相近的小说流派，连"鸳鸯蝴蝶派"这一招牌也是别人强加给它的。然而客观地说，鸳鸯蝴蝶派确实是一个产生过巨大影响的小说流派。在"五四"以前的近二十年间，它几乎独占了中国文坛；在"五四"以后的三十年间，虽然产生了新文学，但新文学只是表面上风光，而鸳鸯蝴蝶派却一派兴旺发达景象。我对"广义的鸳鸯蝴蝶派"做过不完全的统计：该派作家达数百人，较著名者有一百余人，所办刊物、小报和大报副刊仅在上海就有三百四十种，所著中长篇小说两千多种，至于短篇小说、笔记等更难以计数。在此前的中国文学史上，还没有哪个文学流派有过如此宏大的规模，产生过如此巨大的影响。

鸳鸯蝴蝶派由于规模宏大，又处在历史的一个巨变时期，其成员的确鱼龙混杂，其作品也良莠不齐，但总体来说，它形象地记录了中国二十世纪前五十年的历史，为中国读者提供了丰富的精神食粮，对中国小说的传承起过积极作用，因此应该给予充分的肯定。

鸳鸯蝴蝶派小说已经不是中国传统通俗小说的复制，而是一种改良的通俗小说。在形式方面，它既采用章回体，也采用非章回体，甚至采用了西洋小说的日记体、书信体等，至于侦探小说则更是完全模仿自西洋小说。在艺术手法方面，受西洋小说的影响非常明显，如增加了人物形象和景物描写，结构与叙事方式也趋于多样化，单线和复线结构并用，第三人称和第一人称叙述法兼施，还采用了倒叙法和补叙法。在内容方面，鸳鸯蝴蝶派小说已经扩大了描写范围，反映了当时社会生活的各个方面，甚至已经紧跟时事，及时反映当前的社会现实，被称为"时事小说"。如李涵秋的《广陵潮》描写辛亥革命，而他的《战地莺花录》则描写五四运动，这种及时反映当时发生的重大政治事件的小说，与多写历史故事的古代小说完全不同，显然是一大进步。鸳鸯蝴蝶派的言情小说，也不同于古代的才子佳人小说，而是一种新才子佳人小说。古代的才子佳人小说因面对森严的封建礼教，只能写才子与佳人偶尔一见钟情，以眉目传情或诗书传情的方式进行交流，最后皆是有情人终成眷属的大团圆结局。而这种大团圆结局完全是人为的：或出于巧合，或由于才子金榜题名，皇帝御赐完婚，这就完全回避了封建包办婚姻的问题。而民国年间的封建礼教已经在一定程度上松绑，尤其像上海、北京等大城市得风气之先，恋爱自由和婚姻自主思想已经渐入人心。因此有些鸳鸯蝴蝶派的言情小说也突破了古代才子佳人小说的窠臼，才子佳人已经敢于"相悦相恋，分拆不开，柳阴花下，像一对蝴蝶、一双鸳鸯一样"。其结局也不再全是有情人终成眷属的大团圆，而是"有时因为严亲，或者因为薄命，也竟至于偶见悲剧的结局……这实在不能不说是一个大进步"（鲁迅《上海文艺之一瞥》，连载于1931年7月27日、8月3日《文艺新闻》第20、21期）。言情小说由大团圆结局到悲剧结局的确是一个大进步，因为前者是回避封建包办婚姻礼制，而后者是控诉封建包办婚姻礼制。而这一进步的开创者是曹雪芹和高鹗，他们在《红楼梦》里所写的婚姻差不多都是悲剧。因此胡适称赞《红楼梦》不仅把一个个人物"都写作悲剧的下场"，而且最后"作一个大悲剧的结束，打破了中国小说的团圆迷信"

（《〈红楼梦〉考证》，见 1923 年亚东图书馆版《胡适文存》）。可见鸳鸯蝴蝶派的言情小说在一定程度上继承了《红楼梦》开创的爱情婚姻悲剧模式，因而具有相当的反封建意义。我们可以徐枕亚的《玉梨魂》为例加以说明，因为该小说被新文学家指为鸳鸯蝴蝶派的代表性作品。

《玉梨魂》的故事很简单——清末宣统年间，小学教员何梦霞与年轻寡妇白梨影相爱，但两人均认为他们的这种行为是不道德的。为了得到感情的解脱，白梨影想出个"移花接木"的办法，即撮合何梦霞与自己的小姑崔筠倩订了婚。然而何梦霞既不能移情于崔筠倩，白梨影也无法忘情于何梦霞，结果造成了一连串的悲剧——白梨影在爱情与道德的激烈冲突下郁郁而死；崔筠倩因得不到何梦霞之爱而离开了人世；白梨影的公公因感伤女儿、儿媳之死而一病身亡；白梨影的十岁儿子鹏郎成了孤儿。何梦霞为排遣苦闷，先赴日本留学，继又回国参加了辛亥武昌起义（即辛亥革命），壮烈牺牲。

《玉梨魂》不仅描写了一个爱情婚姻悲剧，而且不同于一般的爱情婚姻悲剧。一般的爱情婚姻悲剧都是由封建势力造成的，即由包办婚姻造成的；而《玉梨魂》所写的爱情婚姻悲剧，其原因却是何梦霞和白梨影自身的封建道德。他们既渴望获得恋爱自由和婚姻自主的权利，又不能摆脱封建道德和封建礼教的束缚，两者激烈冲突，造成三死一孤的惨剧。从而揭露了封建道德和封建礼教的影响力是多么巨大，它已深入人们的骨髓，使其不能自拔。因此，它的反封建意义比一般的爱情婚姻悲剧更为深刻。

其实，新文学阵营也不是铁板一块，虽然大多数新文学家对鸳鸯蝴蝶派全盘否定，但也有少数新文学家态度比较客观，他们对鸳鸯蝴蝶派也给予一定的肯定。鲁迅是其中最突出的一位，他不仅认为某些鸳鸯蝴蝶派的悲剧言情小说是"一大进步"，而且不同意某些新文学家对鸳鸯蝴蝶派消极影响的夸大其词。他说：

至于说他流毒中国的青年，那似乎是过虑。倘有人能为这类小说所害，则即使没有这类东西也还是废物，无从挽救的。与社会，尤其不相干，气类相同的鼓词和唱本，国内非常多，品格也相像，所以这些作品也再不能"火上添油"，使中国人堕落得更厉害了。

——《关于〈小说世界〉》，载《晨报副刊》

1923 年 1 月 15 日

这种客观的观点与前述周作人无限夸大鸳鸯蝴蝶派作品能使国民生活陷入"完全动物的状态"乃至"非动物的状态"的观点形成了鲜明对比。当抗日战争爆发后，鲁迅更提倡文学界的抗日统一战线，主张团结鸳鸯蝴蝶派一起抗日。他说：

我以为文艺家在抗日问题上的联合是无条件的，只要他不是汉奸，愿意或赞成抗日，则不论叫哥哥妹妹，之乎者也，或鸳鸯蝴蝶都无妨。但在文学问题上我们仍可以互相批判。

——《答徐懋庸并关于抗日统一战线问题》，

载《作家》月刊第 1 卷第 5 期

鲁迅不仅提倡团结鸳鸯蝴蝶派一起抗日，而且主张新文学派与鸳鸯蝴蝶派在文学问题上"互相批判"，这种平等对待鸳鸯蝴蝶派的度量，也与那些视鸳鸯蝴蝶派如寇仇，必欲置诸死地而后快的新文学家形成了鲜明对比。

对鸳鸯蝴蝶派给予肯定的不只鲁迅，还有朱自清和茅盾。朱自清认为供人娱乐是中国传统小说的特点，因此不赞成将"消遣"作为罪状来批判鸳鸯蝴蝶派小说。他说：

> 在中国文学的传统里，小说……更是小道中的小道，就因为是消遣的，不严肃。不严肃也就是不正经，小说通常称为"闲书"，不是正经书。……鸳鸯蝴蝶派的小说意在供人们茶余酒后的消遣，倒是中国小说的正宗。
>
> ——《论严肃》，载《中国作家》创刊号

茅盾也承认鸳鸯蝴蝶派小说也"写家庭冲突，甚至写劳动人民的悲惨生活"。他还从艺术性方面对鸳鸯蝴蝶派小说给予一定肯定。他认为鸳鸯蝴蝶派的有些长篇小说"采用西洋小说的布局法"，如倒叙法、补叙法，以及人物出场免去套语、故事叙述"戛然收住"等等，这一切是对"旧章回体小说布局法的革命"。还认为鸳鸯蝴蝶派的有些短篇小说学习了西洋短篇小说"截取一段人生来描写，而人生的全体因之以见"的方法："叙述一段人事，可以无头无尾；出场一个人物，可以不细叙家世；书中人物可以只有一人；书中情节可以简至只是一段回忆。……能够学到这一层的，比起一头死钻在旧章回体小说的圈子里的人，自然要高出几倍。"（《自然主义与中国现代小说》，载 1922 年 7 月 10 日《小说月报》第 13 卷第 7 号）

鲁迅、朱自清、茅盾毕竟属于新文学派，因此他们对鸳鸯蝴蝶派的肯定是有限的。我们应该摆脱成见与束缚，从中国文学史的角度，对鸳鸯蝴蝶派做出客观公正的评价。

三、如何看待冯玉奇的小说

我们澄清了以上有关鸳鸯蝴蝶派的三个问题，等于为介绍冯玉奇的小说提供了一个坐标，也等于为读者提供了一把参照标尺。读

者用这把标尺，就可自行评判冯玉奇的小说了。

　　冯玉奇于 1918 年左右生于浙江慈溪，笔名左明生、海上先觉楼、先觉楼，曾署名慈水冯玉奇、四明冯玉奇、海上冯玉奇。据说他毕业于浙江大学（一说复旦大学）。1937 年九一八事变后寄居上海，感山河破碎，国事蜩螗，开始写作小说以抒怀。其处女作为《解语花》，由上海春明书店出版。出版后旋即由东方书场改编为同名话剧，演出后轰动一时。那时他才十九岁。由此一发而不可收，至 1949 年 7 月《花落谁家》出版，在短短十来年时间里，他创作的小说竟达一百九十多种，平均每年近二十种，总篇幅应该不少于三千万字，只能用"神速"来形容。这时他只有三十一岁。近现代文学史料专家魏绍昌先生（已去世）所编《鸳鸯蝴蝶派研究资料（史料部分）》（上海文艺出版社 1962 年 10 月出版）开列的《冯玉奇作品》目录只有一百七十二种，也有遗珠之憾。不过我们从这一目录中仍可确定冯玉奇是一位以写言情小说为主的通俗小说作家，因为在一百七十二种小说中，言情小说占有一百二十二种，其他小说只有五十种：社会小说三十四种、武侠小说十四种、侦探小说两种。

　　冯玉奇不仅是一位写作神速且极为多产的通俗小说作家，还是一位热心的剧作家和剧务工作者。早在他二十六岁（1944 年）时，就担任了越剧名伶袁雪芬的雪声剧团的剧务，并为之创作了《雁南归》《红粉金戈》《太平天国》《有情人》《孝女复仇》五大剧本，演出效果全都甚佳。在他二十七到二十八岁（1945～1946）时，又与他人合作，前后为全香剧团和天红剧团编导了《小妹妹》《遗产恨》《飘零泪》《义薄云天》《流亡曲》等二十多个剧本，演出效果同样甚佳。可见冯玉奇至少写过十几个剧本。

　　冯玉奇一生所写的小说和剧本总计不下两百五十种，总篇幅可能达到四千万字以上，是名副其实的"著作等身"，是当之无愧的中国最多产的作家，号称多产的同派小说家张恨水也难望其项背。当时的文学作品已是一种特殊商品，冯玉奇的小说如此畅销，其剧本演出又如此轰动，这足可以证明其受人欢迎，这就是读者和观众对冯玉奇的评价，它比专家的评价更为准确，也更为重要。遗憾的是，我们无法看到他的剧作和三十岁以后的作品，也不知其晚景如何，卒于何年。

从冯玉奇的生活年代和创作时段来看，他显然是鸳鸯蝴蝶派的后起之秀，所以尽管他作品如此之多，影响如此之大，而同派的老前辈却很少提到他，这也是"文人相轻"的表现之一。

按说要介绍冯玉奇的小说，应该将其全部小说阅读一遍，但我没有这么多时间，也没有这么大精力，因而只向中国文史出版社借阅了《舞宫春艳》《小红楼》《百合花开》三种，全都是言情小说。因此我只能以这三种言情小说为例加以介绍，这可能会犯以偏概全的错误，因此只能供读者参考。

《舞宫春艳》写了两个纠缠在一起的爱情婚姻悲剧故事：苏州富家子秦可玉自幼与邻居豆腐坊之女李慧娟相恋，由于门第悬殊，秦可玉被其父禁锢，二人难圆成婚之梦。不幸李慧娟生下了一个私生女鹃儿，只好遗弃，自己则郁郁而死。鹃儿被无赖李三子收养，长大后卖到上海做伴舞女郎，改名卷耳。中学生唐小棣先是爱上了姑夫秦可玉家的婢女叶小红，不料叶小红失踪，于是移情于卷耳，但无钱为卷耳赎身，两人感到婚姻无望，于是双双吞鸦片自尽。

《小红楼》的故事紧接《舞宫春艳》：曾经被唐小棣爱过的叶小红的失踪，原来也是被无赖李三子拐卖为伴舞女郎，小棣、卷耳自杀后，小红才被救了回来，并被秦可玉认为义女。经苏雨田介绍，与辛石秋相识相恋而订婚。同时石秋的姨表妹巢爱吾也爱石秋，但石秋既与小红订婚在先，便毅然与小红结婚。爱吾为了摆脱难堪的地位，离家出走，下落不明。石秋奉父命赴北平探望二哥雁秋，在火车站被人诬陷私带军火，被军人押到司令部。可巧爱吾此时已成为张司令的干女儿兼秘书，便设法救了石秋一命。但张司令强迫石秋与爱吾结婚，二人既不敢违命，又固守道德，便以假夫妻应付。

223

后来石秋回到家里，终于与小红团聚。

《百合花开》写了两个紧密相关的爱情婚姻故事：二十岁的寡妇花如兰同时被四十二岁的教育家盖季常和十八岁的革命青年盖雨龙叔侄俩所爱，而盖季常的十六岁侄女盖云仙又同时被三十六岁的银行家杨如仁和十九岁的革命青年杨梦花父子俩所爱。经过许多曲折后，终于两位长辈让步，盖雨龙与花如兰、杨梦花与盖云仙同场结婚。

由以上简单介绍可知，冯玉奇的这三种小说共写了五个爱情婚姻故事，其中两个是悲剧结局，三个是有情人终成眷属。这正如鲁迅所说："有时因为严亲，或者因为薄命，也竟至于偶见悲剧的结局……这实在不能不说是一个大进步。"其次，这三种小说的五个爱情婚姻故事，倒有四个是三角爱情婚姻故事，但它们的情况并不雷同。唐小棣、叶小红、卷耳的三角恋是一男爱二女，辛石秋、叶小红、巢爱吾的三角恋是两女爱一男，而盖季常、盖雨龙、花如兰和杨如仁、杨梦花、盖云仙的三角恋更为异想天开，竟然都是两辈嫡亲男人（叔侄、父子）同爱一个女子。可见冯玉奇极有编故事的才能，从而使作品更具吸引力和娱乐性。又次，这三种言情小说的描写极为干净，没有任何色情描写。除了秦可玉与李慧娟有私生女外，其他人都非礼勿言，非礼勿行。如辛石秋与叶小红因婚礼当天石秋之母去世，为了守孝，新婚夫妻在百日之内没有圆房。而辛石秋与姨表妹巢爱吾为了对得起叶小红，虽被张司令强迫成亲，却只做了几天假夫妻。

从表现形式和艺术手法来看，我觉得冯玉奇的小说与当时新文学的新小说都受了西洋小说的影响，基本相同。譬如：两者都突破了传统小说书名的套路，不拘一格，尤其采用了一字书名和二字书名，如冯玉奇有《罪》《孽》《恨》《血》和《歧途》《逃婚》《情奔》等；而巴金有《家》《春》《秋》，茅盾有《幻灭》《动摇》《追求》。两者的对话方式也突破了传统小说的套路，灵活自如：对话既可置于说话者之后，也可置于说话者之前，还可将说话者夹在两句或两段话之间。至于小说的结构法、叙述法与描写法，更是差不多的。譬如人物描写不再是"沉鱼落雁""闭月羞花""倾国倾城"之类的千人一面，景物描写也不再是"落红满地""绿柳成荫""玉兔东升"之类的千篇一律，而加以具体描绘。这里随便举一个例子：

> 小红坐在窗旁，手托香腮，望着窗外院子里放有一缸残荷，风吹枯叶，瑟瑟作响。墙角旁几株梧桐，巍然而立。下面花坞上满种着秋海棠，正在发花，绿叶红筋，临风生姿，可惜艳而无香，但点缀秋色，也颇令人爱而忘倦。

这是《小红楼》对莲花庵一角的景物描绘，虽然算不上十分精彩，但作者通过小红的眼睛描绘了院中的三样东西——风吹作响的"枯荷"、巍然挺立的"梧桐"、正在开花的"海棠"，从而衬托出莲花庵幽静的环境，曲折地表明了时在秋季。频繁使用巧合手法是冯玉奇小说的显著特点，可以说把所谓"无巧不成书"用到了极致。巧合手法有助于编织故事，缩短篇幅，增加作品的吸引力等，但使用过多则时有破绽，有损于作品的真实性。冯玉奇的某些小说也采用了章回体，但只是标题用"第×回"和对偶句，"却说""且听下回分解"之类的套语已不再经常出现，因此并非章回体的完全照搬。况且章回体并非劣等小说的标志，它在我国小说史上发挥过巨大作用，产生过杰出的四大古典小说。因此用章回体来贬低冯玉奇的小说，也是毫无道理的。

冯玉奇的小说也有明显的缺点。它们与其他鸳鸯蝴蝶派小说一样，主要注重小说的娱乐性，而忽视小说的社会性和艺术性，因此没有产生杰出的作品。他是南方人而小说采用北方话，加之写作速度太快，无暇深思熟虑，导致语言不够流畅，用词不够准确，还有许多错别字和语病。还有使用"巧合"法太多，有时破绽明显，这里不再举例。

　　总而言之，冯玉奇既不是"黄色"和"反动"小说家，也不是杰出小说家，而是一位勤奋多产、有益无害的通俗小说家，他应在中国小说史尤其是中国现代小说中占有一席之地。

2017 年 6 月 4 日于北京蜗居

图书在版编目(CIP)数据

血滴心花·珠还合浦／冯玉奇著. — 北京：中国文史
出版社，2018.3

（民国通俗小说典藏文库·冯玉奇卷）

ISBN 978 – 7 – 5205 – 0014 – 2

Ⅰ.①血… Ⅱ.①冯… Ⅲ.①长篇小说 – 小说集 – 中
国 – 现代 Ⅳ.①I246.5

中国版本图书馆 CIP 数据核字（2018）第 010896 号

点　　校：李　潇　袁　元
责任编辑：牟国煜

出版发行：**中国文史出版社**

网　　址：http://www.chinawenshi.net

社　　址：北京市西城区太平桥大街 23 号　邮编：100811

电　　话：010 – 66173572　66168268　66192736（发行部）

传　　真：010 – 66192703

印　　装：廊坊市海涛印刷有限公司

经　　销：全国新华书店

开　　本：720×1020　1/16

印　　张：14.75　　　字数：190 千字

版　　次：2018 年 3 月第 1 版

印　　次：2018 年 3 月第 1 次印刷

定　　价：45.00 元